幻 想 一 切 可 能

独角兽书系编委会

主　　编：E伯爵（罗琳）

本册编委：邹　禾　唐弋淄　魏映雪　崔明睿

主编简介：

　　E伯爵，本名罗琳，资深编辑，著名幻想作家，中国作协成员，热爱幻想、推理类文学。主要作品有小说《天鹅奏鸣曲》《七重纱舞》《异乡人》《重庆迷城之雾中诡事》《天幕尽头》《格罗威尔先生和龙》等。在推理和幻想文学界，曾多次获得奖项。

　　E伯爵受独角兽书系特别邀请，担任《幻镜·志异千年》主编。

Thousand

Years'

Strange Stories

幻镜

志异千年

独角兽书系编委会 —— 编

MIRROR
ILLUSION

图书在版编目（CIP）数据

幻镜. 志异千年 / 独角兽书系编委会编. -- 重庆：重庆出版社, 2024. 11. -- ISBN 978-7-229-18808-5

Ⅰ. I247.7

中国国家版本馆CIP数据核字第2024HP1149号

幻镜·志异千年
HUANJING·ZHIYI QIANNIAN

独角兽书系编委会　编

责任编辑：邹　禾　唐弋淄　魏映雪　崔明睿
装帧设计：谢颖设计工作室
封面绘图：林于思
版式设计：杨维晨
责任校对：杨　婧
排　　版：池胜祥

重庆出版集团 出版
重庆出版社

重庆市南岸区南滨路162号1幢　邮政编码：400061　http://www.cqph.com
重庆豪森印务有限公司 印刷
重庆出版集团图书发行有限公司 发行
邮购电话：023-61520646
全国新华书店经销

开本：880mm×1230mm　1/32　印张：6　插页：8　字数：180千
2024年11月第1版　2024年11月第1次印刷
ISBN 978-7-229-18808-5
定价：78.00元

如有印装质量问题，请向本集团图书发行有限公司调换：023-61520678

版权所有　侵权必究

当我们开始幻想……

幻想诞生于人类的智慧产生的那一刻，在人类的大脑可以虚构并不存在的东西并口口相传的时候，幻想就变成了文学，成为人类对现实和未知世界的理解。

如今，人类经过了跌跌撞撞的探索，逐渐获得了对世界的新认知。人类已经知道了雷电的产生并非源自宙斯的神力，太阳从最开始就没有十个，更没有小精灵会在晚上偷走人类的婴儿。但人类依然会去幻想并为此写下故事，不光是幻想着半人马座附近有星球孕育着智慧生命，幻想宇宙尽头高高兴兴去死的牛，还会回过头重新描述曾经被笃信过又忘却的雷神。

为什么人类无法停止幻想？

很简单，如果没有幻想，人类是无法走到今天的。在我的理解中，幻想是有两个位面的，一个是反应现实，一个是超越现实，我们一半生活在现实中，另外一半生活在想象中，没有幻想，人类失去的是一种憧憬的能力，更重要的是向前走的动力。

从这个角度来说，当我们动笔写下我们的幻想故事时，究竟与现实有多少重叠，或者是用了什么方式来想象未来，这都不重要，重要的是，我们在幻想，并且在幻想中重塑我们对世界的认知。

在这个基础上，想象究竟用什么样的形式、依据什么线索呈现变得不那么重要，幻想的故事是什么模样的才是重点。我们将关注点放在幻想故事本身，鼓励在现实之外的表达，放弃写作和阅读中有意识的分类，减少作者对自己的设限。同时，将关于幻想的内涵变得更具有包容性，希望能有一些本源的东西让读者感受到。

那么我们开始需要一些重建的平台，也可以理解为新的平台。在并不太遥远的十年、二十年前，中国的幻想文学存在于许多杂志出版物上，在那个时候，幻想文学的长短并不是最重要的，只有幻想本身的魅力成为其生命力的佐证，但很可惜现实的摧毁力量让大量短篇、中篇的幻想作品失去了机会，而新媒介给作者的选择和机会也不太多，那么读者可看到的相应变得更狭窄了。

我常常觉得，一个类型文学的存在是依赖着爱好者的，这个爱好者包括了创作者，也包括读者和评论者、研究者。我们欣喜地看到科幻文学作为幻想的分支正在变得繁荣，而相反，作为另外一个方向的奇幻文学则在凋零。

为什么幻想不能打破藩篱？

我们需要一个分明的界线吗？

然后我们思考的答案是：回归到故事本身，只要它带着超现实的魅力，那么它就是我们关注的作品，不管那其中的想象来自于何处。我们只想让所有幻想作品在一个新的平台上聚集、被看见。所以我们会选择科幻、奇幻，我们这里会有外星人、量子生命，也会有雷神、漂泊的灵魂，会有机械生命的海洋，会有意识上传后的空间，也会有烟波浩渺陌生之国，人们与法术共存。

如果你不拘泥于幻想的来处，那么你会获得一些不一样的感受，从这本新书之中。

在给这本书和后面可能还有的书命名时，我们团队头疼了好一阵子，到底要怎么样来表达我们专注于幻想文学这件事，最后终于确定了"幻镜"这个词。

因为正如镜子一般，幻想照出了现实，包括过去、现在和未来。

我们会坚决地反对"幻想文学是虚假的""幻想不真实"这种陈旧的误解。正如吉尔摩·德·托罗说的："幻想是反映现实的最好手段。"但我们并不觉得幻想文学又一定要跟现实绑死，它总还承担着理想的表达。

我们希望幻想和文学的魅力能够在这些书中得到一点展现。但比较遗憾的是，这可能是一个漫长而且很难把控的过程。在许许多多来稿中，每一期能选择出的幻想作品只是一部分，而精彩的作品是可遇不可求的，从创作者和选编的两个角度来说，都是如此。我们很期待有非常多的作品，能从各个不同的角度来展现幻想文学的魅力，我们希望每篇文章都有打动人心的力量……但这些都是最终所期待的，现实往往会低于我们的期待。

不过从另外一个角度来说，这也是一种遗憾的魅力，同时让我们可以进一步期待未来，想象未来，让我们明白自己可以做得更多。

不管怎么说，我们起步了，为幻想文学的创作者和阅读者再次打造一个归宿之地。在深夜灯下，每一个凡尘角落，它就是一面可以窥探的镜子，让我们看到另外那头非同一般的大千景象。

E伯爵

目录
Contents

小 说

2 金瞳儿
宵宵乐

30 七圣画
陈一阵

40 下西洋
李 下

98 谭书生
司 马

132 龙王庙
凌肆然

152 狼 毫
苏 辰

170 西湖往事
刘十九

184　　　　　大道至简
　　　　　　　　牧　雪

220　　　　　锤金铺
　　　　　　　　阿　痴

250　　　　　悟
　　　　　　　　胡潇潇

282　　　　　你好，妖怪边角料们
　　　　　　　　张　翀

杂 的 文

305　告别类型的争论
　　　　竞天泽

311　星火不熄，余烬犹存
　　　　安迪斯晨风

图

115　不周仙　作品

120　魏小威　作品

124　陈　容　作品

128　胡　瓌　作品

小说

狼毫

龙王庙

谭书生

下西洋

七圣画

金瞳儿

你好，妖怪边角料们

悟

锤金铺

大道至简

西湖往事

第一篇
金瞳儿

短篇小说

金瞳儿

作者：宵宵乐

> 晋治氏女徒病，弃之。舞嚣之马僮饮马而见之。病徒曰："吾良梦。"马僮曰："汝奚梦乎？"曰："吾梦乘水如河汾，三马当以舞。"僮告舞嚣，自往视之。曰："尚可活。吾买汝。"答曰："既弃之矣，犹未死乎？"舞嚣曰："未。"遂买之。至舞嚣氏，而疾有间。而生荀林父。
> ——清·洪颐煊 编《汲冢琐语》

上部　造梦

出敦煌西北角小十里路，是胡商惯做东的宝相镇，汉人爱从这儿淘些可带回关内的小玩意。金老魅家的商队还没出武威郡，奴隶已死了一半，死时个个脱水不成人形，一队人马只得止步镇上。

金老魅彼时年轻，尚得外人尊呼一声"十郎"。十郎寄住堂老耶（堂叔叔）家十年，第一次得机会，跟着老耶的商队去西域做生意。行至玉门关，金十郎才因腹痛不止而获准上马。老耶和他儿子，也就是金十郎的堂兄金二郎，双双骑马行在驼队前，也不说让十郎并排，意思让他殿后，看管走在沙地上扶托货物的奴隶和镖客。

一入住邸店，金十郎的病痛立见好转。金二郎在榻边对他说，他们行商这么多年，还是第一次滞在敦煌卖长安货。十郎早已决定与他们拆伙，多分钱是好事，少拿钱他也得走。心里有定夺，他睡得香吃得进，趁晚还偷牵了老耶的马出城，在星河下纵情驰骋。

城垣外狼嚎不歇，月色偶尔照出一只窜动的蜥蜴。金十郎喜欢茫茫大漠，尤爱它人烟稀少。第二夜，金十郎怀里揣了壶酒，沙地上豪饮，立誓此身付戎马，为天子守边疆。

他预备买个军籍。然而需回长安才能拿到族中分红。他自小被当作镖人培养，会舞刀弄枪，却不懂生意的门道，即使邸店主人、牙人和老耶他们接洽时不避他，他全听着，也估不出这趟可能的红利。他白天和军士在酒楼打发时间，晚上就骑马出城吹夜风。某夜，他正在马背上就着月光把玩新买的于阗玉印章，忽丝丝乐声入耳，金十郎环视左右，望见天际线边的沙丘上似乎立着个人，两手握着根长管子。

次日，金十郎刚出邸店，一个女人拉住了他。两人绕至马厩后，女人撩起面纱，原来是之前卖他印章的那老龟兹人的女儿。金十郎早就注意她了。他手心微微出汗，只等姑娘开口。

她问，昨夜那筚篥，是你吹的吗？

金十郎愣神，还是认下了。

姑娘又问他故乡何处，他说祖籍金陵，现居长安。

两句话深得她意。她说要随他去汉地，做妾做奴都行，不用告诉她父亲。金十郎赶紧说，姑娘何故至此，我又未娶妻。

于是在三日后的回程路上，金十郎让他的新妇曹氏扮作商队新添的奴隶，混进人群，与他并排而行。

曹氏的母亲是蜀人，当年为求佛来到西域，最终嫁了一个专卖玉的龟兹商人。曹氏生长在华戎混杂的宝相镇，能说龟兹语、突厥语和汉语，会唱梵语歌，会吹筚篥，能弹琵琶、打羯鼓。然而除了记在心里的乐谱，她什么也没带进玉门关。

临行前，金十郎本想背着曹氏，偷偷去拜会老丈人，转念却记起自己尚贫寒，去了岂不自毁姻缘。路上，金十郎问曹氏离家缘由，她说逃婚。曹氏问金十郎何时去金陵，他说一分家便回。两人稀里糊涂，相互瞒骗着，竟也平安到了金家，临了老耶才发现队里多了个女人。

金二郎疑她是疏勒女奴，十郎便一拳打在二郎左眼上。撕扯了一通，金十郎彻底和宗亲决裂了。曹氏不知他与主家间的十年宿怨，以为自己作了祸水，躲在人后不说话。

金十郎在长安东的葫芦坊里租了间房，夫妻俩暂且住下。为生计，十郎去镖局自荐，主家芥蒂他离弃自家宗亲，不用他。十郎想做丝路生意，而金家势大，两市皆无人收留。最后只好为富商薛家养马。

曹氏很快发现丈夫不会吹筚篥，不会做生意，且他所谓的金陵祖宅，二十多年前就让老耶变卖了。他还说他要从军，再回大漠，现时绝不离开长安。没来得及指责丈夫欺骗，她自己的谎言也随着妹妹的到来不攻自破了。那日，十郎梳洗后开门，街对面坐了一个胡人女孩，目光灼灼地盯着他。曹小妹说父亲终于病死了，要投奔姐姐姐夫。十郎托人将曹小妹送进东家作了女使。

十郎没有深究妻子逃离病父的原委，曹氏也懒得向他细数父亲的恶行。金十郎每日清晨演练武术。他告诉曹氏，一攒到钱，他就买籍买马，到时她若愿意随他去边关建功立业，那皆大欢喜；若不愿意，现在就一拍两散，他一人乐得逍遥。曹氏骂他做梦。不说合，不说离，只是哭。

金瞳儿出生得不是时候。曹氏与丈夫已半月未说一句话，此刻接生婆抱给十郎一个女儿，又像讽刺他的弄瓦之悲。名字是曹氏起的，因女儿遗传了外祖父的金褐色眼睛。十郎不过问。他的正经事是挥棍、养马、数钱，家里两个女人只是他相熟的陌生人。

太祖龙驭宾天那一年，曹氏经过两年斗争，以一次流产为代价，从丈夫手里夺得了部分管账权，全家吃穿用度由她统一调配。她还想从十郎手里争到更多的钱，两人如叼住同条蚯蚓的鸟，你来我往地拔河。金十郎以暴力相胁，她回以舌剑。往往是十郎拽住她头顶头发在地上拖曳，或用手边器物猛击她臂膀、后背。曹氏吃痛，倒也不哭不叫，她骂死老魅你不敬佛陀你敢打佛众你必流脓生疮必身葬虎口，先用汉语骂一遍，再用龟兹语骂一遍。

金瞳儿刚会坐，在榻上拍着腿哭。

长安城的野草荣枯六轮了。金十郎仍养马。曹氏往龛里添了座铜佛像，香炉烟袅袅不绝。曹氏又两次流产，夫妻俩再也无话了。无话后，日子倒平静起来，十郎一身力气不再对曹氏使，往年恩怨唯遗存在他的别号"老魅"中。

葫芦坊最南边的荒芜小院，新搬进一户卖胡饼兼炸圆子的外地人，男主人姓史。金家为节省开支，隔一月也搬进了小院，租了两间房，与史家对门。

史家一儿一女两个孩子，长男五岁，小女三岁，金瞳儿爱同哥哥玩。若曹氏不登门找，她绝不归家。史小郎爱玩算盘，呼啦啦一拨，再呼啦啦一甩，很威风。金瞳儿抢了来，捧去缠他母亲安氏，要她教打算盘。安氏指导她拨了几次加法。金瞳儿回去拿曹氏的算盘练，无师自通了减法。又学了几次口诀，金瞳儿能帮曹氏算账了。

史小郎不情愿和金瞳儿玩了。在窗外喊他，他不理。安氏牵着史小妹出来，金瞳儿只好与三岁娃娃在院中爬了几日石榴树。曹氏说，他家要史小郎念书啦，以后出将入相，败落场飞出凤凰。又捏捏女儿的手，说我们以后也是要作国夫人的。

葫芦坊里有座光明寺，月初一及十五，偶有高僧讲经说法。曹氏牵了小国夫人去，不为听汉地经文，只一心展示她女儿，故每每挟上算盘。坊间礼佛人、无事人，皆围住金瞳儿，一开始温和地报十位数加减，见金瞳儿不动手直接说几几，便千位、万位地要她乘除。金瞳儿噼里啪啦打一通，给出一个惊人具体的大数字。实际上无人知道对错，金瞳儿心里也打鼓，然而表演效果十足。这样驻场般演出三次后，寺里比丘忍无可忍，要撵曹氏母女走。众人早也看厌了，几个妇人素不喜曹氏，应和着讲了几句风凉话，曹氏又羞又恨，发誓不再去了。

按曹氏的设想，以故地龟兹的风俗，女孩通舞曲，方能凭一身才艺博得高门府第青睐。最直接的现例便是曹小妹；她早不做倒便溺的脏活儿了，现正管一支家养伎乐队。曹氏鼓励金瞳儿常往小姨家去，在大户人家前多露脸。

金瞳儿硬着头皮，去敲薛宅西角门。门缝后露出一个老头。她行了礼，说要见小姨曹某某。老头问清人名，开了门，叫婆子牵着去找曹小妹。

曹小妹愁容满面地坐在厢房床上，正抱着琵琶出神。见外甥女来了，忙把金瞳儿拉进怀里。金瞳儿摸摸琵琶背板上镶的螺钿西番莲花，又伸手去碰小姨头上的玉簪子，说好亮的颜色，像光一样。小姨觉得这孩子有慧根，便拔了簪子送她，叮嘱她好好研习佛法，以后去宫闱高门供养的大寺里做比丘尼，方为正途。

曹氏听了金瞳儿的转述，很不高兴。曹氏到汉地后，没在寺里完整听过一次讲法。不是她不虔诚，而是因第一次去光明寺听高僧布教时,那高僧老念"南无阿弥陀佛",她却记得幼时母亲念的梵语《观无量寿经》里并没有这么多"南无",心里不喜,也就不再听了。倒是一直向寺里供奉着绢与烛;他们绘大殿壁画时,她也慷慨捐过十两铜绿颜料。这只是为佛法,不为佛寺。

在龟兹,曹氏曾梦想过母亲描绘的南方盛景,说江南物阜民丰,佛寺鳞次栉比,河里山间荡着飞天乐器,梵音弥漫,真正是净妙国土的模样。曹氏深信不疑,因为她外婆从荆州嫁去了蜀地,而外婆的母亲正是从江南嫁到荆州的。

金瞳儿以后要嫁去江南,她就这样用汉话对金老魅说。金老魅猛地听妻子说汉话,缓半拍才明白意思。她们母女间说惯了龟兹语,在家里旁若无他。金老魅背过身说,你做主。

院中紫叶李又开了两轮米粒大的花。

初夏某日,曹氏忽然病倒。榻上卧了一旬,抓了五次药,召了两回魂。金瞳儿次次从心里过账,明白家里快断炊了。幸而经曹氏两年的训练,她已会唱龟兹曲,也能即兴跳几段胡旋舞,靠这点才艺,兴许能挣些买药钱。

于是金瞳儿拉上史小郎,准备去光明寺卖艺。她只与史小郎说去礼佛,半路上讲漏了嘴,史小郎甩开她的手,自己跑回去了。走到光明寺大殿门槛前,两腿如灌铅,好像周围目光都落在她身上,连佛鬼像也盯住她。金瞳儿张不开嘴,抻不开胳膊,不知如何开场。她心里懊悔没随史小郎一同回去。金瞳儿垂头坐在寺院树下铺着的竹席上,心想这人来人往的都是街坊邻居,演得怎样不要紧,曹氏一向不许外扬家事,她这一跳一闹,整个葫芦坊都会知她家又穷又病。这钱挣得不值。

然而金瞳儿想起母亲病得浮肿的脸,泪珠滚滚往席上落。小姨给了他们不少钱,可都进了父亲的小金库。她枕头下的玉簪子,少说能换六百文,母亲又不让卖。

一坐,坐到了黄昏,紫云滚涌着吐出牛角似的月亮,关坊门的鼓声响了千下。金瞳儿心中一动,踮着脚尖溜进大殿,躲进遮蔽佛像的红布罩里。曹氏曾说不可在佛寺过夜,否则会被壁画勾魂。金瞳儿等最后一位比丘离开,借着月色找到《五人伎乐图》,贴墙根卧下。

这《五人伎乐图》,她看过许多回。画中五位乐师围着一块大石,弹琵琶、箜篌和古琴的坐着,吹筚篥、打羯鼓的站着。都是肌肉紧绷、骨节分明的动作,一瞬间被画下,下一刻在人心里展开,耳中便响起乐声。

金瞳儿梦想进伎乐的世界听听曲儿。但地上太凉了,她还得爬起来,跳上供桌,裹着桌布睡了一夜。没进壁画,倒梦见了母亲和小姨,两人在院里绕着篝火跳舞,一会儿又加入一个白胡子的金眼胡人老头,三人跳着唱着,忽然那老头揪住母亲的头发,抬手要打,小姨大哭。比丘用劲把她摇醒时,她还以为自己是在院里睡着了,正梦着比丘来拉架。

灶房的小泥炉熄了一夜。父亲也一宿未归,下午才木着脸回来。曹氏说，安氏昨晚来看望，顺便说了他家要迁回原籍的事，这两天动身。等他们搬走，这小院便只剩金家一户了。

　　史小郎一下学，便带着妹妹去找金瞳儿，三人疯玩了几日。史家临行前晚，父亲与史郎喝了整夜酒，安氏与曹氏对坐抹泪，三个孩子坐院中石榴树前，你戳我捣地看星星。史小郎说，真不巧，今夜乌云这样多，不见几颗星，那明天准下雨，路上一腿泥。

　　金瞳儿说目力有边界，要看星星，先把眼睛遮上。史小妹马上闭了眼。金瞳儿说，心里想象，要什么星有什么星。史小郎说你放屁，天上明明什么都没有。金瞳儿觉得他真是愚笨，说天上什么都有，只是暂时被云遮住了而已。她本想日白，讲自己听过光明寺壁画里的伎乐演奏，话到嘴边又咽下了。这么惬意的夜，与史小郎掰扯这些，不值当。

　　金瞳儿没想到自己的父母会和史家一起离开。

　　那是六月初一。薛家三郎君新娶了曹小妹做妾，曹氏托病不去见妹妹，金瞳儿便带着礼物去拜贺小姨，自然也拜见了薛三郎、三郎夫人和两位小姐。三郎夫妇夸她不怯不矜温顺可人，给了好些果子吃食。

　　六月初二晚，受礼遇的金瞳儿又赖在小姨家住了一宿。约在次日寅卯交际之时，听窗外有人喊葫芦坊宅院失火啦。小姨忙遣人去探虚实，来人说所幸只烧了一户，未殃及四邻。坊正已命人搜救，寻出了两具焦黑尸体。四邻一看，正是曹小妹的姐姐和姐夫。

金瞳儿在其堪称华贵的余生中，那些难得消停的夜晚，思绪也会在睡前飘回葫芦坊，诚心诚意又徒劳地猜着火源。是常年阴霾不开的父亲纵火，还是母亲在病痛中失手打翻了火炉？

可怜她自己艰难安葬了父母，往后便收拾了还未烧尽的家什投奔小姨。金瞳儿进了薛家，薛家就拿出主子姿态，不让她入帮佣账簿，要小姨自己花钱养外甥女。她名义上是小姨的人，却被夫人、小姐指使做各种粗使杂事，整日不得闲。小姨生了儿子后，夫人愈发恨她们。

金瞳儿活到十三岁了。许多事务压得她无暇抬头，直到小姨忽然消失。薛家人说，她跟着一个来宅里作法的道士跑了。他们收了小姨的财产，将金瞳儿卖给人牙子。

出长安城门的那天傍晚，金瞳儿发现鱼白色的空中一边儿出了月亮，一边儿仍留着太阳。

下部　困梦

金瞳儿到了金陵。江南空中并没有飞天乐器萦绕，佛寺倒确实不少。也有那么几座山，不高。来不及再看两眼街市，她就入了奴籍，以二十贯的价格，让牙子卖进了金陵名声正旺的妓院，即秦淮边自号"南北里"的桥楼。

桥楼建在城南水面最宽的一段秦淮河边。它前身本是盖在河中心的一座三层木楼,以一折弯曲的回廊桥与南北岸相连,故名"桥楼"。后值某涝年,河水冲垮楼体,死了不少雨夜看灯的艺伎、官吏和闲人。前太守以为天子做寿的名义,又在北岸重新建起一座行宫,请来当年桥楼设计者的孙子,让他在院落里再建一座三层高楼。这宫殿称小行宫,三层楼仍称桥楼。

如今这桥楼已属东南一霸、扬州牧宋大将军的私产,现由其姻亲、也即扬州豪富杨中郎经营。杨中郎久居长安,秦淮生意交托三位教管夫人打理:一位是中郎乳母的孙女安夫人,一位是中郎的旧情妇祁夫人,剩下一位仅领虚职,是安夫人的大姑母安老夫人。所有艺伎名义上归安老夫人调教,而她既已八十高龄,便让几位评上"都知"的名伎代领了她的权力。

说有几位都知,最肥的油水也不过向两方流去:祁夫人的独女祁大娘子,以及安夫人的外甥女王大娘。王大娘比祁大娘低一辈,故楼里人称的"大娘子",专指祁夫人的女儿。

金瞳儿便是大娘子的房里人。

这次她有了身价,楼里将她作艺伎培养,让她随大娘子学艺。不过,名伎没时间栽培弟子,金瞳儿只落得个伺候人的下等工。

按理说,她二十贯钱的身价,大半源自她的脸和才艺,桥楼该大力培养之,以使她带来更多的二十贯,而眼下他们却将她忘在脑后。起初金瞳儿很不忿;跟大娘子过了一天日子后，就看明白了：二十贯钱对小行宫来说，不过一个盆景的物价。金瞳儿连着两天吃不下饭。还以为终于让人高看一眼，白费她当日在采买人前费劲跳那一番舞。

祁大娘子是个闷葫芦。艺伎常上午睡觉，下午起床梳妆，戴上钗环、玉佩，发中簪几朵秋海棠或木芙蓉，叮里当啷地下楼消闲，或到自己所住的院落里吃饭。唯独大娘子好早起，金瞳儿她们不得不随着鸡鸣醒来，侍候她上梳洗床。大娘子自醒来，就不说一句话，任由两个年约二十的女婢安排一切。这两个女婢是祁夫人从吴郡老家带来的，也不爱说话，闷头做事。大娘子房中总似乌云低压，有召来雷霆暴雨的架势，只是她们不说话，不给天神降灾的借口。

金瞳儿住桥楼西边的秋思院，与一个姓林的女奴是室友。林娘十岁便被父母卖进桥楼，侍候过祁夫人和安夫人，知道许多恩怨，常在灭灯后与金瞳儿夜谈。她说大娘子有心上人，是个从京城来的校书郎，但祁夫人已把她许给吴郡太守张公做妾，不让那校书郎再来见她。金瞳儿问，那校书郎是个怎样的人？林娘说，简直潘安在世，还与大娘子有夫妻相。又问，那张公呢？林娘朝内翻个身，拣起了别的话头。

张公要在小行宫宴请宋大将军，先差人送来百匹蜀锦、一铤黄金和十二柄鎏金银簪。桥楼每旬要承办一到两场宴饮会，这次专为张太守准备了近一个月，安夫人常忙至深夜。祁夫人监督艺伎排演曲目,还从周边郡县募集了三十名百戏艺人,安排在宫外住着。

即使做了万全的准备,当日表演还是出了岔子:一舞姬临场崴了脚,脚踝肿如大饽饽。也是金瞳儿有缘,正巧那舞姬跳胡旋舞;善跳这舞且在场的女婢有好几个,金瞳儿又是离王大娘最近的那一个。她不等那舞姬抱着小腿哭出第二声,马上向王大娘毛遂自荐。

在薛府蹉跎三年后,她时常哼的梵语歌没忘,胡旋舞的动作是绝不如从前到位了,然而这命悬一线的机会竟逼出了她的潜能,她配合他人动作,也像模像样混完了一场。其实王大娘让她顶上,私心她跳不好:因她是大娘子房里人,而这次开宴大娘子耍脾气,排演的活儿一件不担,全落在她和其他都知头上。

王大娘寻得机会,在宴上赞大娘子调教艺伎有方。大娘子早已忘了金瞳儿的存在;虽然来客不知底里,但楼里人大概是知道她从不教管新人的。王大娘一夸,她心里不痛快,但也承下了这个面子。

几天后,林娘跑来告诉金瞳儿,说大娘子托话,把她调到王大娘房里了。王大娘教出过好几个门面艺伎,管教严厉却公正,众人皆服。

金瞳儿搬出秋思院,住进楼里,算是真正成了艺伎。她日以歌舞训练为业,不再侍候谁了。金瞳儿如鱼得水;唱歌、练舞是苦累,但往后攀高枝的机会一大把。哪像以前暗无天日地做牛马活,苦得望不到尽头!

她还留有几件财物。父亲那刻着"车骑将军"的白玉印章，以及小姨的三柄花枝步摇。加起来值约两贯钱，远不够赎身。想脱奴籍，需付三倍采买价，再加上沟通人脉等无底杂费，至少也要七十贯。好在现下她过得不错，暂时没到急着赎身、需变卖亲人遗物的地步，也就一日日混着了。

入小行宫后，金瞳儿个子蹿了三寸，上妆更显出远超年龄的成熟。她虹膜的颜色已逼近深棕，不再如小时候那样黄亮。除了鼻子山根略高些，眼窝子略深些，她大致还算一个汉人美女。

调到王大娘房中后，她认识了一个疏勒女奴。这女奴也是孤儿，本族名雅荷拉，人唤雅娘。雅娘年方十一岁，会吹笙和筚篥；除了这两样，别的才艺皆不行。她是需侍候王大娘的。雅娘不会说汉话，但能用突厥语和金瞳儿交流。他乡遇同音，雅娘坚持认金瞳儿作亲姐姐，自己做主改了汉姓为金。两人常聊起玉门关外的绿洲，那些金瞳儿闻所未闻的市集。实际上金瞳儿没什么可说的，只能聊聊佛寺和比丘，然而雅娘信火祆，大多数情况下都是她说，金瞳儿听。

小行宫远离台城，来者百无禁忌，贵人一掷千金。这淫乐窝倒逼秦淮河南岸的居民将房舍改作商铺或邸店，又发了大财。首饰铺、酒肆、药店，磨镜工走街串巷，市情纷扰不休。众艺伎陪客上三楼木亭远眺对岸，好似妃子随君王上烽燧台，一览自家江山。

中秋将至，吴郡的张公又来小行宫，这次是办家宴，请族中子弟饮酒作诗。金瞳儿前几日与艺伎赌马，大胜，赚了好些钱和绢，便托人在附近买了套十二珠玛瑙花嵌鎏金银钗，准备盛装出席中秋宴。

依旧在正殿设桌席。四周竹帘皆卷，只留左右两座帷幕为众人挡风。庭中架炭火盆烤羊，蜜汁肉香四溢。张公带了十位族中郎君，有的已有官职，有的年岁尚小，还是太学生。还有一些各自邀来的朋友，都是年轻面庞。金瞳儿资格浅，只能远坐，陪着一位坐尾席的郎君喝酒。

每个人的嘴都忙着，祝酒、恭贺、调笑、吃喝。她身边这位倒安静，只是与边上人低声交谈，无话时便喝酒。金瞳儿不好总看他，只竖耳留心听。听人唤他宋郎，言谈间又透露他是张公侄子的同学，竟是长安人，今年才入朝作郎官。

宋郎举止贵气，面容清丽肃穆，腰间坠着环佩，幞头簪着扶桑。那朵扶桑花真漂亮，金瞳儿直想摘它，戴到自己头上。她心想，万幸自己买了一头的首饰，妆容也是最流行的。没有哪个艺伎比她更会点唇。妆匣中剩的一盒檀口胭脂刚巧够今夜用，颜色不用迁就。她暗自希望宋郎留心，她的漂亮和聪慧已传出了点名声，以后很可能作小行宫的都知。她已替王大娘做些事了。管账，她的心算又快又准；歌舞，她能做台柱子，谁歇下了她都能顶上。金瞳儿自觉不比任何一位郎君差。

那扶桑花还是开进了心里。中秋后，张公又停了几日，宋郎也陪着同学，暂住进小行宫。

于是，金瞳儿发现，小时候的仙境又重回她身边了。空中真的现出了飞天乐器，绸带翩翩，仙音神妙，是她离开光明寺后许久未再一闻的调子。重瓣的红扶桑、粉扶桑，在宋郎下榻的院墙上盛放；月亮也分为了两个，一个依旧被众生凝望，另一个径自去了宋郎的院子，窥视熟睡的他。

她多年不做梦了；不，梦还是做的，只是平淡，醒后便忘，没有回忆的必要。但最近的梦境颇得她心：没有桥楼和小行宫，没有金陵没有长安，唯有黄沙漫天的西域沙漠，她与宋郎戴着风帽，纵马闯出边关。他们是一对被通缉的鸳鸯侠客，有胆有情，铮铮名号在九州大地上盛名远播，谁人不知！

这梦做完没几天，一日她正梳妆，雅娘跑进来说大娘子请她上桥楼。金瞳儿急匆匆去了，让婢女引着进了房间。不见大娘子踪影，倒是宋郎正坐在榻上。她红了脸，忙要退去，宋郎说，大娘子做媒，说说话吧。

金瞳儿总不信梦境与现实有界。她幼时既梦过温顺窈窕的河流，与秦淮河一模一样；也梦过无数穿金戴银的佳人，笙歌燕舞，出列天宫盛宴，这也同小行宫一样。种种奇妙预示着，以后不知还有多少传奇待她参与。

六根遮蔽，世界便无限大，便百无禁忌。

大娘子还是跟张公回了吴郡。她一走，小行宫便有了人事调动，以前金瞳儿还常在赌桌上看到林娘，最近也不见她了。

宋郎照例每日来找她,她送了他一方绣着他名讳的罗帕。两人嬉闹时,金瞳儿忽灵光一闪,掏出父亲那方白玉印章,蘸着胭脂在帕子上印了个"车骑将军"。宋郎说,我可太失礼了,以后得用朝礼拜你。金瞳儿得意地说,记住了,这是金大将军送你的帕子!

宋郎出手大方,金瞳儿顿时阔起来了。她买了好些以前不敢想的宝贝,雅娘也被她打扮得满头珠翠、一身绫罗。她购入一把紫檀琵琶和一柄金身横刀,两样她都不会用,只供在房中赏玩。

既已有恩客,金瞳儿便只是表演,不再侍宴。王大娘笑着说,你胡旋舞跳得愈是媚了,看来宋郎官比祁大娘会教。宴上起哄的人太多,金瞳儿担心被权贵看上,连着几次找借口推掉了演出,整日只是跟别的艺伎闲聊赌钱。

上元节快到了。金瞳儿忙于指教排演,身子太累,晚上一沾枕头就睡。宋郎帮她揉肩颈。节日一过,他必须回长安,但他已付给安夫人四十贯,作为娶金瞳儿的聘礼(也就是赎身)。

某日凌晨,金瞳儿做了个噩梦。

醒来后她一身冷汗,浑身颤抖。她披衣悄悄往楼下走。

一楼西北角有一扇不起眼的小门,常年用帷幕掩着。金瞳儿刚来时就觉得奇怪,艺伎都说那是"销货"的地方,她没敢再问。这次她一定要去验证昨夜的梦境。自烧死父母的火源成了迷案，她再忍不了任何悬疑。

门后是一道台阶，通向地下。金瞳儿走至中段，上面的声音就隔绝了。下面空间约两间卧房大小，四围是一格格空着的监牢。房间中央置着一个棺椁形石台，石台北侧两端固定一对镣铐，南侧呈斜坡，似乎是方便液体汇聚下流。空气里弥漫着沉腻的血腥味。金瞳儿腿一软，瘫坐在地。

她梦到林娘被面朝下铐在石台上，一个女人挥舞木棍击打她后腰。林娘凄厉嚎叫，两腿直抽，仿佛女人正用剑剜她的心。终于有血从她腿间流下，潺潺不断顺着斜坡滴落进铜盆。金瞳儿不知林娘是死是活。起初林娘哀求那女人时，她的魂魄便已游离出身体，跪在那女人面前，和肉身抢着说，再给我一碗避子汤试试吧，再试试吧，再试试吧！

金瞳儿觉得她浑身关节都结了冰似的冷。

林娘确实是死了。楼里艺伎传她死于小产。没人大惊小怪，毕竟生育是没办法的事，而她们也常打胎。只能怨林娘运气不好，没挺过去。雅娘倒哭了好久，因林娘生前总说故事逗她。

小行宫仍为上元节大操大办着，而金瞳儿计划离开了。

她万万不能死在这个年纪。起码要到安老夫人那样没滋没味的年龄，才能考虑死亡。她也不能指望宋郎。嫁他也是作妾，妾能比怀孕的艺伎幸运多少？小姨便是前车之鉴。

年岁大了,她心底也渐渐清楚,小姨是被薛夫人暗害的。不过,回想离开薛府的那天早上,她卷起竹帘,看到一只赤黄蝴蝶从小姨房中飞出,绕着庭中橙树打转。她明白小姨已放下了恩怨,往生净土了。可她还不想落得这般结局;她是会有一番大作为的能人,死也得死得惊天动地、无比悲壮,而不能像傀儡给剪了线似的瘫掉。

宋郎再来时,她不见他了。艺伎们将她的房间挤得水泄不通,听她说不愿做宋郎的妾,人人都惊得说不出话:多少上了年纪的艺伎千求万求得不来的好事,她说扔就扔了。金瞳儿到底年轻,心比天高。有人说,国法也不允许奴作妻。金瞳儿当然知道自己是奴籍,她只是单纯不想再从金陵牢笼跳回长安牢笼。

王大娘来了。她说,你们若恩断义绝,小行宫收宋郎的钱得退,你收的钱和礼物也得退。金瞳儿不看她,说拿走吧,都拿走。

琵琶、横刀以及绫罗钗环一离开,她的屋子又萧条如雪洞了。四个婢女一走,琐事留待她做,手忙脚乱。人传安夫人要将她治罪,以儆效尤;还有人传宋郎伤心欲绝,病在榻上。金瞳儿不再那么笃定了,她想知道分别后宋郎的情状。雅娘替她在外刺探一圈,说宋郎早已回长安了。再追问,他也没为金瞳儿留下伤感的诗作,仿佛分开就是惯常的事。

金瞳儿大哭一场。原本安夫人想将她关进地下,王大娘说她年幼不懂事，暂时先在房内禁足思过。他们用木柱卡住房门，在墙纸上破了个洞，由大娘的亲信孙婆子往里送饭。孙婆子自然天天向金瞳儿要钱，不给钱，不送餐。

后天是上元节。

金瞳儿在桌上排出小姨的三柄金步摇和那根软玉簪，用细布包好，塞进胸口。雅娘送了婆子一匹绢，亲自为金瞳儿端食盒进去，见她正数钱，问是不是要托人购货。金瞳儿说，我做了个梦，梦里我进了地下室，看到林娘老打不掉胎，被人用棍子敲死了。如此作践，我怕等不到赎身那一天。雅娘问，那你想如何呢？金瞳儿说，后天是十四日，开宵禁，我要混在出游艺伎里离宫。

雅娘本要与她一同走，然而第二天却不及与金瞳儿通气，就被祁夫人借调去了别院。金瞳儿已自行做好计划，不再顾着雅娘。

十四日夜，孙婆子刚至房门边，就听脚前一声巨响，金瞳儿从洞口扔了支玉簪子出来。她说，好阿娘，我这儿还有三柄金簪，您都拿了去，只求您放我出这屋。孙婆子笑道，我放了你，大娘要卖了我抵罪啊。金瞳儿说，您就说我骗开了门，您没拦住。您是大娘的奶妈，她哪敢治罪您？

三支金簪递出去，门开。金瞳儿披着氅，内着鹅黄小衫、禾绿襦裙，面色如冷月青白。她近日腹中常作痛，心中郁结重重，咽不下饭水。今日要走，连粉都没精神搽，头一次在艺伎群中素着脸。

她拜谢孙婆子,向楼下走。她垂着头,又一副婢女打扮,挤过熙熙攘攘的人群,倒也无人识出她是禁足的金瞳儿。

艺伎们成群结队往门口涌去。酉时已至,落日沉沉,桥楼已亮了灯烛。门口坐着两个系头巾的男人,艺伎给两人出示腰牌,似乎是核验身份后方能出门。金瞳儿心一沉。果然,她被拦下了——她的腰牌上没有安夫人的印章。难怪孙婆子这样容易就同意了。金瞳儿从怀中摸出玉印章,悄悄塞入那人手中,说自己并不游冶,只是有急事需出门一趟。

那人根本不看她,眼一翻,将玉砸回她怀里,指着脚边一盆茉莉,说它要能开花我就放你。那茉莉落光了叶子,枝干上挂着绒线织的小腊梅花和面粉捏的各式动物。金瞳儿怕被人认出,赶紧退出人群,落寞地绕到漆红大柱之后。

金瞳儿忽然想到桥楼南面邻水,有一座栈桥与河边水榭相连。她曾在自己房中临窗而望,大致知晓那栈桥靠近伙房,平素全是粗使婆子和婢女蹲在水边干活。

栈桥中间断裂了,无法上那水榭。此时木板桥上仅有金瞳儿一人,寒风直灌入大氅。云全黑了,而河对岸灯火通明。那是艺伎从桥楼里出来后要进入的人间。她听到了那份喧闹,同小行宫里的不同:那是坊间亲人邻里的鸡毛蒜皮,有摆摊卖果子浆水的,有烧香拜佛的,有孩子四处撒野。她想起胆小的史小郎和史小妹，想起葫芦坊，还有画着《五人伎乐图》的光明寺。

她在栈桥边坐下，脱下大氅和鞋子，试图游到对岸。身上唯一的重物，她仅剩的财物，就是胸口捂着的那块被门守丢回的印章。金瞳儿瑟瑟发抖，咬牙放下一只脚，刚触到水面便冻得惊叫。她趴在潮湿的木板上，哆嗦着拉好鞋，顾不了脚上湿漉漉。

桥楼人烟渐息，只剩几个病着的艺伎留在各自房中，偶有小婢女捧着铜盆或食盒进出。金瞳儿只觉在水中伸脚那一下，寒意便顺着小腿注入腹部，重重坠着，绞得她腹痛。她回房脱下濡湿的长裙，卧进柔软的被里。她想恢复了体力，再下楼碰碰运气：上元佳节，她不信那两个门守能孤零零把一夜大门。

躺一会儿，似乎体力有所恢复。心里记挂着事，恍惚间她下了床，又下了楼。两扇大红门蝶翼般张着，不见门守踪影，金瞳儿心中打鼓，快步冲进外面的夜色。她在流水潺潺的庭院中呆立，良久回过神儿，似乎闻到了茉莉香。原本张挂着绒偶的那盆茉莉，绿叶肥厚，真的满压压开了白花，枝叠枝、朵叠朵。

好像气候刹那间扭转、回溯，一群萤火虫从庭中假山后游荡出来，往宫门外飞去。金瞳儿紧紧追在后面，穿过正堂，挤进街市。

四处是灯，人人持灯。金瞳儿也随在灯架下看百戏，一个敞肚皮、包头巾的胡人用嘴咬住地上栽的铜管倒立着。隔壁一个摊子卖桂花浮圆子，萤火虫绕着摊主转，他只道是苍蝇，用手挥开。金瞳儿紧盯住那星星亮源，因它们极容易被火光淹没，再辨不分明。

她一直跟着，过了桥，到河对岸。虫群似乎有目的，它们还向前飞，金瞳儿一会儿照面逆行，一会儿挡开人背，左突右撞，狠狠跟到了人烟稀少处。

再向前便是山路了，是从桥楼三层的亭子里往北望见的那座山。没想到自己竟跑了这样远。金瞳儿回首望去，远处点点烟火，已无人声。她还是向山上走去了。

这条山道无疑常有人走。每行一处，总有借力搭手的枝干或葛藤，泥路上也有似阶的层次落差。林间深处隐隐传来鼓声，循声望去，只是混沌的扶疏重影。有惊鸟扑簌簌飞离山顶。

好容易登上顶峰，金瞳儿气喘吁吁瘫倒在一块巨石上。这巨石当中凹陷，仿佛生来就是给人仰靠的。

她很快睡去，梦了葫芦庙和光明寺，正要找那《五人伎乐图》壁画，被一阵极壮烈的鼓风敲醒了。不知是她未看到，还是五伎乐刚至，总之他们已或站或坐地摆开阵势，旁若无人地演奏起来了。金瞳儿俯身趴在巨石上听着。她熟悉弦指间的擦音，极爱这音背后的人气。她记得，也喜爱那个吹筚篥的乐手：他双目阖闭，神情安乐，却能吹奏出刀剑火光之声。

但这次他迟迟未将筚篥逗到嘴边。金瞳儿还是第一次见他睁眼看着谁。他悲悯地望着她，欲言又止。金瞳儿忽觉心头涌出一汪极苦的水,眼中落下泪来。

筚篥声一响,风就更凛冽了。另四人住了手,只他独奏。尘土由风卷席着扑过金瞳儿的裙角,她很快发现这风来之有因:一匹白如瑞雪的健马,正自天边飞踏而来。它盘旋着落在山顶,四蹄触地,又扬起一阵尘沙。金瞳儿奔向它,吃惊地抚着飞马那白灰的鬃毛。它温顺垂下头。

往日在长安,金十郎就养马,可金瞳儿从未有机会骑一匹,她只偶尔在街市上见官员乘马匆匆路过。飞马并不高大,她踩石头勉强翻身上去,紧张地环着马脖子。不等她反应,眨眼就升腾到了半空。往下看,那五伎乐携着乐器,正仰脸好奇地望着天上的她。

金瞳儿乘飞马一路向西北方奔去。上元夜,人间那点灯火仍然微弱。今夜的牛郎织女星格外亮,她能将江河湖海看得清楚。越过秦岭,她重又回到长安,在葫芦坊上空徘徊。她看到以前家住处重又修葺,已住进另一户人家,这户人家也独有一个小女孩,正在院中独自掏着泥巴。金瞳儿从怀中掏出印章,向她面前的石榴树掷去。那小女孩才三四岁,指着天上落下的印章,光、星星地乱嚷。

金瞳儿没再向西行,飞马载着她回金陵了。她让飞马自高空略略下落,踏风朝向桥楼奔去。小行宫自是华灯辉煌、人声鼎沸,金瞳儿又闻到那木柴混着脂粉的奇异香气。绕过人群,飞马停滞在二楼金瞳儿卧室的窗外。

她俯身紧贴马脖子,向房内看去。

窗纸破了洞的门大开着,有两人正围着床。王大娘背对窗户，孙婆子将一铜盆热水搁在榻上，自己坐在金瞳儿冰凉的脚边，费力擦拭着滴血的床沿。金瞳儿下身浸在血水里，如一条断尾的鱼。

王大娘说，腹痛成这样，叫得整栋楼都不安心。金瞳儿尚有一丝游气，她的目光正与窗外马背上的金瞳儿对上。仅一瞬，金瞳儿便找不到自己眼中的生气了，那双棕目消沉下去。王大娘见金瞳儿不回话，伸手去探鼻息，又把把脉，叹口气。

孙婆子倒是还在骂，说金瞳儿蠢，不知自己怀孕，活该保不住胎、留不住男人。她絮絮叨叨说金瞳儿遇上宋郎本是多好的运；又向王大娘告状，说金瞳儿今日威胁贿赂自己，预备外逃。孙婆子终于把自己讲气了，将布狠狠砸向金瞳儿无知觉的身体。金瞳儿僵卧不动。

王大娘面无表情地看着，良久，才哑着嗓子说："像是睡着了，正做着梦呢。"

作者简介

宵宵乐，这个笔名可以理解为"希望自己每晚都很快乐"——入夜了，一天度到尽头了，不管白日开心还是不开心，能想办法捧着愉悦之心入睡，今天就过得成功。当然此笔名之灵光乍现，也有"爱吃赤豆元宵"出的一份力。

创作谈

睡与食，人生大事。《金瞳儿》没写食事，讲了睡事。多年前，读到"晋治氏女徒病"的故事，我为小姑娘那场不甘心的梦所俘获，我看到了她年轻生命被摧残时最后闪出的一点浪漫光彩。于是，我想到一个关于"困"和"梦"的故事。

金瞳儿的亲人走不出长安，金瞳儿走不出金陵。文章写完，我回看开头，见众商人于关内外进进出出。自由行走，莫大一幸事；若被困住，"梦"就是为数不多的突破口。唯怕一生都不得自由，都走不出世事困局。若真如此，也只能寄心浪漫主义，在临终前做一场良梦，安慰自己"死亡也不过一次入夜"了。

第二篇

七圣画

短篇小说

七圣画
作者：陈一阵

云花寺有圣画殿，长安中谓之七圣画。

初，殿宇既制，寺僧召画工，将命施彩饰，会贵其直，不合寺僧祈酬，亦竟去。后数日，有二少年诣寺来谒曰："某，善画者也。今闻此寺将命画工，某不敢利其价，愿输功，可乎？"寺僧欲先阅其迹。少年曰："某弟兄凡七人，未尝画于长安中，宁有迹乎？"寺僧以为妄，稍难之。少年曰："某既不纳师之直，苟不可师意，即命圬其壁，未为晚也。"寺僧利其无直，遂许之。

后一日，七人果至，各挈彩绘，将入其殿，且谓僧曰："从此去七日，慎勿启吾之门，亦不劳饮食，盖以畏风日所侵铄也。可以泥锢吾门，无使有纤隙；不然，则不能施其妙矣。"僧从其语。如是凡六日，阒无有闻。僧相语曰："此必他怪也。且不可果其约。"遂相与发其封。户既启，有七鸽翩翩。望空飞去，其殿中彩绘俨若，四隅唯西北墉未尽其饰焉。

后画工来见之，大惊曰："真神妙之笔也。"于是无敢继其色者。

——唐·张读 撰 《宣室志》

大哥失恋了。

他一切如常，只是花了很多时间坐在桌前，手里握着一卷书，捏到都定型了，也不往下翻一页。

我送晚膳进去，与他对视，发现他眼神空洞。像两口深井，能丢进去小石子，很久很久后，才传来郁郁寡欢的落水声，扑通。

我们七兄弟一母同胞，一直友爱，现在余下六个只好绞尽脑汁，想让他高兴起来。

二哥率先出手，拿出一块砚台。"昔年补天的五色石，剩下的余料，制成此砚"。

是不是真的，谁也不知道，但这的确是一块好砚，质坚而细、叩之无声。

很明显是二哥私藏多年的宝贝，现在拿出来送给大哥，他心疼得脸上肉直颤。

大哥只是看一眼，谢一声，放在一边。

二哥离开的时候，大受打击，看着也跟失恋了差不多。

三哥给他裁了一件鹤羽织就的长衫，硬要赞美："丰神俊秀，太帅了。"

帅吗？平时的大哥或许有一点帅气，此时，长衫笔挺高级，映得大哥脸色铁青，耷拉嘴角，死鱼眼，鼻毛若隐若现，完全配不上这身衣服。

大哥："真丑。"

四哥将孔雀女介绍给他。

孔雀女极美，才进院子，晃得我几乎睁不开眼。

大哥也睁不开眼，并非被美色震慑，他昨晚一夜没睡，站在窗前看夜里落雪，从浅浅一层，看到齐膝深。

当天坐在孔雀女对面时,大哥好像行尸走肉,后来干脆对着茶盘入睡。

孔雀女长得好,性子也好,又跟四哥研究了好一会儿胭脂颜色,才笑眯眯告辞了。

五哥和六哥合力,写了一篇散文送给大哥,大意是好男儿志在凌云,胸怀高远。

大哥读完反而炸了:"还志在高远,我们本来就天天飞,又高又远,壮志凌云,凌个头。"

是,我们一胞七兄弟,是鸽精。

如果我们本尊不是鸽子,大哥不会遇上那户小姐,不会爱慕她,也就不会失恋了。

小姐住在深宅大院,自幼足不出户。眼前的光景日复一日,她便喜欢抬起头,看日月星辰,远处寺庙的塔尖,大雁与鹰隼,还有鸽子。

而大哥,最喜欢在京城中独自低低飞行。

皇城侯府,寺院道观,大街小巷,大哥都飞过。他以本尊的样子出现,懒洋洋地拍动翅膀,掠过一面面墙壁,墙壁坚固,分隔出各种人生。

直到有一天,一张莹白的面孔,仰脸向他微笑,挥动帕子引他过去。

"听说第一次大哥被吸引去,是因为小姐手里有胡饼。"

大哥的确爱胡饼,可也不会在凡人手里取食,我对这个说法将信将疑。

或许是那张面孔，就像网鸽子的陷阱，将他从无忧无虑的半空，唤了下来。

大哥从此记住了宅院的位置，时常过去。

小姐一年只出一次门，去寺庙进香，剩下的时间都在院中度过。

她做女红，画画，抄诗，跟丫鬟嬉闹，还有打发不完的时间，她便逗引路过的鸟儿。

她很快就在众多鸟里记住了大哥，可能因为他太能吃吧。

大哥扮演一只普通的鸽子，非常入戏，为了一点她手心里的胡饼，他咕咕叫，跳来跳去，还在小姐肩上站着，让羊脂玉一样的手指，轻轻碰触自己的头颈。

这些细节，他自然不肯说，我们还是知道了。

我们住在城东的宅子里，一般以人形进出。有一天，大哥却以鸽子的形态飞进来。那时我正在画美人，看见大哥，手一松，笔捅在画纸上，美人多了一颗痦子。

"哈哈哈哈哈哈！"我笑得几乎断气。

太离奇了，鸽子形态的大哥，套了件锦缎的小马甲。大红面儿，跟鸽子嘴的颜色绝配。

大哥跳到我面前，让我把马甲解开，他才变回人形。

马甲绣着银色的如意纹，系着一枚玉扣，相当精致。我还待细看，大哥一把将马甲抽走了。

"天寒地冻，确实该多穿些。"我擦掉笑出的泪。

大哥冷冷看我一眼，走开了。

过几天，好奇的六哥跟踪了大哥一把。

他回来时，尾羽都被大哥啄歪了，却兴冲冲的一脸八卦相。

"我一露面就被大哥发现了，他飞过来啄我，那小姐在下面喊，雪郎，雪郎危险——"

"雪郎是谁？"

"大哥的花名？"

"啧啧啧啧。"

六哥继续。"我飞走躲起来，一会儿听见小姐说，外面冷，我们进去吧，雪郎。然后大哥跳进她的掌心，她把大哥藏在衣襟里，进闺房了。"

"衣襟？衣襟……"

房间里一阵意味深长的沉默，我们都在遥想那个盛景。

大哥顾不上搭理我们。那段时间，他早出晚归，热切而盲目。

有天半夜，他过来找我，要走了几张最好的画纸。

"大哥，你要画什么？"我好奇问。

"市景。"大哥眼中露出一点柔和的光。像所有爱恋中的人一样，他的嘴再严实，偶尔也想吐露一点出来，"她没见过街头是什么样子，我要画给她。"

七兄弟都擅于丹青，各有所长。

大哥画得最好的，是大画。十丈长卷，山河盛景，气势恢宏，神明帝俊居所的长廊就是他画的，见过的人都赞美。

他给小姐的画却只有巴掌大,一点点,笔触细腻周到,像是有无限耐心,无限温情,每处细节,都轻声呢喃。

"怎么不画大一点。"我说。

大哥说:"一只鸽子,叼一长卷,合理吗?"

难道叼一幅小画就很合理?我要是那小姐,早就花容失色,请道长上门了。

噩耗传来,道长没上门,上门的是做媒的夫人:原来小姐及笄,之前定下的亲事早在准备,迎亲之日,近在眼前。

大哥回来时,家中一片安静。我们不敢鼓吹大哥去抢亲,人鸽殊途,不可能同归。

从小姐家的大门到她那重院子,要走过十一道门。大哥当鸽子的时候,轻轻巧巧就能飞过去,变成人,就是不行。

大哥的脸色,就是那时开始灰败的。他佯作若无其事,画好第三幅小画,飞走。

那天,他居然叼了一张绣帕回来。水粉色的绣帕,样子倒很素雅,不用问我们也知道是谁的。

我不信小姐会把绣帕送给一只鸽子,不信大哥会在小姐的闺房变成人形,也不信大哥会偷帕子。

猜不出来是怎么回事。

带回绣帕后,大哥再没画过小画。

之后他出门都是人形,在街上从天亮走到天黑,低着头,皱着眉,像丢了荷包。

我们就明白,小姐想必已经出嫁。

大哥说,"不知道她现在的住处,也不想知道。"

我看他是不敢知道。他甚至改了习惯,不再像过去那样,四处低飞。

如果他经过千宅万户,怎么能忍住不去找她的影子?

大哥消沉了,二三四五六哥拿出各种办法,想让他开心起来,均告失败。

只有我,老七,知道该怎么办。

云花寺才盖了一座庙宇,要找人施彩绘。和尚们拮据得很,给画工的钱少,要求又高,一时找不到人。

我变作人形,带上六哥,进寺拜谒,告诉和尚:"我们七兄弟,想为贵寺画彩绘。"

和尚说:"作品先看一下?"

"没有作品。我们只消七天时间,不用寺里斋饭,颜料自备,无需酬劳,只有两件事,一是我们绘画期间,需得门窗关好,无人来扰,二是,我们要画市景。"

云花寺有一处画殿可供香客休息,市景未尝不可,和尚应了。

大哥听到要画寺庙的壁,眼中终于亮起一点光。

小姐嫁了人,更难出门。

她还是会去寺庙求拜的吧?

每一年她都去上香。未来她有孕,产子,到时也会为家人，为自己，在佛前祈告。

敬拜之后，她总该在寺庙里游览，看看画殿。

既然之前看过，她也许会认出，画画那人的手笔，跟自己仍是少女时，从鸽子手中接过的小画，如出一辙。

也许她忘记了小画。

也许她认不出来，因为大哥画起大画来，才真叫潇洒大气。

起码，她看到画殿时会心生喜欢。

因为大哥会在那里，为她画好整幅京城街景。

作者简介

陈一阵，取这个名字是因为妈妈姓陈，并且它在姓名网站上评分很高。

有不看小说就全身剧烈难受的毛病，然而罹患了二十年才发现这一点，因为之前都能坚持每天看小说。

创作谈

有一种寄居蟹，专门在已经成形的故事上溜溜达达，找地方安装自己的故事。

最容易被寄居蟹盯上的是那些志怪传说，因为它们总有点没头没尾，似乎某位旁观者，恰好经历了故事的一部分，虽然不知其始，不知所终，还是觉得有趣，觉得古怪，于是把自己知道的部分，老老实实写了下来。

其余的，留给后人猜测，像一幅没完成的画。

比如七只鸽子，化身为翩翩少年，去寺院画画的故事——搞了这么多前提条件，他们总不能只是爱好艺术，想画几幅画吧！

那古远的、灯火不甚分明的唐朝，自有旖旎故事的土壤。

这就是寄居蟹在找的海螺壳子。

是为记。

第三篇

下西洋

短篇小说

下西洋

作者：李 下

01 渔者

我在虚构的海洋捕鱼，无意间，捞到一部手稿。手稿的作者是一名叫马川的明朝人。他是马欢的胞弟。马欢是郑和的翻译官，通晓亚洲各族语言。手稿记载，永乐七年，马川领书记员一职，随郑和及其兄再下西洋。船队途经梦幻岛，遭遇大风暴。马川所在船只不幸倾覆，滔天巨浪袭来，仿佛破碎的天，吞没众人，又吐出一具又一具浮肿的死尸。次日，风浪稍息，马川在一座孤岛醒来，身边是一只金漆木箱。箱子里装着笔墨纸砚、铁制罗盘和马欢撰写的番族辞典。马川极目远望，明帝国的船队似一滴洇开的墨点，渐渐消弭于海天之间。他嘶吼，纵火，乃至乞求白鸥寄送消息，都无法让船队返航。马川数次自杀，均遭自然、记忆、内心的回响与岛上的番人阻拦。他以之为某种启示，决心遵从天命，活下去。随后数年，他在上百个岛屿、山峦、城市、村庄乃至语言无法描述的地方，辗转求存，并以惊人而又绝望的毅力写下所闻所见。他在手稿中坦诚，有时陷于困顿或误食某种菌菇野果，会望见蜃景，听到人间以外的声音。但他直言，真实的影子亦为真实，所以一并存录手稿。马川衰朽之际，梦见一朵莲花开在地狱，晓得自己大限将至，遂将手稿填入蓝色琉璃瓶，流放诸海。我为渔者，镇日耽溺于幻想海洋。今得此手稿，不敢使之蒙尘，逐字誊出，以飨世人。

02 虚构

这个部族的人，沉迷于虚构。

小孩会为父亲增添鲸须犀角，必要时，可以御风飞行。翅膀就藏在肋骨下，不会轻易示人。丈夫会缩略妻子的赘肉，扯下月亮的辉光披挂在她身上。每逢纪念日，还要乘坐一片梧桐叶，飞抵远海的城堡。在那里，像天空之父与大地之母般狂热交欢，诞下新的宇宙。老人会无限地重复人生，或为诗人，或为骑士，或为妖精，或为一棵伫立在风雨中凝视帝国兴起又衰落的树。

愤怒的人，在受伤的那一刻，便已化作暴风雨，惩治了出海的敌人。悲哀的人，置身荒野，会得到仙女的眷顾，母亲的怀抱，与情人的眼泪。每个人都有自己的方式来完成虚构。有人书写；有人绘画；有人作歌；有人仅仅靠说；有人却只是沉默。

他们有一条铁的祖训：不能破坏任何一个人的虚构。当你手持闪电鞭牧羊，别人就只能眼巴巴望着，使用皮鞭或雨鞭。闪电鞭只有一条，只存于一个人的虚构。那为丈夫系上流星皮带的女子，惹得后来者愤愤不平。最过分的是先辈对语言与事物了解的匮乏，使用了空洞而模糊的虚构：我的女儿是天底下最漂亮的；我的丈夫是陆地上最英俊的；我是最具才华的，等等。后辈只好不断繁复，不断具象，小到掌纹的形状、某个时辰的浪漫与一格草地里所豢养的传奇。

虚构最多的人，可以成为国王。可是国王无心政事，不定律法，不劝农桑，不祭先祖。他为了维护自己的虚构，日复一日地在过去的城堡里增加金甲兵团、魔法卫士及数之不尽、奇之又奇的珍宝；为自己的一千零一名妻妾，裁选衣裳，编织发饰，精心上妆；从自然与历史中借用智慧，将万事万物的特性戴在自己身上。他几乎是在运用虚构，自塑为神。

也许是在一个清冷的秋季，有一个小孩从葵花的枯萎里窥伺到不同寻常的迹象。他开始虚构死亡。消息传到国王耳里，城民已经创造出一百零八层地狱。国王苦思冥想，要开辟第一百零九层。可是他耗费十余年，都没能为那个尚在建造的地狱增加任何一个微小的细节。说到底，他没有下过地狱，并且尘世间的事物是有限的。国王在懊恼衰老的同时，死于他想象的一座酷烈的火山。城民开始仿效国王，纷纷赴死。有的死于一根羽毛；有的死于一次天崩。他们疲倦于现实世界的贫乏与糜烂，以为死后能获取更多经验，从而丰盈自己独特的虚构。

这是部族里盲人、聋人与哑人跟我讲述的历史。他们说，他们从未理解虚构，只是活着，像太阳、仅仅是太阳般活着。

03 报复

这个部族的人天生崇尚报复。

一个十五六岁的少年，手持杨木剑，冲着虚空劈砍。他说，他幼时被烟雾呛了一口，长大后又寻不到别的复仇对象，只好把虚空当做仇人。他指向一旁的老人，那个老人毕生以云为敌。因为他曾在梦里遭云背叛，从天阙坠下，断了双腿。醒来后，矗立成一棵古老的树，怒视每一天的云，极尽想象去惩治梦里的罪人。

远处走来一名妇女，肘挎竹篮，浑身珠玉，绣花鞋面镶着上百颗细碎的彩色宝石。我以为她是尊贵的王后。少年说，那是他平凡的母亲。他说，岛上的女子都憎恶贫穷及贫穷衍生的一切。可是珠宝不是最佳的报复手段。她们劳动，正如男子一样。这与我们大明帝国的男女无甚区别。少年说，母亲是去向大海复仇。海掀起浪，浪吞噬他的父亲和家里唯一的船，船上还有母亲做的糕点、编织的护身符及合卺礼上留有她唇印的酒杯。母亲的竹篮里垒着石头。她去填海，每日如是，像太阳一样永恒。至于父亲，他生前誓要戮杀一条背鳍有白色斑点的旗鱼。只因他在蜃景里被那条旗鱼撞裂头颅。父亲常说，眼睁睁地看着自己的头滚落在海面是一种耻辱。随后，少年跟从母亲，远赴海岸，一起实施对大海的惩罚。

　　之后，我在岛上劳作，书写，与少年交谈。他带我认识族长，一个报复命运的男人。他年轻，但已预知死亡会在他见过第四十次圣果成熟之后降临。他们家族世代如此。这种诅咒似的噩梦遮蔽了他的一生。而他选择的报复方式是娶尽可能多的妻子，生尽可能多的孩子。"每一个孩子都是我生命的某种重复和延续。"他是这么说的。这令我想起九州历史簿里的君王。

　　羁留月余，我惧怕成为某些人的复仇对象，划上木筏，把自己送入大海。仰望苍穹时，想到有人与之为敌，那人心里该是遥远的失落，还是渺小的慰藉？反观苍穹，自盘古创世以来，便冷漠不闻，一张巨大的冷清的脸凝视众生，看我们执迷悲欢，也看我们生死轮转。

04　生死

　　一个部族，每年维持一千八百九十六人，不增不减。有人故去，便有婴孩诞生；有婴孩诞生，便有人故去。我想，他们暗地与鬼神做了交易，献祭生命或某种珍宝，换来这种可笑的平衡。巫师说，没有交易，我们乞求的不过是岛上诸人的集体意志；说到底，人类可以更好地操纵死亡。

我在巫师的眼睛里看到少女们强迫出嫁并岁岁怀孕，当有人衰亡或病故，一个婴孩便准许出生；而当年临盆的其他孩子，统统泄入大海，葬身鱼腹。如此数年，巫师会在某个寒冬举行通灵仪式，向天讨要一个日子。那日，所有出生的婴儿蒙受祝福，健康成长，而等数的靠近死亡的老人，会像羊群般，逐上悬崖。在酒、歌和狂舞中，纵身跃下。

巫师说，这里发生过意外。有一年，老人跳崖，新生的婴儿却不幸染病。他穷尽岛上的药草，夜夜向先祖祷告，可惜还是没能从恶鬼手中讨回命债。他承认，这是必须付出的代价。那年，他们派出部族最为勇武的战士，带着黄金与铠甲，向外或买卖，或征战，或盗窃，或某种带血的肮脏手段，返航时掳回一名婴儿。

当夜，我狼狈窜逃，生怕巫师将我筹算在内，成为一千八百九十六中的"一"或"一"的祭品。

05 房子

这座城市看上去能抵御岁月的侵蚀。每一椽房子都像是用三代人，以一种皓首穷经的决心，雕砌一砖一瓦，拣选一草一木，精心设计铺排，夯实起来的王国。屋顶、门墙、仓室、花圃、篱笆、地砖乃至砖与砖之间的缝隙，都是经过精确至毫末之距的计算，以实现契合主人的美与金汤般的坚固。

反观屋外的街道，七扭八拐，遍布坑洞，垃圾成群，仿佛宫廷御画上平添几笔稚子涂鸦，破灭了整个城市的井然与和谐。

我踏上这片陆地，竟走不进一间房子，只能龟缩在街道上，把自己并置于垃圾丛中，做一株等待倦鸟归巢的草人。

行游诗人说，他们每个人都是自己的国王，宅院是无可争议的领土。他们毕生耕织，积累财富，热衷生育，建立家的律法，并严格审核，违者受惩，小至鞭笞，大至流放。诗人指着街道上的流浪汉说，他们都是自家的罪人，悖逆祖训，所以无家可归。在遍地国王的世界，无家可归便是死刑宣判。当诗人开始吟唱番语歌曲，我仿佛背负着自己的罪，遥望北方的大明帝国。我想起郑和大人和兄长马欢，他们如今是在应天府同帝君饮酒，还是像我一样迷途于某个孤岛，无家可归。

当夜，我看见两户人家，鬼鬼祟祟地潜出城门，各自抬着一顶轿子。抬杆上悬着一盏灯笼，绘有家族图腾。一盏是龟蛇，一盏是鹰隼。行游诗人说，这是联姻，龟蛇家献出女儿，鹰隼家献出儿子。有时，他们也会族内通婚。国王是房子的奴隶；家人是国王的附庸。房子以外，迟早会沦为战争的废墟，所以无人在意，也无人修缮，任由它腌臜一片。

诗人转身离开，把自己寄入暗夜。那逐渐黯然的背影，飘然远逝的歌声，驻留在我记忆里企盼又漠然的眼神，都好像在陈述他的某段过去。我想，也许他是见罪于家里的国王，又不愿顺从通婚换取赦免，遂流浪街头，日夜苦吟低唱，在水运浑天仪的运转中终于衰朽。

06 图腾

这个部族崇尚图腾——不是集体图腾——而是每个人都要建立自己的图腾，好像非如此，不足以自证存在。

有人以鸟翼为图腾。他的双臂是一道冥顽的茧，只需经历某种艰险又独特的淬炼，便能蜕化成翅膀。当他飞翔时，他投映在大地的影子会进入庙宇，成为神的一绺信念。他说，他打鱼，狩猎，承受痛苦，所完成的全部人生，统统是淬炼的一种。如若此生未完成，留待下一世，他将继续征程。苍穹下越过的每一只鸟，扇动的每一次羽翼，都是对他善意的鼓励。他幸福，因为他可以接纳一切，归纳一切。

有人以棕榈树为图腾。他常常沉默自省，在院里院外、山野岛岸乃至人迹罕至的地方，频频栽种棕榈，以克服自己的死亡焦虑。他想，死后，自己的气味、倒影、痕迹、作品，会融入棕榈，深植岛上，以成就永恒。他热爱棕榈树般的永恒。

有人以性为图腾。他狂热地沉浸在一切交媾行为中，自己的，他人的，动物的，植物的，跨越物种的。他认为，性是天地诞生的根本，是水火土木四大创世元素的源头，是自己存在的原因及必要。他拥有岛上最多的妻子、最多的动物和最多的植物。他沉浸在观察、记录、体验性的伟大历程之中。他奉性为神。有人叱他渎神。他反驳，神亦有父有母，父母之上还有天父天母，再往上还有宇宙之阴阳。性是神诞生的桥梁。我不仅没有渎神，反而是在竭尽所能地接近神。

有人以一首诗为图腾。不是由文字或影像所构成的诗，而是心中的诗；一首尚未降临，但即将临盆的诗；它应该有语言的意味及某种确切的指向，但没有人能表达过类似的意思；它甚至有可能不是一首诗，但为了说出它，只好采用最接近它的名词。他为了寻找这样的诗，发誓要读尽所有的诗，写出等待被写出的诗。他固执地相信，只要读、写下去，他会越来越靠近那首图腾之诗。哪怕死时，能靠近万分之一，他也心甘情愿。他是那首诗的奴仆，毕其一生，也许只能找到（创造）其中的一个标点，他也会心满意足地阖上眼睛，临终前幸福地长"嘀"一声。

有人以一种心情为图腾。可以是快乐，可以是悲伤，可以是恐惧，可以是某种语言不足以明确但又拥有具体的触发机制的暧昧情绪。他会在那种情绪到来之际，感受到一种自然而然的幸福，好像一切本该如此，如受神启。

有人以一个词语为图腾。比如说，故乡。他未必真的热爱故乡，只是迷恋这个词及背后某种晦暗不明的含义。每当他看到、想到这个词，内心就会有一种恰当的丰盈与满足，同时伴随着惆怅与哀伤。他无法解释这种现象，只能去接受，并注入自己的独特理解。这样他就能简单地证明自身的存在。

有人以人肉为图腾。但是他不会说出来，只是看见行走的、卧坐的、记忆里的和即将出现的人，内心就会燃起一种粗暴的悸动和几乎难以忍受的狂喜。他想，他会在某个律法失效的年代，堂而皇之地端起一个餐盘，露出满意的微笑。为此，他更愿意是一只猛虎或传说中的恶龙。

07 女国

这个部族的王是女人。女祭司制定律法，女巫祝祭祀天神，女战士对外征伐，女牧司守护秩序，女木匠建造房梁，女圉人督管牧场，女耕者垦拓农田。凡是大明帝国男人操办的种种事业，在这里，皆换作女子。

至于男人，他们很难称得上是"男人"，因为据我所知，他们都像郑和一样，十二岁即受宫刑。从他们身上，你看不到郑和的气概与风度。这是一帮唯唯诺诺、如猪如狗的奴隶，跪着行走，稍有不慎，即掷入屠宰场，在女屠户的刀下，化作一坨花肥。

我自称大明帝国的使者,她们才没有把我当异族剁碎喂花。接待我的是一名女史官。她管理并续写女儿国的历史。我说,外面都是男人的世界。她说,事物总有相似,但必有不同。我说,男人也是人,何故如此,又何必如此?她说,当你阅尽天下事,定能找到女人承受非人待遇的国度。我说,阴阳相济,男女交合,才能延续生命,女儿国如何育养后代?她领我去一座极尽奢华的宫殿。我以为是去觐见女王。结果却是监狱。那里囚禁着一名男子。他健壮勇武,熟读诗书,对女王和律法虔诚无二。每个礼拜日,都会有适孕女子前来,领取他的精元。我说,可是他总会衰老。她说,女王总能选出接替者。我说,他会孤独或反抗吗?她笑了笑,好像我问了一个可笑的问题。

　　女史官招徕两名女武士,将我带到另一间宫殿。她们强制我沐浴,熏香,更衣,饮用一种橙黄色的酒,泄出体内的秽物,又食用清香的果子与干净的牛肉。我不明其义。女史官说,女王吩咐,要留下百株大明帝国的精元,辛苦先生在此留宿数年。我以死拒之。她说,莫非先生甘愿为奴?我无言以对。

　　是夜,我从厕下水道遁走,不及驾舟,径自潜游,像一个乌有的影子,登上一处岩礁。行囊散尽。幸甚各族番语颇有共同之处,我尚可融会贯通,与人交流无碍。只是可惜了罗盘与笔记。待到来日,造罗盘,默录笔记,也未尝不可。呜呼。

08 笑声

这是一个礼乐之乡，像大明帝国的影子。

城乡井然繁华，百姓安居乐业，街道各处张贴着"仁义礼信"。我像是闯入了陶潜笔下的桃花源。他们总是在笑，到处都是笑声，陆地成了他们的舞台：男人的，女人的，孩子的，老人的，狐狸的，郁金香的，博物馆的，风的，天的，太阳的。他们笑得好大声，喧嚣不止，仿佛不笑是一种罪，会招致酷厉的刑罚。

初入其中，我受到感染，也开心地笑起来，好像舍弃的行囊、流离失所的遭遇与不时浮出的绝望心情统统消失了。我突然想成为他们中的一员，在这片和乐的土地上生活，衰老，直至接到勾魂使的邀请。来世填写故乡时，仍然选择这里。

我走进一家笔墨铺，用随身的玉器置换书写工具和一些干粮。店主笑脸盈盈，奉茶上来，客套地跟我寒暄。我抿茶时，瞟到他的神情似乎有一种不耐烦，但很快掩饰过去。这时，我听到后堂有一阵婴儿的啼哭和一个女人的辱骂声。店主面露愠色，让我稍安，他去后堂处理家事。哭声渐息。店内逐渐涌入外面的狂笑。我正准备离开，店主喊住我。他身旁站着一位娇娘子，怀抱一岁幼子。他们整齐地笑着，请我见谅。我看见幼子的脸上有猩红的指印，眼睑下的泪痕还未抹干。他像他爹娘一样，脸上的肉堆起来，小小的牙齿僵硬地撑着，像脆弱的伞骨。

踅回街道，那些肆意的笑声似乎多了某种意味。它们像是长了眼睛，随时凝视着我。我只好张开嘴，像一头驴一样，嘀嘀笑起来。我路过无数张笑脸，逃兵似的提紧自己的口袋，远走了。

09 动物

这是一个人畜颠倒的世界。

人类匍匐在地，脖套绳索，发出呜咽的叫声。他们赤身裸体，已经遗失了语言与记忆。执鞭者是大明帝国坊间印刷的《九州鸟兽录》里出现的各色动物，无外乎象狮虎豹狼狗猫鼠鸡鸭牛羊一类。

我伪装成瞎眼公鸡的奴仆，主动套上绳索，跟随其后。主人喜欢仰起鸡冠，在大街上巡视，直至太阳投掷在眼背的模糊的卵黄色变得铁青乃至漆黑，他才肯挪回城郊的鸡窝，并命我蹲守柴门，彻夜守候。

我潜伏此地，实为好奇所役。我想知道，人可以自甘堕落到什么程度。于是，这些画面迎来，并被我转化为汉字：

屠宰场。鲜嫩的十六岁女性肉体，沐浴过后，送上一台铁与铜打造的机械装置。肉体躺在一块铁板上，三支飞速旋转的齿轮垂直嵌在铁板顶部，上端有三个喷水口，冲着齿轮的方向不懈滋水。一匹马抬起前蹄，按动铁板侧面的红色按钮。铁板滚动起来。肉体颤巍巍地被送到齿轮下……

马戏团。十五岁男性猛钻火圈，他自鸣得意地向台下各界动物展示皮肤上灼烧的痕迹，仿佛在炫耀勋章；两只狗推出一个禁锢在花瓶里的老人。他露出痛苦的脑袋，流下眼泪，似乎是润滑剂的一种，接着伸长脖子，挤出一只手、一条胳膊，骨节咔哧咔哧地响，然后是另一只胳膊。等他完全拔出瓶口，下半身竟然没有腿。本来预备欢呼的观众，瞬间辱骂起来。他们觉得受到了嘲弄和侮辱。当台上剩下最后一人，会在鞭笞下，调动其久不使用的声带，结结巴巴地承认，我是奴隶，我们都是奴隶。

宅院。人探舌如扫帚，舔舐动物粪便，稍有不净，便会遭受叮咬，身上满是刚近结痂便又撕裂的伤口，因为它们总是喜欢啃食同一个部位的肉。动物午睡时，人类猫腰着，用嘴轻轻呼气，为主人鼓起绵延的凉风，还要在身体上涂抹香料，诱使蚊虫咬啮自己。有时候，它们会站在屋檐上，观望人类自残或表演某种原创性的节目，譬如毫无来由的癫狂或模仿某个丑陋的动物。

一天，我误入人食店，一名象屠夫卷起我，正要掼上案板，操弄刀具。瞎眼公鸡飞进来，叽叽喳喳地抗议。象屠夫羞赧地把我放下。这时，一旁的狗食客跳过来，叼起我脖子上的绳索。它汪汪两声，惹来一条蛇窜将过来，端看绳索后，吐出蛇信子，那模样是要把我吃掉。我知道我伪装成奴仆的事情已经败露，拔腿就跑。追我的动物越来越多。它们跑了数里趴在地上喘气，便命令自己的奴仆们直立奔跑，务必要将我追回，处以极刑。尽管我饥渴困乏，但性命攸关，只好咬紧牙继续逃命。整座城都在晃动，天上的飞鸟逐渐成群，向我袭来。我躲进丛林，蹚过湖泊，越过沙漠，钻进一个古老的山洞，这才甩开后面那些忠心的人和愤怒的鸟。洞里有积水，我狂饮满腹，躺倒睡去。

夤夜，我钻出洞来，拄一根树枝，拖着酸痛的腿和起泡的脚，向城市外行去。

10 石像

这个部落的人，惧怕一个石像。

那个石像可以说是山的，甚至岛的主体。它双目双鼻双唇双耳，完美对称，虬松作发，面部涂着红色颜料，也许是红色岩石，或是赭色菌菇盘结其中，绘制出一副威严的不容挑战的神的尊容。人与狮子站在石像下会双腿打颤，双目闪躲，双耳仿佛闻到呼啸的鹤唳。

每当他们受难，迎来痛苦、疾病和死亡，都会归咎于石像的诅咒。于是，他们携带祭品，或为鸡鸭，或为猪羊，或为花木，或为玉石，更为可怖的有人献祭自己的孩子和年迈的父亲，去乞求石像的宽宥和庇护。

历任族长都曾攀上山顶,蹲踞在石像顶上,穿过虬松,凝望下面的虚空。没有人知道他们在上面思考什么。因为他们随后就会跃下,把自己摔成一摊肉泥,好像以此才能完成自己的命运。

我与现任族长有过一次交谈。我说,你们被一块石头统治是可笑的。他说,在外人看来,它只是一块经由岁月雕饰的石头,谈不上尊严与震慑。可是对我们而言,这是一个具象的神。我们幸福,因为我们总有一个可以归咎和崇拜的对象。我们可以把人生的一切交付予它。生老病死与苦乐悲欢,都会有一个最终的解释。那就是石像。

族长说完,就向我告别。今夜,他要登上石像,在那里沉思。如果有答案,他会下来,继续他未竟的生命;如果没有答案,他会跃下,将自己献祭给石像,就像他的历代祖先一样。

还未等到结局,我就乘船离开了。因为族长和我其实都明白,所谓的答案和结局,其实早已注定。他只是迎向了自身的命运,而我也将继续迎向我的。

11 沉默

这个部族的人,始终沉默。

不光是人,连牲畜和飞鸟都被剜去喉舌。岛的四周建有一堵巨大的防风墙，只为禁绝海风的呜咽。岛内几乎没有金属。也许有，只是他们在金属上裹了一层绵纸、橡胶或某种隔音材料。遇到雨天，他们会在屋顶和街道上铺一层毛茸茸的吸水地毯。只有一种情况，族人们苦思冥想百年都没法解决。后来，岛上生下一名智者，似乎拥有外界磅礴的智慧。在他的组织下，族中的丁壮男子乘船赶赴外岛，挖掘矿石，制造了四颗人工太阳，分别悬置于岛的四方。每当巫师察觉到天空暗沉，雨云暴虐，便立即点燃人工太阳，将乌云蒸干，天空蒸亮。雷电害怕了，从此消失。

　　智者的孙子为现任族长。他用眼神向我讲述了祖上的传奇历史。当然，岛中心的古庙所悬挂的数幅画作，更为形象和准确地传达了整个故事，否则，凭我的智识很难理解人类怎么可以战胜雷电。

　　那座古庙供奉的除了历代祖先的纪念物，譬如骨针、纺线、陶罐、一颗腐烂的眼球和上百个编织成类人物体的头发丝，还有一尊泥像。泥像逼真，像是画作里的智者，但又有所不同。因为泥像没有嘴和喉结。这是一尊沉默的泥像，就像是整个小岛的完美象征。

　　我向族长询问泥像来历。他手舞足蹈，狂热地用眼神示意，穷尽一生的神态，都没能让我明白。我刚想开口说话。族长惊恐地捂住我的嘴。一旁的持刀武士警惕又愤怒地睨视我。我急忙闭合嘴唇，用眼神表示感谢。离开古庙前，我问了族长最后一个问题，岛上是否有文字传世？族长费劲地揣摩我的意思，很快又陷入死寂的沉默。他看着我，像一头哀伤的兽，眼眶红肿，似乎承受了某种委屈。他摇摇头离开了，临走前下达族令，要我三天之内离开这里，并且不准发出任何声响，否则潜伏的武士随时都会斫下我的头颅，割下所有的头发，编织成人形，供到古庙。

这三天，我走遍小岛的每一个角落，寻找只言片语。无论是断崖石壁，还是古老的山洞、陶器、河道里的石头、废弃的观星台石柱和家家户户门墙上的凿痕，都没能辨识出任何一个语言的遗迹。我无法理解一个可以发明人工太阳的部族，为什么始终缄默。

我离开那天，族长带着家人亲自送别。他们赠我瓜果、干粮和葡萄酒。我友好鞠躬，手指在空中舞出一个巨大的"谢"字。族长惊慌地抓紧我的手，催我上路。我只好摇动船桨，在四颗银色的仿若月亮的太阳的注视下，离开了小岛。

12 人称

这个国家没有人称代词"我"。

每当他们称呼自己，便会提起另一个听上去和自己毫不相关的人。有时，他们也会说"那个人""那个谁""某某人"，或者冷漠地直呼自己的某个名字（他们拥有很多名字，父亲、母亲、老师、朋友、自己、动物、植物、天空、梦境和幻觉都可以给他们取名)。无论如何,他们在交谈与书写时,从来都不会用到"我"。

好像"我"是一个可怕的诅咒。谁使用"我",谁就会招来恐怖的惩罚。

据我观察,他们的生活克制且平和,鲜有冲突。博物馆的史书里也从未提及战争或类似战争的情境。

但是,这并不表示这个国家就从来没有"我"这个字。在他们的信笺、日记与个人传记里,还是能够发现"我"的存在,并且使用恰当,毫不违和。

我在与他们交流的过程,频繁使用"我"。我说,我来自何方;我姓甚名谁;我的职业和我的境遇;我的未来与我的思考;我对这个国家的态度与看法。他们没有为此驱逐我或是给出警告和教训。只是皱着眉,忍耐着那个字。很快,我就为自己的粗鲁道歉,识趣地称自己为"那个人"。

在这个国家,我度过了克制且平和的一周。离开的那天,碧空万里,我感觉体内的"我"无限地广阔和清明。

13 监视

这是一座阴鸷而又干净的城市。

街道上和橱窗里的人,似乎在奉守某种守则,语气温和,神态安详,待人接物彬彬有礼。我有意成为一名审判者，察校行人幽微的情绪和隐藏的暴戾，哪怕是轻微的不耐烦或稍显聒噪的动静，都完全没有。他们像是大明帝国戏坊里的傀儡，过于井然。只是我初来乍到，无法寻得城市背后的提线者。

我记得，那是一个热烈的晴天。我去河畔，择一隐幽处，洁净全身，洗涤衣物。待到衣服干透，掸顺褶子，穿戴整齐，大步踏进城内。稍稍驻足，那些停靠在我四面八方的人便会掷来一束辛辣的直愣愣的目光。开始，我自恃大明帝国书记员，在这些番邦夷族眼里，该是一种恢弘夺目的存在，心中便扬起一种雄伟又理所当然的感觉；但很快，他们频频瞥来的眼神，含有某种警惕和侥幸，我有点不安，莫非他们视我为蛮族，所以才对我有这般好奇与警觉；接着，我发现，他们不只在觑视我，也在窥探别人，可以说，每一个存于他人眼睛里的人，同时也在注视他人。城市密布着往来不断、又饱含敌意的目光，仿佛织就一张巨大的蛛网。每一个人都身处其中，无法遁逃，除非离开这座城市。

我宿在一间客栈，以劳动换取房费：无非是劈柴烧火，洗菜煮饭，洒扫庭院。我发现，客栈掌柜和店小二总是不时地对望一眼，掌柜无法命令也无须命令店小二，该他做的事自然会做；而掌柜，则妥善地肩负分内之责。我闲来发闷，找厨师攀谈，问起父母亲族。他说，何谓父母？我嗔怒道，生你养你者。他说，生我者，不知去向；养我者，乃城市也。我还未来得及同情他的遭遇，就发现一个惊人的事实：在这里，没有亲缘关系和家庭属性。所有的一切，由生至死的种种活动，全部仰仗城市的安排。他们有一个城主和一个至高无上的议院。我说，为什么这里的人总是直勾勾地盯着他人，像一条被激怒的蛇？他说，这是我们的道，也是城市的立足之本。在我的央求下，他说出了那个词——监视。我们必须时时刻刻监视别人，同时也接受别人的监视，由此，城市才会稳固地行进，没有一丝一毫的偏差。

我不想做一条时时愤怒的蛇，更不想成为蛇的猎物。当晚，月色藏云，我在数道灼热目光的凝视下，徒步离开城市，向着远方进发。

14 鲸厂

无法想象，整座岛就是一个生产鲸鱼的工厂。一条成年鲸鱼，大概要耗费一环月圆到月缺；幼鲸自然短些，也要半环；如果是蓝鲸，至少一环半。

岛民生来就是为了造鲸。有的制造鲸须，有的培植鲸尾；有的育骨；有的种鳍；有的做胃；有的栽肺；有的工种令人沮丧，只是缝合一坨又一坨血肉。不一而足。偶尔遇到齿鲸，还要启动尘封的巨齿车间，从别处调人，紧急赶工。

各个器官制造完毕后，会运输至岛中心的组装厂。那是一座掏空的山，足以囊括一条成年蓝鲸和上千个组装工人。他们会在那里进行最后的神经缝合和呼吸测试。当鲸鱼发出凄厉的长啸，摆动巨大的尾鳍，晃动整个组装厂时，族长便会启动机关。工人们紧急后退至边缘地带，眼睁睁地望着鱼腹下的山体徐徐撑开，仿若天在塌方。他们屏息凝视巨大的鲸鱼沉入海中，留下一圈圈磅礴的涟漪。随后，族长关闭机关，山体渐渐会合，工人复归其位，清扫组装厂内遗留的涎液、掉落的鲸须和未完全缝好的皮肤碎片。

夜里，他们跳起大海之舞，狂饮海藻酒，将残次品幼鲸拖出来，架在一片乔木林上，纵火烧林，鲸脂滴下，诱起更为雄壮的火焰。工人此时会乘风筝，向漫起的大火中撒下食盐、辣椒和岛上特产的去腥香料。所有人静默一旁，闭眼祈祷，仿佛在等待神的朕兆。等到风中送来乔木灰烬的味道，众人撑开眼睛，竞相跑过去，踩着绵厚的灰层和烧焦的皮骨，接近那团肉山，徒手挖出一块又一块烤肉，贡祭自己的肚子。酒足饭饱之余，有人还会彻夜交欢，像两头远古的兽，在月夜下嚎叫。次日，岛民会回到各个车间，重新开始劳作。

15 魔盒

祖父曾随鄂国公常遇春北伐元王朝。一路上，尸横遍野。天地间到处弥漫着腐尸的腥臭,像一团从地狱攀升而出的雾。老鼠啃啮尸体的窸窣声、婴孩彻夜的啼哭声与将士们疲倦的乡音,拼构成一阵昼夜不息的噪响,持续在祖父的耳边和梦境里低徊。后来,他选择聋去,因为再也不想听到任何声音。

这座岛屿大概就是祖父噩梦里某些场景的轮回,更是一个让我想捣毁自身六意①的炼狱。

一俟登岛,我就嗅到一股沉重的腐臭味。沿路走来,成群的尸体如野草般矗立两旁,野狗与兀鹫忘情贪食,丰腴的白蛆窜上窜下,更远处逆风而至的乌鸦,铺天盖地地袭来,像一场黑色的绵密的暴雨,落在地上。走了许久,死尸渐稀,扑面而来的是残垣断壁和挥之不去的尘霾。正午的阳光渗不进来,风阴飕飕地灌入,我收紧衣领,极目望去,想在四周寻一个临时的落脚之地。

岛中心有一座几近倾塌的古庙。我迎着晦暗的夕阳,把自己送进去。在一尊怪诞的神像下铺就草席,刚想睡下,去思考因果和此间恐怖的历史,突然冒出一个惊颤的声音。一个女人,一个痛苦的女人的声音。她从神像后探出头来。我说,我不是本地人,请她出来叙话。她似乎认真地思考了一番我是否会伤害她后,才支起两只胳膊一截一截地挪出来。她没有脚,并且失去了一只眼睛和左边的乳房。下面的故事是她讲述的:

这一切都是因为那个来自地狱的魔盒。

---

① 眼、耳、鼻、舌、身、意。

这里本来叫快乐岛，所有岛民无忧无虑地过着丰衣足食的生活。我们有自己的家庭、工作和希望。似乎从来都不知痛苦为何物。每个人都以为我们现在所经历的，不仅是我们的过去，更是我们的未来。从远祖到末日，我们会一如既往，安适而恬静地直达死亡。

一年冬天，岛上走来一位先知。他带来一个修饰精美的盒子，自称是神遗落在人间最后的礼物。族长举行全民大会，要求每一个岛民投票表决，是否留下这件礼物。最终，我们都因对神的敬畏和崇拜选择接受。那时，先知吟诵了一段我们难以破解的诗句或是某种咒语，然后就像雾一样消失了。魔盒放在古庙里，成为一种永恒。

当晚，族长做了一个梦。他梦见自己年轻健壮，智慧非凡，像一位远古的帝王，拥有整个岛上的女子，又生下整个岛的男子。次日凌晨，快乐岛变得不安起来。因为各家的长老去古庙祭拜时，发现魔盒上空正在演绎族长的梦境。他们看得一清二楚。那群女子中，最先老去的正是族长的夫人。而长老们和其他的男子在族长面前，恭顺地弯腰，承认他是他们共同的至高无上的父。岛上的人羞愤难当，在家里打磨斧头和柴刀。直到族长夫人上吊自尽的消息传来，人们再也忍不住，将蜷缩在地窖里的族长拉出来，当众处以极刑。

可是噩梦并没有结束。很快，长老们和其他每一个岛民的梦境都出现在魔盒上空。他们在那里，扮演着内心所渴望的各种角色，极尽权欲、性欲、食欲与各种畸变的难以言表的欲望。伦理崩坏了，道德溃散了，秩序消失了。每个人都拿起武器，去惩治别人或防止别人惩治自己。到处都是罪恶和罪恶的影子。关乎个人的战争，暴雨般浇淋在这座昔日祥和快乐的岛屿。没有人能避开战火，只要他还在做梦。

我问这个女人，你的伤是谁带来的？

她说，我的丈夫在梦里看到我和别人偷欢。可是那个人早已死于他妻子的发簪。

我说，你躲在古庙，是为了躲避你的丈夫吗？

她说，也许他已经死于邻人之手了。因为他曾在梦里疯狂地报复邻人，像虐待一条可怜的流浪狗。

我说，魔盒还在这座古庙吗？

她说，后来，那些无力反抗命运的人联合起来，在古庙前祷告，乞求神收回这件可怕的礼物。可是，身后的仇敌擎着斧头追来。祈祷的人群中，突然站出一个戴面具的人，发疯般抱起魔盒，狠狠地摔在地上。当时，我们都看到了，魔盒化作一只黑色的大鸟，腾空而起，消失在云影之间。可是战争远未结束。我们遭遇的诅咒，需要献祭整座岛屿的生命才能结束。

她说完就咽气了。

我阖上她的右眼，念诵佛祖留下的咒，祈祷她去往莲花圣洁的彼岸。当我踱步出来，古庙坍塌成一堆灰烬，扬起的尘落在一阵旋风里，送至遥远的天空。举目望去，一只黑色的大鸟飞过，我收起行李，离开了这里。

16 巨兽

离开这座小岛时，我仍然带着恐惧和惋惜，为那只可怜的巨兽。

它长得像一条蜥蜴，瘫爬在岛上，一动不动，宛若一座巍峨的县城。背脊上甚至有一丛灌木。每日有鸟雀和虫蛇光顾。它打出的喷嚏会在颚下集聚成一片池塘。令人惊讶的并不是他的体形，而是它的智慧——它可语人言。那声响如午后的闷雷，吐出来的音调却异常精确。

我怀疑它是一个人，为某个巫师施咒，化作此等怪物，在太阳和风雨里受难。

他那痛苦的颤音从腹部发出，几乎震聋我的耳朵。我生来就是这般丑陋模样，他说，这世间除了死神，还没有哪位生灵可以左右我的命运。

我说，你可有亲族同类？

他说，我自虚无中诞生，也终将归于虚无。只是此间的痛苦，实在无法排解，敢请先生邀来死神，提前结束我的生命。

我不解其意，便问它，缘何痛苦？

它艰难地摆动巨尾，似一条鲸鱼浮出海面；腹部擦着地表，微微晃动，旋即引来极似海浪般的沉重呼啸。它缓缓张开嘴，让我借助日光眺望咽喉处的景致。我什么都看不到，只嗅到一股腐烂的味道。它让我走近，站在悬雍垂下。我怀疑这是一个陷阱。它看出我的顾虑，说，我只是想向你展示我的痛苦，你是能为我带来死神的使者，我不会吞下你的。

于是，我走在黏湿的舌苔上，逐步靠近喉腔，颤巍巍地向下眺望。它彻底打开嘴巴。日光从我身后射入。漆黑的腹部瞬间点亮。我看见密密麻麻的人在一摊黏稠的血水里拼命挣扎、哀嚎、呼救。我吓得跑出巨兽的口腔，呕吐不止。过了好半天，才缓过神来，像根木头似的凝视着它那苍老的眼球。

它说，我曾贪婪地吞下无数人类，可是却无法彻底消化他们。他们体内有太多噪声，是这些声音延缓了他们的消失，可是于我而言，这是痛苦的痈疽。我早已不堪重负。现在，连摆动尾巴都异常困难。

我想指责它。可是它的忏悔如此诚恳，而且已受到应有的惩罚，我又何必再增加它的伤痛。

它接着说，我邀请过兀鹫、鬣狗和白蚁，赶赴我的腹部，帮助我清除这些雷噪的人类。可是它们行至半途，就因无法忍受他们的喧嚣退步出来。

我不甘心，它说，终于等来了两名旅人。第一名是一位航海家，他带着一柄锋利无比的高乔钢刀，照着我的腹部划去。可惜，刀刃秃了，都没能打开一个小口，稍稍减轻我的负累。航海家愧疚离开。第二名是一位热爱海洋的骑士。他纵跨四海，想寻得珍宝讨取公主的欢心。我承诺，可以给他想要的，但他要剖开我的腹或是将我杀死。

他先后用剑、火和石块，都没能伤我分毫。他沮丧地离开了。现在，你是我仅剩的希望。

承蒙它对我寄予如此厚望，可惜我只是一名书记员，尽管来自一个宏伟的帝国，终究是凡胎，无法左右它的命运。

它恳请我想想办法。

我终于想到随身携带的酒。我请它再次张开巨口。我站在悬雍垂下，将所有的酒，泄入深渊。

当夜，我在巨兽沉睡的鼾声中划船离开。明天醒来，它还会陷入往日的痛苦，直到死神亲临。月色流逝得好快，就像船下的水流。我熬不住身体的疲倦，一并睡去了。

17 许愿

赶巧，这里将要举行一年中最为隆重的许愿节。作为大明帝国的书记员，我受邀参加，并换上当地人的麻布长裙，戴上绘有月亮的头巾，宿在村长家的客房。

许愿节，顾名思义，就是在这一天，每个人都可以许下一个愿望。神会庇佑你实现愿望。这不是诗人编撰的神话，也不是哄骗小孩的童话，而是如日出东方般恒久不变的真实。只是神的庇佑是有条件的：如果另一个人许下和你相同的愿望，你的愿望就会抵消，化为一场空梦。

村长说，他的父亲，曾先后许过成为帝王、将军、财主,长出翅膀,迎娶公主,过目不忘,智慧无双的愿望,可惜,统统没有实现。因为天底下,总有另一个人抱有相同的侥幸:认为人内心都渴望类似的宏愿,所以绝大多数人都会放弃许下这般愿望,宁可去乞求一架风筝或一匹阿拉伯骏马,而只要他固执地祈愿长生不老,总会等到其他人放弃宏愿,而自己终将独享人世间至高无上的殊荣。

他说,他在年轻时,受父亲感染,持之以恒地抱有这种侥幸,在许愿节那天向神要一只点石成金的手指。直到三十岁以后,他才放弃,向自己的女儿学习,要一些具体而微的事物,像是一柄锐利的斧头、一头纯净的羊或是一根清脆的牧笛。可就算是这样淳朴的愿望,有时候也会落空,说到底是我们岛上的人太复杂,而神又不允许我们泄密和交流愿望。

尽管村长言之凿凿,可是我内心总觉得这是一个温柔的玩笑。村长邀请我晚上和他全家一起去神庙广场,跳许愿舞,喝许愿酒,许一个具体的愿望。他神秘地笑了笑,神自然会审判你的愿望。

在一蓬仿佛大鹏鸟般的篝火外,岛民们齐聚一团,缠手,扭胯,抬腿,高呼,念念有词。月光冷冽,辐照着这群迷狂的人,不发一言。村长和他的女儿牵着我的左右手,成为这盛大笑声中的一道背影。当我们跪拜神庙后,乘着村长向神讨来的毛驴,回家去了。他说,睡前想着神的模样,许下你的愿望,第二天就会见分晓。

我许愿:请天神赐我返回大明帝国的船票。

次日，清晨，村长的女儿兴奋地敲门，请我读一首诗。诗里有月亮，有河流，有骏马，有男人，有一个女子对男子深情而动人的仰慕和盼结良缘的期望。她说，这是神赐给她的，今夜，她就要用这首诗向心仪的男子表白。村长笑着张罗早餐。他请我喝马奶酒，吃风干的牛肉和可口的芥菜。我问及村长的愿望。他说，许愿前想起了故去的父亲，于是决定许下长生的愿望。我不理解村长为何还抱有这样的侥幸。他说，这不是侥幸，而是因为，他已经别无所求。

可惜，神不庇佑我，没有赐我船票。村长略带歉意地说，异乡人的愿望无法升入神的台案。我只好带着村长馈赠的礼物，向着更远处的岛屿行去。

18 月光

大明帝国中秋节的次日晚上，正是这里的月光节，也可以称之为祈愿节、降灵夜、蜃景日。那晚，人们可以扯下月光，裁剪出自己心中的幻境。

当时，月挂林梢，我登陆岛之东岸。一只插着双翼的鲲从我头顶掠过，翕动的鱼鳃鼓荡着四周的浊气，宛若珊瑚礁的眼球纳进天地盛景，遗留磅礴的一瞥凝视渺小的我。尚处于恐惧与犹疑中的异乡人，陡然间望见鲲之上，一只仿似穹顶的蝴蝶，轻轻扇动羽翼，天之群星与地之汪洋，泛起壮阔的涟漪，在天地之间摆荡、远去，递送至上古的虚空。讶异之余，更见一朵莲花，洁净而闪耀着宇宙中奇异的星云。莲蓬镶着数以亿计的太阳，浮动的荷叶仿似银河的倒影，荷梗立在旋动的时空深渊，望不见须臾间便是万年的根须。我以为这就是神之造物的全部。岂知，莲花也只是一处庭院的盆景。那座庭院似乎是诸神之母的居所。我极目望去，也只能远远地望到她的一抹发梢。

从东岸顺着一条平道，直抵岛心。迎向我的竟是一柄呼啸的剑。剑光冷冽，剑锋敛着浑浊的气息，在我的眉间一尺处凝滞不动。只听一句稚嫩的"收"，剑转瞬即逝，又在别处显现，穿梭，如入无人之境。操纵剑者，是一个八九岁男童。他略带歉意地颔首，粲然一笑道，先生见谅。我仰头而视，才看到男童身后，宛若"山海经"再现，各种奇珍异兽、神花仙草，盈斥其中。幻境之下，岛民们嬉笑不止，喧闹之余，又会极为专注地操控自己的幻象，让它们顺着自己的心意，以天地作台，极尽飞扬变化。

令我感到意外的是在那拥挤的幻象中，竟有一名老朽的妇人。她静静地站在虚空中，慈祥地微笑，明丽的双眸犹可见年轻时的娇态。她正对着大地的某处说着密语。嘴唇轻轻扑搭，连带着脸颊的皱纹都饱含热烈的心事。我在人群中仔细检视，终于发现一位老翁，独坐草地，仰望着他创造的妇人，似乎在享受更为永恒和宁静的幸福。

老翁将他相濡以沫六十载的妻子介绍给我。她三年前因病辞世。老翁本想一走了之。可是月光节的存在，给了他余生的慰藉。他还活着，就是为了等待这一天的到来，让自己陪着妻子的幻象，旁若无人地思念、说话、创造更多的关于她的记忆。

我悄然走开，在一名当地人的教导下，跪拜月亮，虔诚发愿，伸手揽过掌心的月光，轻轻吹气，那月光便幻化成一艘轮船。它的航向是北方的大明帝国。郑和大人是船长，马欢兄长掌舵，我的倒影站在船舷边眺望古老的陆地。海鸥飞过，带来母亲的音信。不知不觉，我泣下眼泪，纷扰的幻境逐渐模糊不清。

月光节后，旭日东升，我醒在岛心，众人还在梦里。一望无际的云空恢复了往日的模样。我蹑手蹑脚地穿过酣睡的人群，顺着草径，走向北岸。

19 神笔

乘舟往北，一座瑰色的小岛阻在前路。我划桨靠岸，饮过大口琼浆，踏上虹桥，径直入岛。

初登此地，四周云蒸霞蔚，抬脚时扬起的浓雾捎出一股花香。巨大的白玉拱门立在前方。我想，门后也许是一座被浓雾遮蔽的宏伟宫殿。穿过拱门，门柱上镌刻的龙凤龟蛇竟上下流窜，大有跃出之势。我疾步踏入，迎面而来的是埋在雾里的黑玉台阶。拾级而上，不知几时，终于望见遍开四野的奇花异草。田野尽头，枕着一条银光璀璨的河流。河道之上，雀鸟搭桥。我走过去，一只仙鹤翩翩而至。它伏地垂首，邀我上背。而后，驮着我飞落一处雅致的庭院。院中置一石桌，香茶仙果俱备。一位须发半尺的老叟，拄着桃木拐杖，从内堂出来，笑脸盈盈地请我入座。他说，此为长生茶，彼为不老果。请我尽情享用。我却之不恭。

他笑道，先生相信长生不老吗？

我摇摇头，自是不信。

他打开壶盖，请我往里看。

烟绿色的茶水恍兮惚兮地倒映着我的形象。那是一张陌生到让我害怕的脸。好像我只是一副多余的躯壳，每天戴着陌生的面具行走吞咽。这时，茶水的湖心撑出一颗晶莹的水泡，刚浮出水面就破裂成细碎的晶体，散落四周。每一粒晶体熠散着若隐若现的微光，光里竟伏着层峦叠嶂的影像。我凑近凝视，费尽思量，才意识到这些影像是地狱的重影。

老叟的地狱让我看到了人类全部的罪及所受的惩罚。那些受难者，出生时就被折断羽翼，沉堕大地，用脆弱的脊背艰难行走。他们抛却神的语言，学习粗陋的万物之影的名称；暴食之下，招致病患，逐渐衰老；灵魂滋生贪嗔痴的毒疮，拖累躯壳，迫近死亡；最后经历回忆与观念的审判，将身体交付蛆虫和鼠蚁，魂灵入海，遭受永生永世的禁锢和孤独。

在幽深海底挣扎受苦的人,张着绝望的嘴,却发不出任何言语;决眦远望,可远处只有无尽的漆黑;耳边所闻,尽是动物的悲鸣与同族的哀嚎;可以嗅到的,唯有自己尸身永恒的腐臭。

一阵眩晕袭来,我好像沉入了一个痛苦而悠远的梦境。

大梦初醒时,已是正午。我伏在一张杨木方桌上,桌上留有一枚陶瓷茶杯。杯底尚有温热的茶渍。不远处,一间茅舍孤立于荒草之间。想来,这只是一场梦。我正准备离开,茅舍里传来老叟的声音,真如梦境一般。他手里拿着一幅画轴。画里正是我方才所历的仙境及地狱。我虔诚三拜,匆忙离去。

孤舟海上,大病一场。似有所悟,却也无解。一生蹉跎,如是而已。

20 半兽

想来,我经历过两个半兽人王国。

一个以半兽人为尊,人类不过是治下的臣民和奴隶,每日辛苦耕织劳作。天怒之年,粮食歉收,瓜果不济,人类不仅要作半兽人的口粮,还要易子而食,以此活着。除罢辨识节气和半兽人的命令,他们不需要语言、审美与智慧。不是不懂,只是自甘堕落。

一个以人类为尊,半兽人不过是治下的臣民和奴隶,日出而作,日落亦不息。他们用兽语思维,很难理解复杂的指令,譬如尊严与自由。皮糙肉厚,孔武有力,是人类宁愿奴役他们而非同族的原因,也是他们赖以生存的武器。偶尔偷食主人的鸡与狗而不被发现,就是他们的全部希望。他们智识有限,只能蜷缩在兽圈,随时等待狼牙棒和词语的驱策。

我在人类纡尊降贵的王国,戴上半兽人面具,模仿粗粝的兽语,行走在大街小巷。每一个为生活所累的驼背的人类,都不敢目视我的眼睛。他们天生胆怯,像一条条受伤的狗。我将自己的秘诀授之于人。他惊恐地听着我的词语,看着我手里的面具,仿佛是一件不祥之物。他惊慌逃窜,嘴里呼号着某种兽语。我勉强听懂其中含义。他在召唤主人,要求惩治我这个胆敢悖逆人类命运的罪奴。我只好抄密道和崎路,逃离此间。

我在人类趾高气扬的王国,试图劝解每一个拥有正常语言和思维能力的人类,半兽人也是人,不过是在语言和体貌上与我们相异。我们不该奴役他们,驱之如牛如马。他们不屑听我废话。我继续说,你们可以尝试分工合作;你们从事政治、艺术与管理,半兽人务农务工;你们应该建立货币体系和共通的律法;你们可以和平共处,而利益无损。他们不屑听我废话。我不甘心,继续说,你们有没有想过,一旦半兽人觉醒,他们凭借武力反过来征服你们,届时你们又拿什么来维护现存的秩序?在这个世界上，存在另一个王国，他们为王，你们为奴，这不是危言耸听，而是事实。他们愤怒了，命令半兽人将我放逐岛外，并冷笑道，在半兽人觉醒前，我们会命令他们自杀，那时的他们，还学不会反抗。

孤筏重洋，前路几何？我不知道啊，太阳。

21 国王

老人坐在岛中心的棋盘边，哀悼往事，等待自己即将写下的第一行字。那是一部只存在于他思想中的作品。他笃信，某一天，也许是明天或更遥远的未来，但一定是在死神的镰刀落下前，他会像看见每一粒黑白棋子般，清晰地看到那部作品的全貌和每一个精心设计的标点。他是一名被流放的国王，更是一个诗人。

在这座人迹罕至的荒岛，他久久伫立，试图理解往昔和记忆里不可忽视的细节及它们所蕴含的尚未彰显的意义。他要凭借这颗国王的头脑，厘清芜杂又恢弘的往事，拣选饱含史诗品质的片段，择定完美的体裁，再落实到一个个具象的文字上。他执念于此，是为了越过死亡的阴影。他说，诗句比权杖更能让人不朽。

他邀请我对弈。可惜我不善此道。他说，这里是死神的后院，十年来，鲜有人至。他等待来客太久，就像等待那部作品里的第一个句子。国王的眼神含有一种恳切和不容拒绝的威严。我只好落座，执起白子。他执黑子。一盏茶工夫，我投子认负。他说，再来一局。我只好作陪。太阳迫近西海。晚霞漫天，熠散辉煌的金光。荒草仿似国王的仪仗队，巍峨地挺立着，整齐而森然。就像他后来告诉我的，他七十五岁了，一只脚悬在冥河，被宰相放逐到这样的荒岛，唯一的安慰是这里的荒草竟带给他一种异样的广阔和孤寂，仿佛昔日的宫殿和从未理解他的国人。

对弈三局，我连连败阵。他码放棋子时，既无得意之色，也无失落之情。我想，我的存在对他想象中的作品毫无裨益，不如离去。他似乎看穿了我的想法，沉缓地提气，颁发圣谕般一字一顿地吐出一个完整的句子：那时，我还是一个王子，就已经有了创作一部伟大作品的想法。

我松动的身躯重新安稳下来。这位老人，虽说是国王，但更是一位诗人。诗人需要一双真实的耳朵，聆听他尚在建立的诗句。我应该成为他的耳朵，静谧地矗立，像月亮一样永恒。

他求问先知。先知说，只有伟大的人，才能写就伟大的作品。王子便立志要做伟大的人。可是何谓伟大？他再次拜访先知。先知说，人之所以比一条鱼伟大，是因为人会模仿神的语言，羡慕神的乐园，渴望成为神的仆人，甚至是唯一的仆人。王子开始研究诸神及神的传说。他想，至高无上的神，所拥有的无非是造人与毁人的权力。凡人难以理解他们，也就无法接近他们。而在人间，最接近神的权力的，只有国王。王子洞悉了伟大。他带着宝剑三次拜访先知。先知还未开口，王子就割下他的人头。

王子的父亲是一位仁善之主，治下之民无不称颂他的厚德天恩。他有八十一名娇妻，生有八十一名皇子。王子排行十七，想要承继大统近乎空想。可是，王子成年后的三年，其他八十位异母兄弟先后死去。有的死于毒蛇，有的死于暗箭，有的死于妓女的床榻，有的死于敌国的刺客；没有一次死亡是雷同的，像是诸神精心的设计，又犹如著诗。那年，国王卧病在床，在宣布王子成为下一代国王的诏书上盖上印玺。

病床前照顾老国王的是一位十八岁的女子，也是他第八十一位妻子。想到自己的未来，她泣不成声，希望国王临终前给她一个承诺。彼时的王子，已经是统摄大地与海洋的新国王，他拽过女子的手臂，褪下她的衣服，在父亲的病床前，强行与之交欢，并宣布她为王后。

老国王葬礼上，国王抢过史官的笔，记下当时奠仪的程序与天空中飞过的一只黑鸟。他想，日后他会记叙父亲的死亡。父亲的前八十位妻子，依礼法都要殉葬。她们哭倒在国王脚下，请求国王纳自己为妻，其中包括他的生母。国王散漫地挥动衣袖。持戟士兵将哭泣的女人们赶下巨大的殉葬坑。黄土一层层落下，遮蔽了绝望的哭声。世界终于清静了。国王牵着王后，回到宫殿，彻夜交媾。

翌日，国王颁下圣令，迎娶一百零八位十七岁少女。宰相与其他大臣慌张地在全国各地搜刮女子，将她们送上国王的马车。寂寞的王后在寝宫里拜祭老国王的遗像，想象他那威武而温柔的身躯化作自己的玉指，探入裙底，行敦伦之礼。可惜，不慎被国王撞见。他命令士兵扒光王后，悬于宫墙之上，任太阳暴晒，大雨浇淋，鹰鹫啃食。暮色四合，国王走出宫殿，佯装牧民，混迹在臣民之中，欣赏自己城墙上的杰作，听取百姓的恐惧与非议。

数年过后，宰相只找到一百零七位未婚的十七岁女子。他惶恐地跪在地上，等待国王的盛怒。国王说，听说我长子的新妇明日欢度十七岁诞礼。宰相起身，退出宫殿。次日，他携带王的亲卫，闯入王子府衙，将正好十七岁的女子拖进王的床榻。宫娥悄悄送来王子的消息，提醒她，见到国王称其公公，或可使他念及人伦纲常，不做禽兽之举。女子从命。结果，国王大笑不止，与之云雨。

一月过后，国王的第一百零八位妻子，也即他的儿媳，诊断有孕。国王唤来长子，问他，腹中之子是谁的血脉？长子惶遽跪地，称颂父亲，称普天之民皆是他的血脉。国王大喜，凡人皆是神的影子；而今，臣民是他的影子。他已经靠近了史诗里的伟大，也必将成就伟大。

随后，国王从囚犯、乞丐、牧民、渔夫与女人中，选出万人，将其训练为无惧生死的士兵。他们脸蒙黑面，手持弯刀，所掠之境，尸横遍野。不足一年，敌国称臣，番邦纳贡，国王威服四海。

无人掩埋的死尸，终于引发瘟疫。国王命死士焚烧瘟疫之城，并紧守城关各处，凡逃散者皆就地枭首。

望着王国灿若星海的大火，国王仿佛已经预见了这一幕将会化作什么样的诗句，进入他那尚在构思的作品。他心满意足地睡在鲸须编织的枕头上，思考伟大的要素。他已做到古今帝王所能做到的一切。可是，他内心有种不安的声音。他不解其意，遂星夜赶赴神庙，命令祭师通灵，邀请先前被王割掉头颅的先知附身，与王对话。

死去的先知，借由祭师之口，告诉国王，伟大是不可理解的，是复杂的混沌，是命运的废墟，是时间的囚徒。

于是，国王赐放一百零八位妻子和万人死士还乡，停止修建空中花园和海底宫殿，免除国人三年赋税徭役，并广纳贤士，广开言路，建立国之宪法。百姓爱戴有之，称其千古一帝。他微服民间，体察民情，以国法论断是非，铲奸除恶，颇有美誉。

后来，国王做了一个梦，也许是在民间酒肆晕晕沉沉时听人讲起：境内的奴隶们过着猪狗不如的生活。他萌生一念，要解放奴隶。他串通开明的奴隶主，鼓动其门下的奴隶们以武力和谈判的方式赢取自由。实则，这自由是奴隶主早已默许的。而那些顽固的奴隶主疯狂打压躁动不安的奴隶们。国王暗自资助他们武器和黄金。王国内，硝烟四起，各地奴隶主纷纷被杀，土地和粮仓被分被抢，有的充缴国库。不明情况的大臣建议国王派军队镇压暴民。国王置之不理。当夜，赐死大臣。

各地奴隶自由后，历数国王昔日的罪行，想要联合起来，推翻国王。国王任由他们打入王畿之地。群臣惶恐不安，向天祷告。国王冷笑，命令侍卫打开国库，在黄金白银铜币上涂满毒药，马车载之，泄入城墙之下，造就一条宏伟的金银之河。奴隶们扔下锄头和斧头，将尽可能多的金银填入衣兜、胸怀，甚至口腔。他们满载而归，累及家小，全部暴毙。王城之危解除。国王命人将全部金银流放四海。后世，有无数人潜海寻金，又离奇死亡，他们将这些财宝称为"国王的诅咒"。而在国王眼里，这只是他作品里的一个章节。

老人讲述往事时，无意中提到，那时的他视每一个臣民为一个字，整个王国就是他的作品，他以各种方式修改、调整甚至删减作品里的某些部分，这让他有一种成神的快感。只是这个作品无法抵御时间的侵袭。他也不信赖史官的笔墨。终究还是要靠他自己，一词一句地完成那部将穷尽他一生的作品。

奴隶彻底消失后，国王一度陷入沉默。他将国事托付宰相和诸位大臣，拿起凿子与钢刀，独自拆除自己的宫殿。一座富丽堂皇的宫殿，耗费三年，终于被他拆成一片废墟。生出白发的国王满意地站在废墟之上，等待夕阳。他想起被割掉头颅的先知的话，命运的废墟。也许，脚下就是他正在寻找的废墟。当天角的余晖铺来，国王张开双臂，极目远望，感受时间从自己身上掠过。夜幕垂下时，他忽然生出一种悲伤：无论如何，他都无法像日月更替般实现永恒。

永恒不是永生。我们的国王想要的只是作品的永恒，而非身体的永生。尽管有无数方士、巫师和佛之信徒，向他贡献长生之道。他都弃之不用。因为永生，有损于他的作品。他笃信，倘若自己万岁，那部作品将永远无法诞生。死亡的阴影既是他的宿敌，更是他的警钟。有限才能带来无限，说这话的老人让我看到了神的神态，而无限只会带来虚无。

废墟清扫一空。百日之后，又一座宫殿原地复起。新宫殿和被国王拆除的宫殿一模一样。每一块地砖的花纹和缝隙都是仿照先前而造的。这是国王的命令。宰相和匠师们战战兢兢地完成后，都不敢邀功。他们惧怕王的喜怒无常，宁愿避而远之。

可是国王在六十五岁大寿之际，宣布他要听故事。每天，都要有一位国人入宫，向他讲述一个故事。他是唯一的听众，也是唯一的审判者。他凭喜好和感觉来决定故事讲述者的命运：要么引颈受戮，要么富贵荣华。

国人惶惶不安。一位游吟诗人，自诩故事圣手，向国王吟唱了一个关于爱与背叛的故事后，国王竟然睡着了。他醒来的第一眼就看到了诗人的人头。一位平日讷口寡言的农妇，颤颤巍巍地讲完了一个狐狸与兔子的故事后，国王大悦，赏赐百金，赐轿出宫。没有人能揣度国王的喜好。哪怕是可以通灵的祭师，也无处求援。因为就算是故去百年千年的智者，面对国王，都束手无策。

如此，王国诸人胆战心惊地过了半年，按照某种次序，今夜轮到了宰相。他向国王讲了一个远古神将斩妖除魔的故事。国王笑而不语。宰相惊惶不已，乞求允许他再讲一个。于是，他又讲了妓女与负心才子的故事。国王沉默，似看非看地凝视着宰相的脸。宰相大呼国王万岁，请求再讲一个。这次他讲的是自己的故事。他饱含深情地将自己往年苦读诗书，蒙先王赏识，得以为官的经历，用歌剧似的语调，讲了出来。可是国王依然不为所动。宰相畏死，又讲了一个蛇与开天辟地的故事；接着讲仙女下凡，为醉汉所欺；小儿梦游仙境，窥探往后余生；乞丐建功立业，抱娶美娘子；老人遇狐仙，春宵一度，返老还童。宰相讲了三天三夜。他已经记不清他讲了九百九十九个故事，还是一千零一个。只是国王像尊雕像似的，既不称快，也不恼怒。口干舌燥的宰相，忍无可忍，联合国王的亲卫，将沉默的国王绑上一排竹筏，流放大海。竹筏将国王带到这座荒岛。国王缓缓走向岛中心的棋盘，与自己对弈的同时，继续数日以来他一直沉浸其中的思考——那部伟大作品的第一个句子，该拥有什么样的词语。

老人的声音渐渐消融于月色。海风柔和地抚动荒草，将风里的水汽留下，凝在叶片上化作白霜。他那苍老的脸上生出的每一道皱褶，好像都蕴藏了混沌的复杂与命运的废墟。此时，国王的眼睛好像回到了那排竹筏之上，痴痴的，神秘的，不可理解。我起身沉默地告别这位时间的囚徒，此生怕是都不可能读到国王的作品了。

22 棱镜

族长领我到棱镜前时，并未交代它有神奇的魔法。起初，我以为是鬼魂作祟；可是，那些只属于我的幻影，让我认识到这是不容抗辩的真实。

我站在棱镜的东面，看到一个和我一模一样的人，毋宁说那就是我，在跟随郑和大人、兄长马欢下西洋前，收到家中来信。信上说，乳母病重，回天乏术，希望我能回家看望。她虽非血亲，但一向待我亲如子侄。我骑马而归，送别乳母。葬礼次日，快马赶回太仓刘家港。可是大明帝国的船队已经开拔。我错失良机，只好留在应天府，做了六合县主簿。为官数载，兢兢业业，后升作知事。家有二妻，生有三子。二十余年后，马欢兄长再邀我七下西洋。不惑之年，我对大海已失了兴致。而就在这次西洋之旅，郑和大人死于古里国。

我转向棱镜的南面，又看到一个我，下西洋后，中途兄长邀我登上郑和大人所在的宝船，参加晚宴。醉酒后，我还未来得及返回自己的龙船，海上就卷起了风暴。那艘龙船倾覆了，无人生还。我侥幸逃过一难，而后跟随帝国船队，饱览四海。中途，锡兰山国王发兵五万围攻船队。我向郑和大人献计——贼寇主力倾巢而出，国都一定空虚，倘若我们趁夜突袭国都，来一出"围魏救赵"，势必能置之死地而后生。郑和大人从之。最终，我们生擒国王,化解危机。郑和升我为一艘宝船的船长。返航途中,我一时不慎,误食有毒的海物,医师无策,终究丧命。兄长含泪将我的尸身抛入海中,任鱼兽吞食。

我面向棱镜的西面,看到我在遭遇风暴后,凭一块浮板漂上一座郁郁葱葱的小岛。我觅得一处山洞安身。每日出去捕鱼、采果,勉强果腹。数日后,终于找到一块锋利的石头,搓好树皮,绑上木棍,做了一柄斧头。而后我砍下足够的树枝,做成筏子,划向四周若有人烟的岛屿。漂泊两日,遥望到一座小岛炊烟升起。当我靠近时,岸边一群番族手舞足蹈,呼号着我听不懂的番语。我划筏登岸。岂料,他们竟是食人族,将我扛起,丢进火堆,炙烤成焦黑的肉团。后面的画面,我已不忍目视。

我忍住恶心,转向棱镜的北面,看到一个我正站在观星台上,凝视一块晶莹的棱镜。我突然意识到,这正是此时此地的我。我看到了现在的我。这一怪异的现象,让我内心生出一股强烈的不安。接着,我看到,棱镜里的我执着地观察棱镜,渐渐地,须发皆白,皮肤松弛,褶皱密布,枯干的指节颤巍巍地抖动。任由族长和其他岛民过来劝诫,我都置之不理,只是一味地在棱镜里观望自身各种可能的命运。我在衰老,我也在固执地迎向命运的尽头。

也许是某个动静或是心里浮动的遥远的声响,在我耳边轰然一击,我如梦初醒,惊出一身冷汗,茫然地望着棱镜里重峦叠嶂般的景象,踉跄地退出观星台。直到登上靠在岸边的小舟,我才敢放肆呼吸。这是一场清晰的噩梦。

来不及同族长告别,小舟就已经浪荡在澄净的海面,行向某个尚未显现于棱镜中的命运。

23 巨人

渴望死亡的巨人,在得到准许前,要无休止地满足拥有权杖的国王的要求。此刻,皇宫外的巨人正背负鲸骨刀,走向森林。他要伐满上千棵百年白杨,拉到西郊,帮助匠师和民工修建国王的金字塔陵墓。

国王说,历代先王的陵墓,最高不过三丈,因为他们只能役使五到六尺的成卒农夫。史书所载,凡人者,最高不过九尺,力能扛鼎而已。可是这个巨人,高约十丈,单手可以抓握一只成年雄象。这是上天和先祖赐给我的礼物。我若不加善用,便是拂逆天意。

作为大明帝国的使者,我被奉为座上宾,获邀参加国王的晚宴。国王醉醺醺地命侍臣拿出权杖,执意请我观赏。我谨慎地坐着,喝葡萄酒,吃豹奶烘焙的糕点,静候那柄我想象中精致的权杖。

等待良久,暗处传来一阵阵吭哧吭哧的喘气声。他们走进晚宴的烛光下,我才看清,这是由八个壮汉抬着的树干。壮汉们一步一挪,肩膀凹进树皮,表情狰狞可怖。经过一番挣扎,他们终于将树干立起,瘫坐在地。侍臣斥退他们,请我凑近观看。我实在想不通,这不过是一桩看上去繁育千年的状似榕树的树干而已。侍臣正要向我解释。国王摆摆手，他要亲自介绍。根据国王时断时续的醉呼呼的讲述，我大概明白了权杖和巨人的来历。

数年前，国王命罪奴赴东山采矿。一天，一名胆大的罪奴顺着新发现的一处地下山洞钻进去。他以为能挖到金子来赎罪。结果在幽暗的深处，听到了均匀的沉重的鼾声。他吓坏了，想要原路返回，却误入别的隧道。他像一只蚂蚁似的，来回窜逃。耳边的鼾声时响时沉。慌不择路的他，循着有风和有光的角落，终于逃回地面，向上级长官汇报了这一发现。随后，国王亲率军队来到东山。上千人向下深挖月余，直到那巨大的鼾声入了所有人的耳朵。沉睡在山下的巨人，就这样被发现了。可是无论国王怎么呼唤，他始终沉睡不醒。侍臣建议挖掘巨人身边的泥土。很快，他们发现，在巨人的一侧，埋有一棵树干。当树干被吊起时，巨人轰隆隆醒来，匍匐在树干下，像一条顺从的狗。国王当众宣布树干为其独享的权杖，巨人是他的私产。巨人请求睡去，或死亡。国王手触权杖，命令他修建史上最为宏伟的王陵。

次日，侍臣领我去西郊，参观受难的巨人。我还未走进他背身的阴影，就已经因为眼前这座山似的大块头和自己的渺小震颤不已。他那吞吐天地的呼吸声，仿似海的呼啸；稍稍抬足，大地微颤，好像随时都会塌陷。举目仰望，只看见遮天蔽日的臀部和黝黑的天瀑般的黑发。侍臣领着我，登上西郊的一处山顶，正好可以望到巨人的脸。

那是一张确乎为人,但又极为庞大和沧桑的脸。那双眼睛,仿佛两湾清澈的湖,能倒映进万事万物。皮肤皱巴巴的,颇似皲裂的干枯的旱地。除罢那双眼睛,巨人的一切,都无法引起我内心关于美的想象。可是那双神的哀矜的眼睛,实在摄人心魄,让你无暇思索其他。

此时,巨人屏息,弯腰下来,抓起一块三丈巨石,放到金字塔地基上。匠师借助铜钟传声,告诉巨人,怎样轻微地挪动巨石,才符合国王的要求。他鼻孔微哼一声,四周的云团被拨开,散作流窜的烟雾。眼睛照出想要抗拒却又不能的哀痛,顺从地矫正巨石的位置。

侍臣说,本来陵墓要用王的一生来修建;现在有了巨人,大概三年,就可以完工,而且,这将是整个历史上无与伦比的王陵。巨人似乎听到了侍臣的声音,突然凑近脑袋,我几乎就能抚摸到那貌似丛林的髭须。

巨人说,权杖的主人什么时候才会施舍我以死亡?

那如闷雷的声响,几乎震聋了我的耳朵。我说,为什么执意求死?

巨人摇摇头,似乎这是一个无需解释,或是哪怕解释了渺小的我们也不会理解的疑问。

侍臣说,老实告诉你,丑陋的大家伙,死亡或睡去,都不可能。建好王陵,至高无上的王还会命你征战领土,捕捉海兽,守卫皇宫。只要王活着,你就是他忠实的奴仆。

巨人说,我只是权杖的奴仆。

侍臣说，权杖是王的，你便永远属于王。

巨人沉默地离开西郊山顶。他转身，抬起另一个石块，在匠师的命令下，修建那座令他痛苦不堪的王陵。

当夜，我潜入皇宫，根据国王醉话里的线索，找到了权杖所在。守卫它的壮汉都已睡去。可是我站在那粗壮的树干前，又陷入了绝境，凭我的一己之力，绝难将它抬出，站在巨人面前，解除他的刑期。但不做努力，我这辈子都会被那两湾眼睛折磨得睡不着觉。我试图环抱树干、肩负树干、锤击树干，都无济于事。我无奈叹气，树干竟然有所回应，像是一种回声。我借助铁器，敲打树干，终于确定，树干是空心的。我突发奇想，也许树干只是权柄的伪装。于是我小心地用铁器又挖又撬，树皮逐渐松动、脱落，露出里层黏滞的碎石、骨头、金属块和植物尸骸。剥离树皮后，里层的东西几乎不怎么费力地坍塌成一堆废物。我徒手扒拉，终于找到核心处的一柄纯金权杖。权杖约一臂之长，直杆顶端嫁接着一座貌似太阳的红宝石。我吃力地拿起权杖，逃出皇宫，来到西郊。

适值黎明前的暗夜，匠师和民工酣睡，巨人坐卧一团，疲倦地凝视星空，等待太阳东升。我赶至此地，面向巨人，擎举权杖。黑魆魆的夜里，巨人匍匐在我脚下，听候新主人的命令。

我说，你自由了，做你想做的事情吧，不必睡去或死亡。

巨人感激地点头，猛地站起来。两湾湖水淌下眼泪，聚在地上，汇成一方池塘。我走向西岸，将权杖抛入海水。巨人尾随而至，任凭惊醒的匠师和民工呼号，他都不为所动。

很快，国王率领大批军队追赶巨人和偷窃权杖的贼寇。他们向西岸射来弓箭和标枪。巨人挡在我身后，箭矢落到他的背上犹如碎石砸向山壁，伤不了他分毫。我踏上舟船，慌张地划桨。眼看军队就要追过来。巨人双脚插入海底，一只手连舟带我捧起来，镇静地一步一步向深海走去。他的身体逐渐沉入海下。国王的痛骂与军队的箭矢越来越远。

黎明已至，那只巨手将我平静地放在远海。我遥望着他的两湾眼睛慢慢阖上，随后，头颅彻底没入海下。磅礴的涟漪将我飞速荡开。当一切平静之时，我已望不见巨人在水下的暗影。

24 巫医

在这个王国，巫医才是执掌权柄的人。国王在他面前，也要俯首。臣民们不敬天神与祖宗。他们只跪拜巫医。

一位游吟诗人说，巫医是造物神在人间的使者。我不解其意。于是，他跟我讲了一个故事。

很久以前，国王娶了一位美貌贤良的王后。第二年，王后便生下了大王子。这位王子到五岁还不会说话，七岁不幸被一条窜进来的毒蛇咬死了。二王子刚出生就是一个死胎。三王子是个天生的聋哑人，十七岁那年，于郊外狩猎，误中国王的箭，当即死去。四公主竟然长有一条尾巴，被弃入荒野，为野兽所食。

王后终日以泪洗面，不肯再生。国王百般哀求都无济于事。煌煌大业，竟无人可继。于是，国王瞒着王后，与其他女子同房。可是，这些孩子或胎死腹中，或一俟出生就不幸夭折。国王在处死最后一位御医后，决定认命。近臣说，我王何不求取民间良医？

最终揭榜的是一位域外巫医。他有一柄巫杖，据说放在王后的肚脐上，就让她生下了称心如意的王子。那位王子就是如今的国王。从前到后，已经过去二十五年了，可是这位巫医似乎不会衰老，须发还是像初登岛那样，黑黝黝的，皮肤像女婴似的柔嫩光滑。

我说，这也没什么特别的。

游吟诗人说，怪就怪在孩子身上。据传，巫医当初曾问王后，想要王子还是公主。王后说，王子。他又问起眼睛、鼻子、嘴巴、耳朵的形状。王后一一作答，甚至有些不耐烦，认为巫医是在故弄玄虚。当时，国王的持戟卫士就站在一旁，随时准备斩杀这位看上去很怪的域外之人。可巫医气定神闲地请求王后配合。他接着问了身高、肤色、发型、性格及智慧。王后随口应付着，有一刻故意说希望王子的性格里有暴戾残忍的一面，以显示王的气概与威仪。巫医在国王首肯下,将巫杖贴近王后的肚脐。细碎的蚊蝇声突然冒出来。王后感觉有什么东西在她体内乱窜。那种感觉很是微妙,不痛不痒,像一滴水汇入身体的血液,直抵腹部的子宫。那里有王的种子。

十个月后,王子诞生了。又过了数载,他真的长成了王后当初所寄望的样子,并且分毫不差。除了偶尔的暴戾之气,会惹得王后伤心外,余生,她都活在一种战栗的惊喜中,将巫医奉为国师,给予他所能给予的一切荣华富贵。有一次,她和国王找上巫师,请求他再次赐福给肚里的孩子。巫医说,一个女人只能蒙受一次祝福,哪怕是王后也不例外。果不其然,王后最后一个孩子,不到三岁就意外去世。于是,他们更为尊崇巫医,更为宠溺唯一的王子。

现在的国王,害怕自己的孩子过于聪慧,所以请巫医赐福时,要处处低于自己,无论是智识还是体格。听闻巫医神威的大臣,纷纷登门,献上自己的荣耀、权柄与财富,求取祝福。他们的后代,无疑都是俊美且聪颖的。至于那些穷苦下民,他们一无所有,连巫医的门槛都迈不进去。他们也就只好世世代代穷困下去。

当然,游吟诗人说,今夜是赐福日。巫医会在所有的下民里,挑选三位孕妇,用巫杖为其赐福。至于代价是什么,无人知晓。

我一向忌惮类神的人。我笃信,终有一天,巫医会遭到反噬。游吟诗人冷笑道,你怎知他不会在赐福时,添加私心？比如，他用巫杖让所有的王公贵胄之子，将来面对他时都要俯首称臣？

这个王国早已是巫医的了。我无处落脚，只好匆匆离去。

25 奔月

这个部族的人，终其一生，都渴望登上月亮，在那里吟唱古老的歌谣。

我登岛时，正好赶上他们的第九十七次奔月。

岛中心，悬着一个蓝鲸大小的气球伞。伞圈四角绑着四条伞阀拉绳。拉绳另一端缠着一个状似树墩的黑色装置。这个装置顶端正冒着火，鼓吹起热滚滚的气浪扑进伞盖。装置下还系着一个藤条框。远远望去，框内可以容纳至少十人纵舞放歌。

主持设计气球伞的是这一代族长。他年近五十，正是一生中最具智慧的年纪。他说，黑色装置里填充的是鲸脑油、牛脂与地下黑油提炼的混合物，可以持续不断地燃烧一百八十天。大火会让气球升起。装置下设有一个风口绳。藤条框内的奔月者通过操控风口绳，就能控制火焰大小。这次奔月选出了五男五女。他们从小就学习有关月亮、风筝和大火的一切知识，有序地锤炼身体。如今，他们将带着整个部族的希望踏上第九十七次奔月之旅。

无需揣测，族长那忧伤又饱含热泪的眼睛就已表明，先前的九十六次奔月都失败了。或是燃料耗尽，或是遭遇暴风，或是流星袭击，或是大鸟扑扰，或是奔月者出现无法抑制的幻觉和难以忍受的孤寂，互相攻讦，甚至自相残杀，最终死在月亮的阴影里。

这次，毋宁说每一次，每一个族长，每一个岛民，都希望守望到奔月者投掷在夜幕下的烟花。这是先祖定制的胜利的象征。当他们成为月亮上的一抹微粒时，就会拿出藤条框里储备数百年的火管，冲着故乡，发射出璀璨的神女模样的烟花。

族长说，这位让所有族人等待数百年的烟花神女，是第一任族长梦里的仙子。仙子说，她会在月亮上等他。于是，族长皓首穷经，终于在临死前，建造了一个可以升空的气球伞，并遗命后辈子孙，一定要奔月圆梦。

随后，上万岛民，汇聚在气球伞四周百米之内。月亮高悬之际，族长擎举犀牛角，发出悠远的鸣咽。气球伞轰然一响。原本宛若羊角的火苗瞬间蹿起，渐成巨鲸摆尾之势。伞盖拔地而起，卷起呼啸的风。俯仰之间，全族人欢欣雀跃。我远远望去，气球伞在暮色里静静升起，终于向月亮奔去。

26 史书

到这个地方,你会被囚禁起来,写下自己的历史;而且,必须事无巨细地诚实地面对自己的过去。

如若句子虚妄,矫饰,夸耀,隐瞒,甚至造假,就会受到一个戴牛头面具、一个佩马首面具的审查者的鞭笞之刑,打得你皮开肉绽,白骨森森。

剧痛之下,凝视、探寻、叩问、求索关于自己的真相与隐秘,再逐一修改你史书里不够诚恳的句子。

直到每一个词语都准确且合乎本心,哪怕这本心你之前并未察觉。他们相信,书写与惩罚会让一个人进入更为真实的自己。

而真实,是他们献给世界的礼物。

当我完成自己的史书,即被驱逐出境。因为我的真实,过于丑陋。

那部史书,我永远都不会原样复写;但它已成为与我并行的影子,一道无法回避的深渊,时刻凝视与审判我还在延续的生命。

我的过去成为我一生的重负。有时,我会以寓言或神话的方式,将它们翻写出来,以稍稍减缓内心的焦躁与现实的负累。

一个人孤筏重洋,也许我再也回不到大明帝国了。

27 西洋

我已老去。

手稿攘入国王馈赠的蓝色琉璃瓶,抛入西洋。听随海浪与洋流的指引,寄送渔者。

倘若那时,九州大地仍是大明疆土,烦请渔者将手稿带至浙江会稽。那里该有我的亲族。如若朱棣的子孙不济,王朝覆灭,手稿或焚或埋,任凭处置。

今日晴,微风,远方有雾。

我既已老去,那就这样吧。

作者简介

李下,1993年生,山西忻州人,现居成都,媒体工作者。写小说,也写诗,有作品见于文学期刊。

创作谈

十一年前,我在中传图书馆写小说。虚构了一名渴望踏上北极的企鹅,一路向北,一岛一世界。大学毕业后,阅读版图多了荷马、博尔赫斯、卡尔维诺、科塔萨尔以及《聊斋志异》、唐传奇等,便决意用一种诗的散文的寓言体,安顿脑子里的混沌想象与某种无法直抒胸臆的愤懑。当然,最直接的血统来自《看不见的城市》。马可·波罗的传奇与漫游是一块栽培思想的土壤;为了回避他及他的领域——陆地和城市,我只能瞥向海洋。这时,那只瑟瑟的南极企鹅,重回我的视野。可是企鹅的造型倾向童话,我想请人来对抗马可·波罗,便继续瞥向历史深处:郑和,他来了。但郑和过于贴近皇帝和政治,而他的翻译官的胞弟,却是再好不过的代言。至此,名正,言也顺了,遂成此篇《下西洋》。

第四篇

谭书生

短篇小说

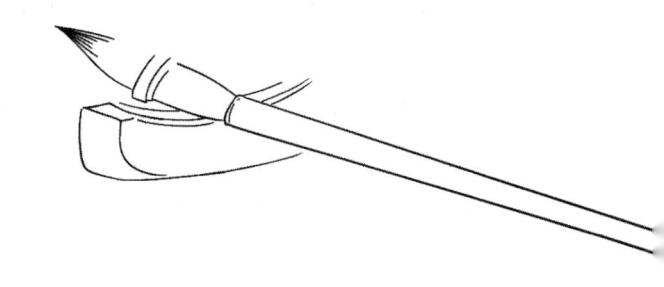

谭书生

作者：司　马

> 光绪二年，豫南一春无雨，赤地千里，粮食歉收，民以榆皮、树叶为食，蕨藜为食，渐及六畜。饿死者甚众，十室九空，饿殍载道，村落为墟，人相食。

冯和尚死了。

死因是背后枭首的一刀。

中刀后，冯和尚的身子沿着清凉山山路，跌跌撞撞地跑了个无影踪，脑袋则乒乒乓乓地一路滚落，咕咚一声掉进山谷缝隙里。

直到许多年过去，极西之地的源头处冰雪消融，起落的清凉河河水漫入山谷，将脑袋卷起，冲到人迹罕至的浅滩，冯和尚这才重见天日。

他半眯着眼，还沉在青苔和水草缠绕的梦中，鼾声晃晃悠悠地贴地而行，让本就潮湿的沙地更显泥泞，引来了迷路至此的书生。

"真晦气，不是狐狸，不是女鬼，是个臭气烘烘的和尚头。"

书生将脑袋刨出来后，看着空荡荡的光头，如此说道。

"真晦气，不是如来，不是菩提，是张肉眼凡胎的书生脸。"

冯和尚吐了口混着泥沙的口水，睁开一只眼。

肉眼凡胎的书生自称姓谭，京城人士，正在游历四方。和尚吐他，他也不恼，反而就着河水洗净了和尚脑袋上的泥，问和尚还有什么心愿未了。

根据谭书生的说法，在他常读的志怪小说中，像和尚这样的情况不少见，大多是含冤而死，有怨气未消。看和尚这身首异处，必然是遭人杀害，书生若是没见到则罢了，既然见到了，无论是从小受到的道德教育，还是冥冥之中可能存在的命数因果，都不允许他袖手旁观。

但冯和尚闭着眼睛想了许久，也没能给出谭书生想要的答案。

准确的说，冯和尚虽然记不清自己的生平，更想不起来是谁杀的自己，但的确给了谭书生一个答案，只不过，这答案不在书生的预期内——冯和尚说，他饿了，他要吃饭。

他要吃"和尚饭"。

可什么是"和尚饭"？谭书生不知道，冯和尚也记不起来了。

冯和尚一边搅动着泥泞的回忆，一边颠颠倒倒地说了一堆，谭书生只听出来他很小的时候吃过"和尚饭"，之后上山当了和尚，就再也没吃过。可"和尚饭"具体用的什么五谷，配的什么菜，用的什么烹饪手法，冯和尚全然说不出来。

还好，冯和尚记起来，自己上山前，就住在山下的清凉村。

他说他家门前有一棵大槐树，槐树从屋外一直长到屋内，然后穿过房顶上了天。下雨的时候，雨水会沿着树枝流进来，他张着嘴喝过，后来嗓子疼了好几天。刮风的时候，偶尔会有片状的果子落下来，那果子干干瘪瘪的，但是……

说到这，冯和尚痴了，好像想起了什么重要的东西，但很快，便眼一闭，打起呼噜来。

谭书生没办法，只能把和尚脑袋往书箱里一揣，沿着河岸向山下走去。

走出清凉山不久，谭书生便见到了人烟——在一片歪七扭八的坟茔中，睡着一个粗布棉衣的赤脚老汉，老汉身边是石头垒砌的土灶台，灶台上的锅中正咕咚咚煮着什么，烟气冲天。

"老先生！"

谭书生远远喊了一句，老汉没有醒。

"老先生！"

谭书生凑近了喊了一句，老汉没有醒。

谭书生伸手想揭开灶台上的锅盖，看看是否就是冯和尚心心念念的"和尚饭"，可手刚伸出去，一道黑影便"嗖"的一声打了过来。

"呔，哪来的小贼子？"

谭书生收手转头看去，老汉仍旧躺在那里，只不过右手多了一根近两米长的藤条，在午后的阳光下熠熠生辉。他忙拱手说明了自己的身份，旁敲侧击地问了问和尚的来历——当然，他并没有说出冯和尚的事。毕竟一个会说话的脑袋，对于他这种有识之士来说，只是一件奇闻异事，可在某些乡野之人看来，可能就是避之不及的邪祟。

"早年间，早年间那山上确实有个庙，叫清凉庙。"老汉坐了起来，靠在墓碑上，抠着脚，"后来不行了，没人去，和尚庙就改成了土匪窝，再后来大旱，土匪也活不下去，那地方就荒了。"

土匪？会是和尚的死因吗？

想法在谭书生脑子里转了转，但他没有深究，而是继续和老汉客套着。

"对得很，你再往北面走十来里，就是清凉村了。"聊了一会儿，老汉抬手沿路一指，然后把头低下，似乎又打算睡过去。

但谭书生的话还没说完，他指着旁边的锅问道："老汉你这吃的是什么？是'和尚饭'吗？"

啪！

藤条今天第二次抽响，这一次离着书生有十万八千里，老汉惊醒，两只赤脚蹬地，蹭着墓碑想要站起来。

"娃子你到底是什么人？莫吓我，你从哪听说的那东西？"

谭书生见他样子，知道自己问到了关键处，但也惊了对方，再问也问不出什么，便推说自己小时候害过一场大病，差点死了，多亏祖父从古籍上查出豫南一地一种名叫"和尚饭"的东西能治病，自己才活了下来，后来祖父去世，"和尚饭"的做法便随着他一同逝去了。

说到真切处，谭书生几乎流出泪来。

"古籍……那怕是有十几年了吧？"老汉见他说得动情，不再怀疑，"那时候……还没到……老汉我没读过什么古籍，锅里只是一般的蘑菇炖萝卜，娃子你怕是要失望了。"

"没事儿，老人家您不知道没关系，我等会去村里再问问其他人。"

"你……"老汉欲言又止。

也许就着这个"欲言又止"再追问下去，谭书生能得到"和尚饭"的真相，但他不愿再为难这位年过半百的老人，只是向老人拱手道别，迈开步向着清凉村走去。

隔着一里远，冯和尚就认出了村口那块巨石，他说那上面的青苔厚得可以把手掌埋进去。他记得他和一个扎着冲天辫的小姑娘一起爬上巨石，趴在厚实的青苔上，在午后的阳光见证下，他们学着大人们那样对拜。

他说他记得，那时他承诺，和对方的友谊会和那青苔一样，一百年也不会变。

"书生，你说，一百年已经过去了吗？"

走近巨石，看清它现在的样貌后，冯和尚叹了一口气，问道。

巨石和冯和尚说的一样，高高地伫立在村口，投下令人安心的大片阴影。但和冯和尚说得不一样的是，其上的青苔只有薄薄的一层，好像刚生出来不到几年。

"什么一百年？"

"咦，有人？"

两道童音从头顶传来，书生抬头，看见巨石顶上探出来一个冲天辫，忙把和尚往箱子里扔。冲天辫出头，是一个黄脸的小丫头，旁边跟着一个干干瘪瘪的小光头，看上去都是五六岁模样。

两个小孩在顶上看了一会儿，很快便跳下来，一个拦在书生前头，一个堵在书生后面。

"说，你是什么人？"

拦在前面的小丫头手里拿着根木棍，像是传说中的剑侠。

"说，你来我们村做什么？"

堵在后面的小光头手里也拿着根木棍，像打家劫舍的小贼。

书生又一次报上家门，还拿出从家里带出来的西洋糖豆散给两人，换取了信任。两小孩拥着书生往村里去，叽叽喳喳地问起外面的事情，书生应付着，问起两人知不知道"和尚饭"。

"我知道！我知道！"小光头喊着，"之前王大哥教过我,'和尚饭,和尚饭,饭里……嗯……和尚……唔'"

"错啦,是'和尚饭,饭和尚,和尚来了就开饭,和尚饭,饭和尚,只见和尚不见饭'……"小女孩纠正道。

谭书生继续追问下去,发现这首童谣曾经在村子里流传过,但几年前就不允许唱了,两个小孩虽然跟着大孩子学过,但也不知道是什么意思。

说话间,三人路过了一栋破败的小屋,屋外有一棵被扒去树皮的干枯树干,树干从外伸进屋内,又从顶棚长出来。小屋看上去随时会被一阵风吹倒,但挂在死去的树干上,似乎已经撑过了许久,又能撑到永远。

永远有多远?

在冯和尚的记忆里,永远等同于一百年。

而小光头说,七八年前,那小屋里还住着人,只不过后来搬走了。

谭书生问小光头,为什么他看着不大,却知道七八年前的事。小女孩替小光头解释,说小光头有一个癫姥姥,癫姥姥有时疯癫得厉害,拿起菜刀就敢上山抓熊,有时没那么疯,会抱着小光头讲故事,废屋的人搬走的事,就是她讲的。

谭书生又问小光头,知不知道那屋子里的人搬去了哪里。小光头摇摇头,说他也问过姥姥,但姥姥只说去了很远很远的地方。

不久后,谭书生见到了小光头的癫姥姥,看上去只是个四十岁左右的普通妇人。她走在田边,提着藤条,来寻四处乱跑的小光头。

小女孩一溜烟跑不见了,只剩下小光头躲在书生后面。书生向妇人拱手,说了自己的身份,借着小光头的由头,问起那座废屋的事。

癫姥姥用奇怪的眼神打量了一番书生,突然捂着嘴笑了笑,然后挥手让小光头先回家,自己牵起书生的手,往回走,走到那块巨石下,讲起故事来。

她说她小的时候就住在那栋被槐树穿过的房屋旁边,和屋子里的小男孩玩得很好,如果不发生意外,也许她会和那小男孩结婚生子。

可意外就这么发生了——小男孩的父亲得了重病,花光了家里的积蓄,他家养不起小孩,只能将小孩送上山当和尚。小男孩和她约定,等他长大了,会还俗回来娶她。

小男孩的父亲没撑得了几年,最终还是病逝了,可小男孩没有回来。

那之后不久,她被许配给另一户人家,她出嫁那天,小男孩没有回来。

在之后闹了兵灾,山上的和尚庙便破败了,小男孩还是没有回来。

她不知道小男孩是死在了兵灾里,还是就地当了土匪,但家里男人对她很不错,自己生儿育女,很是幸福,也很是忙碌,便也不是很关心。

再之后便是大旱——说到这,她突然又叹了一口气——大旱那几年很乱,等到饥荒结束,小男孩的母亲就不知所终，那座屋子由于过于破烂，便就此荒废了。

故事说完，癫姥姥看向谭书生的眼睛，似乎想从他的眼睛里看出另一个人来。

"你不是他。"

最后，她失望地说道。

对比小光头给谭书生讲的癫姥姥故事，她讲给谭书生的版本，有一处缺漏和很多错误。

缺漏在于，她没说自己是什么时候疯的，错误在于，她疯掉后，搞错了很多事。

兵灾的事，实际上发生在癫姥姥出嫁前，和小和尚父亲病逝差不多是同一时间。那时候的癫姥姥十三四岁，正是当出嫁的年纪，有很多人前来求亲，但她在等着那位上山的小男孩，谁都没有答应。

然后，长毛子打了过来，清凉村因为地处偏远没有受到波及，但清凉庙遭了殃，被长毛子席卷一空，和尚死的死，逃的逃，剩下没走的，原地改建成了清凉寨，做起了落草的勾当。

癫姥姥听说当即发了疯，提起家里的菜刀就冲上了山。

外面流传下来的故事中，她跑到义庄附近就被人抓了回来，但在癫姥姥向小光头讲述的故事中，她杀到了清凉寨中，从头砍到了尾，每一个男人的脸她都见过，但没有一个是她的小男孩，所以她就失望地下了山。

下山后的癫姥姥疯名流传开来，几乎没人再上门提亲，父母将她像丢破烂一样，丢给了同村的穷书生，她给书生生了两个孩子，但书生考上功名后，就再也没有回来。

然后，便是大旱——小光头说，村里大人对大旱的事都不愿多提，他只知道，那是七八年前的事，那些年大家都过得很苦，但好像大多数人都熬过来了，没听说谁家的叔叔伯伯死于灾情——大旱之后，癫姥姥好像正常了不少，还能帮着带带刚出生的外孙，但疯起来的时候却更疯了。

"是的，我不是他。"谭书生看着癫姥姥的眼睛，他记得小女孩告诉他的话：大旱之后，癫姥姥听不得"和尚饭"三个字，一听就会拿刀，他只能循循善诱，"你还记得他，对吗？"

"对，我还记得他。"

"那你还记得，他上山当和尚那天吗？"

"我记得那天，是晚春，那天槐花开了，漫山遍野都是，白茫茫的一片。"

"你还记得那天，他吃的是什么吗？"

"那天，他妈妈给他做的饭，他舍不得吃完，带出来给我吃，我们就坐在那块石头上，他说等他长大了，会回来娶我。我还记得，是槐花饭。"

"槐花饭？"

"先把槐花拌上面粉，还有盐和辣椒面。上锅蒸，记得要洒水。蒸好了还要拌上熟油，有香油会更好。撒上葱花、蒜、辣椒、醋、酱油，拌成一碗饭，我还记得那天，我打趣他说，槐花白白的，点上调料，就像和尚的戒疤头，简直就是'和尚饭'，吃完就要上山当和尚了，我才不要吃……和尚饭……和尚饭……"

癫姥姥念叨着念叨着，忽然狂躁起来。

谭书生无奈，伸手从书箱中抄出和尚脑袋，正对着癫姥姥。

"是这个和尚吗？"他喊道。

"和尚是在叫我吗？"冯和尚咧嘴道。

"啊！"或许是惊喜，或许是惊吓，癫姥姥松开藤条闭眼就往后倒去。谭书生眼疾手快，扶住了姥姥，探了鼻息，安心将老人放在巨石的阴影下，然后看向冯和尚。

"你都听到了？有想起来什么吗？"

冯和尚白了眼谭书生，示意他快走，等离远了，他才开口："你都听到了，那我的饭呢？"

谭书生问他，过去的事他就一点也不关心吗？

冯和尚反问书生，他自己都不在意清凉庙破败后自己去了哪里做了什么，为什么会回到清凉山，死在清凉山。书生为什么这么关心？

谭书生实话实说，他在想村里人忌讳的"和尚饭"，在想那场他们不愿多提的大旱，他觉得这里面有冤。

"呵，这里面当然有冤！"冯和尚怒笑着，刚要接着说话，忽然耳朵一动，示意有人来。书生刚侧身将他装入书箱，远处便走来一位持刀之人。

那人隔得远了，便开始招呼书生等等，书生只能停下脚步。

近了，那人先自我介绍，说他姓王，是附近镇子里的捕快，让书生不用担心，然后才问起书生来历，书生如实交代。

王捕快于是问书生，是否感觉清凉村有异。

书生称不知，捕快解释道，八年前有一场大旱，大旱之后便是大饥，当时镇里镇外饿死了很多人，但清凉村却只报了一位老妇人的失踪，在那之后，村里人听有人提起"和尚饭"三个字，便会慌张。

"巧的是，那山上曾经有座和尚庙，现在却一个和尚都没有，那些村民还说，和尚是变成了土匪，然后又自己跑掉的，可信吗？"说到这的时候，王捕快顿了顿，想看看书生的反应，但谭书生没有跟上他的思路，还是那副无知的样子，让他很是失望，只能提前抛出结论，"所以，我认为，这村子里的人，必定是把那庙里的和尚都抓来吃了！"

在王捕快的描述中，在七年前的春天，有那么一场宴会，与会的人有杀猪的屠夫、牵狗的猎人、下药的郎中、骗人的太婆和一个吃不饱的清凉庙内奸。

而宴会的主菜，则是手无缚鸡之力的大胖和尚们，他们被绑在砧板上，鲜血横流，有的已经死去，有的还活着正在哀号，他们的眼睛都死死瞪着那个出卖师兄弟的叛徒，而那个叛徒，正在大快朵颐……

谭书生制止了王捕快的描述,问他到底想干什么。

王捕快瞪大眼睛。

"当然是把那些吃人的刁民都绳之以法啊!"

"可谁来把那些逼着人吃人的人绳之以法呢?"

一个声音响起,谭书生看了看四周,才发现发声的是自己,王捕快看着他,想说什么,最后只憋出来两个字"疯子"便远远逃开了。

"呵,这里面当然有冤!"谭书生想起了和尚那句话,他知道和尚接下来要说什么了。

这里面当然有冤,丁戊奇荒,饿死民众千万,谁人没冤?又该何人来承这冤?

就算真的有那么一场春日的宴会,就算宴会的主菜真就是冯和尚跑掉的身体,就算村民们真犯了吃人的罪,但那真的能怪得了他们吗?冯和尚已经放下了,自己为什么还在执着?难道真要像王捕快一样,纠结前尘旧事,到几近疯魔才行?

作为书生,自己不应该想的是天下事,是如何化解天下那些不得不死于旱灾饥荒中的人的冤吗?这条路当然极其艰难,自己很可能解不了全中国的冤,但就像冯和尚牺牲自己救了一村的人,如果自己有朝一日能救得一镇,一村,哪怕一人的性命,就算是牺牲,不也值得吗?

"和尚,我明白了!"

谭书生从书箱中取出冯和尚的脑袋,把自己的想法和盘托出。

冯和尚听完却失望地摇了摇头:"唉,你还是没明白,你要是明白了,我就不会还饿着了。听好了,书生,不管你想做什么,想要什么,想要别人为你做什么,想要别人为他们自己做什么,最重要的一步,都是先吃饱饭!"

说完,冯和尚吐出一口气,从书生手中晃晃悠悠地向天上飘去。

"这一路上你还有得走,有得看,有得想啊!"

天上的声音越飘越远,直至消失不见。

作者简介

司马是天台上的长发风衣男,在黑夜,伴随着或真或假的故事现身。

他有几个朋友,有一些可以讲、一些不可以讲的奇怪经历,还有对未来的希望。

可那已经是七八年前的事了。

依旧使用这个笔名,可能只是希望还有人记得曾经有那么一个人存在,即使记得的人只有我自己。

也有可能,只是起名困难。

创作谈

《谭书生》写于2023年年初,虽然整个故事看上去没有年代,但创作初衷是基于丁戊奇荒这一历史事件而来。脑袋无名,书生有姓。无名的脑袋被人砍下来,也许一些人因此活下来,有姓的书生可能有一天脑袋也会被人砍下来,然后让许多人因此醒过来,这是故事本来预计展开的方式。

但当人物被创造,故事开始推进,作者本人的意愿就不再那么重要。

天大旱,人相食的事在古时候并不少见,讲大道理并不能改变当时人们的处境,用虚构的故事去拟合现实的英雄也只不过是一种自我感动。故事的最后,脑袋飞到天上,对我说,人要吃饱,我认为它说得很对,所以以此作为结局。

不过,这不代表故事只有一种解读方式,我只是它的记录者,我又能懂多少呢?

图

胡璟 作品

陈容 作品

魏小威 作品

不周仙 作品

初逢洞天　不周仙　绘

山中迷失的旅者，在无人废墟中偶遇妖界的幻境。

插画师简介：

不周仙，艺术创作者，作品以神话故事和民俗传说为灵感，表现神秘怪诞的中式幻想美学。

群妖行乐　不周仙　绘

小妖怪们愉快地春游，社恐的大妖怪跟在后面暗中观察。

深林幽处觅山君

拜谒山君　不周仙　绘

在人面鸟的带领下，于深山尽头拜谒山中之王。

防火有责　不周仙　绘

天干物燥，小心火烛。森林防火，群妖有责。

妖仙渡江赴宴圖

渡江赴宴　不周仙　绘

众妖仙离开了各自的洞府，同乘灵龟渡江赴宴。

骑鱼仙人　魏小威　绘

北冥有鱼，南海有人，凑在一起，都是缘分。

插画师简介：
魏小威，湖南人，画画有瘾，辣椒炒肉资深爱好者。

你过来啊　魏小威　绘

来来来，放马过来，捉对厮杀，我们来个笼中对。

降龙尊者　魏小威　绘

与上古神兽同眠，没有点胆量，没有点手段，那是万万不成的。

浮生若寄　魏小威　绘

两个人寄住于落叶之上，寄蜉蝣于天地，也不忘痛饮欢歌一场。

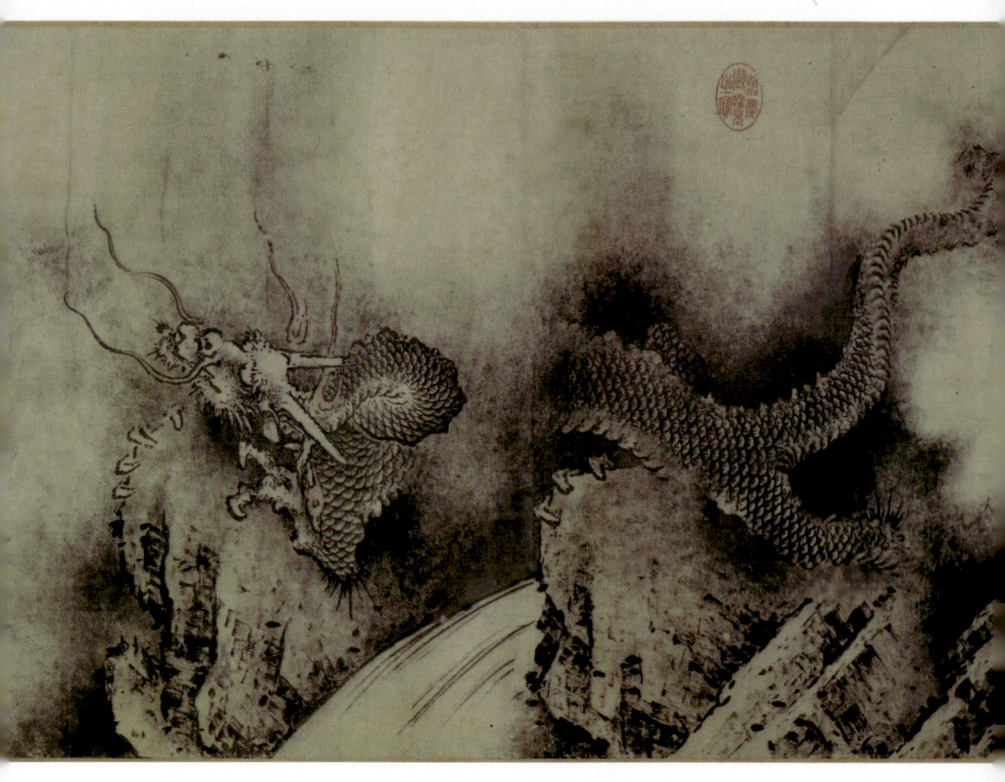

九龙图　节选一　南宋　陈容　绘

《九龙图》是南宋画家陈容创作的一幅纸本墨笔淡设色画作,现收藏于美国波士顿美术馆。

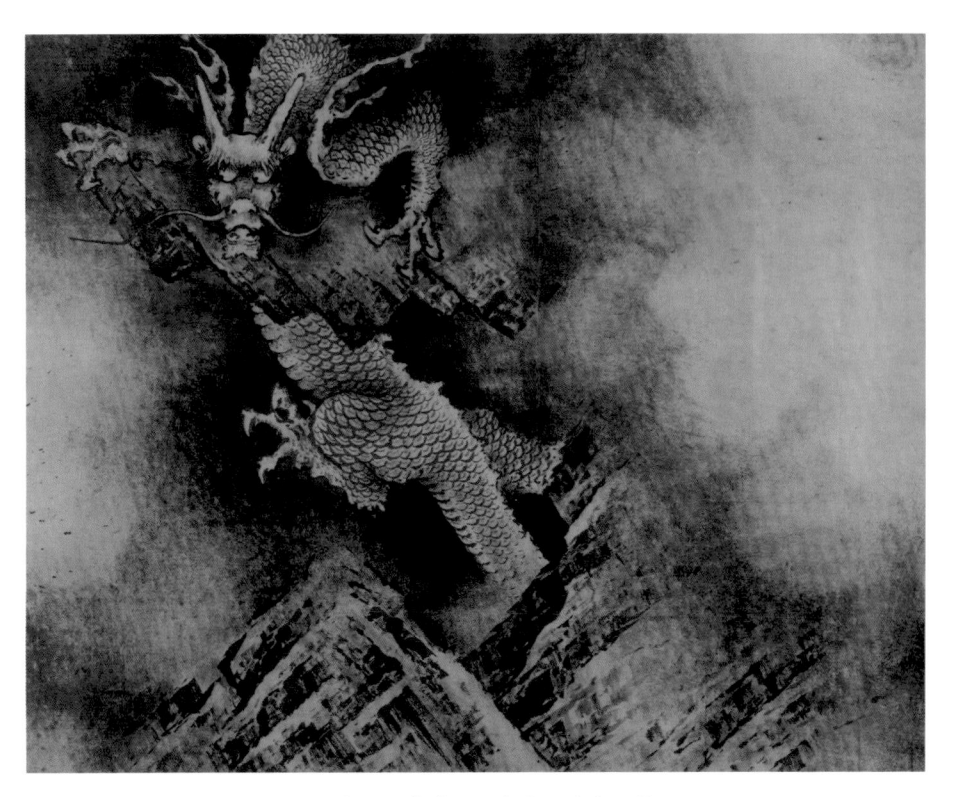

九龙图　节选二　南宋　陈容　绘

《九龙图》描绘了九条形态各异的龙，或攀伏山岩之上，怒目圆睁；或游行于云空之中，雷电云雾掩映；或龙戏水珠，波涛汹涌；或雌雄相待，欲追欲逐……

九龙图　节选三　南宋　陈容　绘

龙是一种传说中的生物，体长有角，有鳞有爪，能上天入水，兴云布雨。龙也是华夏民族的图腾和象征。

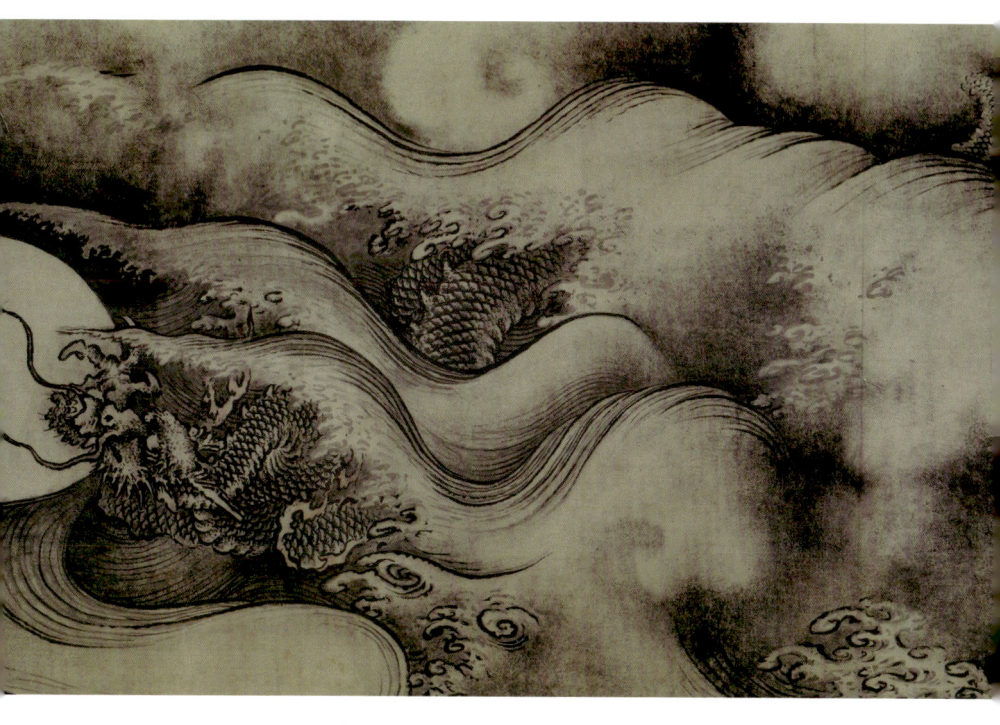

九龙图　节选四　南宋　陈容　绘

　　本书出版之际，正值甲辰龙年，也希望借由古人丰富的精神世界，为读者送上祝福。

山海百灵图卷　节选一　五代·后唐　胡瓌　绘

　　胡瓌是五代时期后唐的画家，生卒年不详，擅长北方游牧民族牧马、驰猎等生活场景。这幅《山海百灵图卷》描绘出诸多《山海经》中的异兽，如今该卷被藏于美国赛克勒美术馆。

山海百灵图卷　节选二　五代·后唐　胡瓌　绘

《山海百灵图卷》将珍禽异兽绘于七米半的长卷之上，每只动物都与其所处空间完美融合，热闹得宛如"动物园"一般。

山海百灵图卷　节选三　五代·后唐　胡瓌　绘

《山海百灵图卷》中的异兽不下百个，由于图书篇幅有限，这里只选取了三只。

龙王庙

第五篇

短篇小说

龙王庙

作者：凌肆然

三十九岁的最后一天晚上，杨久光做了一个梦。梦像是被罩上了小时候县里照相馆里的那种黑白胶片，天是白的，水是黑的，白天黑水之间，一条龙破水而出，直上九霄，目如铜铃，口吐明珠。天明明很高很远，时间也一晃即逝，但杨久光慢慢悠悠地把龙身上的每一片鳞都数了个明白，具体的数醒来就忘了，但大概是两万多片，人这辈子也就两万多天。

梦醒后，他做了一个决定。村里春末多雨，杨久光家只剩最后一把伞，伞骨早已经折了，伞面也破了个大洞，他擎着这把破伞往村西面走，去找他亲人里唯一在世的阿姐。阿姐改嫁两回，现在的姐夫一家避他如瘟神，他站在院子外叫了两声阿姐的名字，面容疲惫的中年妇女擦着手出来，问他干吗。

杨久光说，姐，我打算盖个龙王庙。

杨月说，你疯了？

杨久光说，我有疯，我四十了，再不盖来不及了。

杨月感到自己的脸燥得发痛，一滴雨从杨久光的伞檐滴下来，这才润了润她干裂的嘴。她一宿没睡照顾自己瘫了的婆婆,此刻孩子还在漏雨的堂屋里嗷嗷待哺。她看了看弟弟,低声回,随你便吧。

不知道想起了什么,杨月眼神闪烁,又说,我手里现在有得钱。

不要钱。杨久光挠挠头,姐,老头老娘留下的屋子,算我欠你的。

杨月意识到他讲的是现在自己住的那两围破屋。她看了看面前孤零零的破衣烂衫的汉子,本想说我不要,之前还用了你的钞票,话滚到喉头又咽了下去。杨月说,再说吧。

杨久光没应声,转身准备走,女人突然在身后叫住了他。他回个头,对面递过来一个热乎乎的鸡蛋,因为一直揣在兜里,现在还有点烫手。

生日好,长命百岁。杨月嘴角扯出个笑。

她看着杨久光的背影消失在门口的窄路上,屋内不断传来细崽的哭声和老人病痛的呻吟声,杨月感到自己像一亩被耕作过后又荒掉的田,干涸得一滴水都灌不进去,一根草都长不出来。她突然很羡慕自己这个被村民视为傻子和憨儿的弟弟,她知道他的心里有一条龙。

杨久光十岁那年,长江以南连日多雨,河水暴涨,姐弟俩爹娘尚在,忙着和其他村民一起,做土堤和沙包护住地里的庄稼,那是全家人来年的口粮。杨月还在上学,老爹答应让她读完初中;杨久光也在同所学校,他看见课本上密密麻麻的字就犯困,趁老师不注意从土墙翻出去,打算去河里捞鱼。这事儿他之前没少干,还能给家里添道菜,但这次不一样,雨大得看不清路,黄浊浊的水翻滚得吓人,他赤脚刚踏进水里,就感到底下一滑,整个人不受控制地跌进去,呛了一鼻子沙土。杨久光试图伸手攀住岸边,水却凶得像触怒了河神,席卷着他往更深处滚。他眼睛被水冲得睁也睁不开,泥沙一把又一把地往喉咙里灌,一个浪头掀过来,杨久光就什么也不知道了,等他头昏脑涨地醒来,发现自己躺在岸边。

是谁救了他呢?杨久光还残留了一点没被洗刷的记忆,他看到了龙。

鹿角牛头,蛇躯鹰爪,不怒自威。龙把他从滔天的洪水中救了出来,放在岸边,又长吟而去,隐没云中。杨久光属鼠,村里人本来都笑他属相小,镇不住人,压不住辈,但从这一天起,他成了龙的见证人。

洪水收后,一地狼藉里,村民们敲着烟斗,碾着花生壳,饶有兴味地一次又一次询问杨家娃儿被龙救起的经历。杨久光描述了成百上千次,关于他是如何被那庞然巨物从洪水中一把抓起,龙又怎样带着他瞬间腾空,最后稳稳落在泥巴岸上。讲得越多,记忆越像崭新的挂历那样规整,又像擦干净的铁盆一样晶亮。神龙救人的传说传遍了十里八乡,县里的电视台都派人来采访,那天爹娘给他穿上了原本过年才让穿的新衣服。

龙在杨久光的梦里盘踞了三年,每一个细节都像他身上的寒毛那样纤毫毕现。杨久光没考上高中,他在所有的作业本和试卷上都画满了龙。儿子死里逃生的喜悦早已随年月淡去,杨家破旧的屋子里只留下爹娘的叹息。杨月先他一步辍了学,在县里的工厂当女工。亲戚喊杨久光也去,学汽修,杨久光学着学着总往家里跑,他爹问他你干啥呢?他说,我怕那条龙回来了,寻不见我。

家里人打过,骂过,没啥子用,曾经的乡野佳话逐渐变成了笑话,神秘的巨兽再也没有现身,但是谁都知道杨家出了个为龙着迷的痴儿子。杨久光就这么痴了许多年,年轻人纷纷外出谋生,只有他不愿意离开,看着县城火车站的火车呵呵笑,说像条龙。村里的稻田黄了几季,他守着姐姐出了阁,守丧又再嫁;守着爹娘相继撒手人寰;守着扶贫的春风吹进了村,家家户户的生活都变好了,只有他依然如故,白天去县里汽修厂打工,晚上回来守在那条遇龙的河堤边。没人肯把闺女嫁到杨家,杨久光也不在意,他觉得他这一生只有一样东西需要等,他运气好在十岁那年见过一次,有一就有二,龙那么灵性,怎么会不记得他。

而三十九岁这年的这个梦,和之前的那些梦是不同的。杨久光说不出来具体差别是在哪里,但他第一次有了一种龙要离他而去的恐慌感,仿佛身体的一部分正在蠢蠢欲动,随时准备挣脱皮肉和血管,长出翅膀一去不回。龙不能走,他心下雪亮,如果等不能够,那就求。爹娘留下了两间屋,一间住,一间用来盖庙,足够了。

旁人起龙王庙，祈风调雨顺；杨久光起龙王庙，为见真龙颜。

杨久光四十岁的第一天清晨，杨月就从弟弟远去的背影里窥见了他的余生。

修庙自古以来都不是件轻松事，常人非心性坚忍、百折不挠者难担此任。杨老爹咽下最后一口气前将毕生积蓄一分为二，少的那份给了杨月傍身，多的那份留给小儿子娶媳妇，杨久光素来节俭，这钱一部分偷偷接济了在婆家生活不如意的阿姐，还有一部分和打工攒下的钱归置在一块儿，刚好用作修庙基金。他辞了县里的那份工，木材、板砖、水泥、沙子，一车车地往村里拉，左邻右舍都跑来看稀奇，有婶子问，光子终于转性了，这是要装修老屋娶个婆娘？杨久光腼腆一笑，也不遮掩，说，不是那回事，我是要修庙。

什么庙？龙王庙。

村里人都觉得他疯了，流言蜚语像是秋收季节的蝗虫，嗡嗡响亮着在泥檐下和稻田里翻飞，杨月也接收了不少或窥伺或嘲笑或同情的目光。但杨久光置若罔闻，只一心做着自己的事。他先清理了老屋附近的杂物和垃圾，把杂草修理干净，又拆除了一些老旧得严重的墙壁和地板，然后爬上屋顶，修复破碎的瓦片和木梁。这活儿他干得很慢，也仔细，但仍显得十分粗糙，等到终于把屋顶补了个七七八八，已经过去一月有余。

长夏过半，暑气蒸腾，大地滚得像燃烧的锅炉，温度在夜晚也没有降下半点。杨久光草草料理了自己后睡下，后半夜突然被噼里啪啦的巨大声音惊醒。堂屋里哗哗刮着风，和硕大的雨滴一起扑在他的脸上，他记得自己明明关了门，现在门窗大开，却只有满屋子涌动的黑——月光照不进来，今夜没有月亮。

　　是暴风雨来了，和着拳头一样的冰雹，砸在地上，鹅蛋大的一个坑，孩童看了都惊得跳开去。哪户种田人没吃过冰雹的苦，庄稼果树都怕这冰坨坨，天色熹微时就已人声鼎沸，纷纷去盘自己家的田和地受损没。杨久光刚刚修缮好的屋顶也毁在了这一夜，暴风雨吹塌了还未建成的龙王庙，村里的人都说，这是天意。

　　来看笑话的人不少，也有心地好的婆姨劝他，你非要这样为难自己做么子？杨久光笑而不答，继续干手下的活计，冰雹砸坏了屋顶，碎石瓦片落了一地，他光是收拾，就又耗去大半天光景。

　　游手好闲的后生仔握着手机转悠到他面前，对着塌了的屋顶上拍了拍，嬉笑着说，叔，这可是个新鲜事，我给你发到视频网站上去咧。

　　啥子是视频网站？

　　你看，你看，后生仔划拉着手机，一条条的都是豪车火锅、美女跳舞。杨久光不爱玩手机，看了半天也没看出什么名堂，挥挥手让他离开。

　　刮了一整日的风，在傍晚时分终于停了。杨久光把院子拾掇了出来,给自己下了碗面,端着碗坐在屋檐下吃,他想这个屋檐要弄成尖尖的才好,才有龙的曲线。

"哐哐"两声,有人敲门,他放下碗,才发现有人上门来了。一张笑脸,年纪不大,挺着圆鼓鼓的肚子,穿着城里人才穿的西装皮鞋,胳肢窝下还夹着个黑色的皮包,好生气派。杨久光寻思大概是找错了门,但那人直接不见外地自己找了个小马扎坐下,用明显带着口音的官话问他,这里就是那个龙王庙?

还冇修好。杨久光回他。

冇修好才好。那人面带喜色,兄弟,我过嚟喇,你个庙就搞掂啦。

他自我介绍叫周鑫,今年三十八,十六岁就在广东海边混码头,做海鲜生意起了家,走南闯北,无限风光。这两年回了中原地区,准备捣腾河鲜,才发现生意不如想象中的好做。

周鑫擦了擦鼻尖上的汗,跟杨久光道来,大师同我讲,要拜真龙,要诚心,才可以东山再起。

那些现成的龙王庙有么去头?周鑫讲,要自己修一个,才显得心至诚嘛。大哥,你一个人也唔容易,多个人好帮手嘛。再说。他捏了捏厚厚的皮包,你要系缺钱,我也可以想办法的啦。

杨久光从伙房里又端了一碗面给他,犹豫了下,还是狠狠心打了个鸡蛋进去。面坨了,撒上辣椒,周鑫仍然吃得津津有味。他边吸溜面条边问,大哥,你这里还有地方住吧？

你跟我睡一个屋。杨久光说。

周鑫不是唯一一个上门的人。后生仔那条视频发出去后，每天都有那么几个来看热闹，说来帮手的也有，但大部分人不过半天就跑得没影了。龙王塑起金身之前，只有满地的泥泞和尘埃，日头下晒得人睁不开眼。最后留下来的，除了周鑫外只有两个，一老一少，一男一女，分别叫做老李头和悠悠。

老李头住在隔壁村，年轻的时候当木匠，被三轮车撞跛了一条腿，没办法长时间攀爬、弯腰和搬运木材，就离了木匠营生，在村里承包了几亩果树糊口，日子过得不好也不坏。但果园看天吃饭，近年来雨水太多，树木常常倒伏，果实还未成熟就腐烂了，病虫害也多得吓人，收成一年不如一年。老李头听说邻村有人在修龙王庙，带着自己年轻时的工具一瘸一拐地登门，自告奋勇地帮他们做一些木工活儿，只为在龙王面前留个好印象，来年园子有个好收成。

悠悠是个女孩儿，看年纪顶多二十出头，自我介绍说是城里的大学生，目前在做社会实践项目，这个庙是个顶好的选题。悠悠一头粉色头发，"爱疯"从不离手，耳朵上打了好几个孔，乱七八糟的耳钉晃得人眼花。杨久光本来拒绝了她，一个年轻女娃娃，跑来跟他们几个大男人混在一起，传出去像什么话？但这姑娘倔得很，撵都撵不走，杨久光没办法，只能让她暂时住在杨月家里。他本来还怕姐姐不乐意,但女人闷不吭声地接了这个茬,每天还从家里过来给他们做两顿饭。他猜悠悠肯定偷偷给她塞了钱。

五个边缘缺了口的白瓷碗,在一张破木桌子上摆开,竟也凑出一个圆来。下过冰雹后的泥蒿可口得很,河里捞来的泥鳅鲜味最浓,悠悠吃得赞不绝口,老李头和周鑫的饭也是添了一碗又一碗。杨月苍白的脸上久违地有了活气。吃完饭,周鑫去院子角落里看杨久光买的建材,边看边问,啧啧摇头,说老哥呀,你呢个係被人坑啦,呢种油漆係贴牌嘅,还有呢堆烂木头,一睇就知冇做过防腐处理,好快就会裂开㗎啦。

他独自搭车去县里,又汗流浃背地拉回一些更好的材料来,价格还不到之前的八成。

都係千年的狐狸,瞒唔过我嘅眼。周鑫看向杨久光,今日花咗一千四,给一千三好啦。

老李头的话则少得很。他拖着残腿,把废弃的木质结构一点点拆除,又把需要修复的地方耐心地加固。除了木工活,泥水活他也做得很好,带着杨久光和周鑫抹灰、砌墙、铺地砖,从早到黑,毫无怨言。他们都知道老李头有个儿子在城里,但他那部随身的老人机从没响过。

我们来加个微信吧。悠悠举起手机在老李头面前晃了晃。对了,你吃不吃糖?她掏出一把花花绿绿的糖果。

老李头张开嘴巴,黑洞洞的一张嘴,牙掉得没剩几颗。我哪有那东西!他笑了笑,掏出老人机,不太熟练地摁亮了屏幕给悠悠看，屏保是默认的蓝天白云，他用衣袖仔细地把屏幕擦了擦。

没人把这个少女当做一个劳动力。她每天的工作主要是扫扫地，清除垃圾、树枝、杂草，有时候也协助进行一些简单的修理工作，帮忙递个铲子、刷个墙什么的。大多数时候，她都拿着个本子坐在院子里，在上面涂涂画画。屋檐下住了一窝燕子，春末的时候来的，大张旗鼓的动工竟然也没把它们吓跑。悠悠很爱画这些燕子。

这是一家五口呢，悠悠说。燕子爸爸、燕子妈妈和三只小燕子……

悠悠把米粒撒在屋檐下，燕子叼走了夏天。秋天的第一道霜打下来的时候，老李头已经把墙壁、屋顶和地板都修了个七七八八，开始雕刻扶手和栏杆。周鑫每天往县城的市场跑，去买祭坛、供桌、蒲团、香炉等一系列庙里需要的物件。杨久光和悠悠一起，给门窗和柱子一点点上漆。暮色四合时，如果没有意外发生，他们一定会围成一桌吃晚饭，有时候杨月也会留下来。塘里已经有了新藕，和最便宜的猪骨一起炖成汤，味道也还不错。饭桌上话最多的是周鑫和悠悠，杨久光和杨月偶尔也会加入话题，老李头闷声不吭地低着头喝汤，拿碗的枯瘦的手微微发抖。杨久光知道，他是因为太累了才说不出话。

从外面看，这座屋子已经粗略有了个庙的样子，檐角飞翘，立柱庄严。杨久光很久没有梦到过那条龙了，但在周鑫粗重的鼾声和老李头轻微的翻身声与叹气声里，竟然睡得也还安稳。他们想在柱子上也画上龙，悠悠在网上买了图纸，去县上取回快递，炭笔勾勒，朱底金漆，竟然画得像模像样，栩栩如生。

第一根柱子画好没多久，突然在某个夜里猝不及防地塌了。杨久光在黑沉的夜里被声响惊醒，无端在床褥上渗出一身冷汗。他赶紧去了旁边庙里，打开白惨惨的灯，看见立柱像被人抽去七窍的蛇，毫无生气地塌陷在屋子中央。

周鑫和老李头也过来了。看见面前一幕，两人都是瞠目结舌，周鑫出言指责，说老李头年纪大了，手艺不如从前，一定是修葺时出了问题；老李头气得直拄拐杖，难得地多说了几句，说这些料都是你拉回来的，是不是次等货，你心里头清楚明白得很！

周鑫满脸通红，不断喘气，肚子一鼓一鼓的，像河里的青蛙。你点解口水喷人？他大声说。

听不懂你在说么子。老李头扬扬下巴，我吃的盐比你吃的面还多，我能不晓得你心里那些小九九？

杨久光站在旁边，听明白了，老李头怀疑周鑫报假账，吃克扣，从市场里拉回来的那些建材都是劣质材料，才造成了立柱的倒塌。

眼见两个人还要继续吵，他上前去把他们拉开。都少说一句！他说，龙王在天上看着呐！

三人都一夜无眠，天光还是自顾自地亮。早上，悠悠兴冲冲地跑来，看见一地狼藉，急得直跺脚。

怎么搞的嘛？少女吸了吸鼻子，昨天，昨天不是都还好好的？

周鑫看似心情已经平复了，话里话外却依旧带着阴阳怪气：有人自己做活不行，还都怪别人哩！

老李头二话不说，站起来拄着拐杖就走。悠悠赶紧扯住他，但老人倔得几匹马都拉不回来，皱纹与沟壑里填满了灰心。丫头，他说，你也走吧，这庙怕是修不成了。

几人正在僵持着，但最先动作的却是悠悠。少女的眼里突然盈满了泪，她放开抓着老李头拐杖的手，一步一步向后退，然后转身向院子外跑去，转瞬消失在黄黄绿绿的山野之中。

杨久光追出去，一眨眼的工夫，就不见了人。

悠悠一失踪就是大半天，电话怎么打也打不通。周鑫急得鼻子上直冒汗，拖着肥壮的身躯一家家问；老李头也不走了，拄着拐杖把庙附近的林子转了个遍；杨久光跑去了村里唯一的车站，这个姑娘来过冇？他问坐在车站旁边晒太阳的老人，老人摇了摇头，他一时间却不知道该喜该悲。

消息也传到了杨月那里，杨月抱着孩子赶到庙里，把他们一个个指责了遍。杨久光捏着手机，准备再没有消息就报警。到了晚饭时分，悠悠却自己回来了。

曾经过肩的粉色长发被剪成了短发，左耳又多了一个孔。我没事，她笑笑，就是去外面散散心。

悠悠是坐着村里小青年的摩托去县里的，她走进了看见的第一家理发店,没人知道她剪头发和打耳洞的时候想了些什么,她也没说。杨月端上来一碗热乎乎的甜酒蛋,吃吧,她说,布满皱纹的眼角柔和得弯了起来,回来就好,下个月就是中秋了哩。

这一晚过去,没有人再提离开,修庙的事也继续了下去,各项工序有条不紊地进行,一月后,龙王庙逐渐现出真容。低檐如龙,展翅欲飞,正门高耸,满墙彩绘,祭坛恭敬肃穆,香炉轻烟袅袅。尽管狭小简陋,但乍看上去已经像模像样了。

明月高悬,院子里支起一张新桌。悠悠做主,煮了一锅火锅。正值中秋,夜空无云,月光如水一样洒在院子里,给每个人的碗底铺上一层细沙似的盐。周鑫从村里的小卖部买了一打啤酒,每个人都喝了几杯,悠悠颤颤巍巍地举起碗,说,敬龙王!桌上的其他人都笑了。

等,见了龙王,我要跟它许愿……悠悠大着舌头说,我要,一直,快乐,不管我爸妈如何……

我要许个愿,俾我发财。周鑫笑呵呵地倒在桌上,倒霉咗咁多年,系咪该转运啦!

老李头一直愁眉紧锁,几杯酒下去,他才说儿子要在城里娶媳妇,买不起房,不知道家里的果树今年收成怎样。杨久光宽慰了他几句,夹筷吃菜。他心里前所未有的宁静,仿佛知道龙一定会来,而他只需等在这儿。散席时,周鑫在桌子上敲碗唱着他听不懂的粤语歌,什么《乱世巨星》;悠悠扶着一瘸一拐的老李头回房休息;他犹豫了一会儿,还是问杨月:你有什么心愿?

杨月笑了笑。没得,她说。

头顶一轮圆月,似满还亏。檐下的燕子飞走了,不知什么时候会回来。

中秋过后没几天,老李头提出要离开。他说把果园交给家里婆娘打理,自己去城里做工,给儿子攒钱买房。村里一直有风言风语,说老李头在庙里免费帮工是为了杨月,他老伴也来庙里闹了两场,无论如何都不好多待。

守好这个庙。他跟杨久光说,又眯着眼看了看院子深处,转身一瘸一拐地走了。杨久光这才发现他没拿拐杖,赶紧冲进房里把东西拿出来,他唤老李头的名字,老李头却像知道什么似的,背对着他摆了摆手。

不要啦!风把他老迈的声音送过来,你留着吧!

杨久光定睛一看,发现不知什么时候,拐杖头上雕了一条龙。

但雕刻它的人最终还是没有带走它。

老李头走了,日子继续过。庙里一切都基本准备齐全,除了祭坛上的神像。杨久光不愿意供奉人形神像,他想供奉一条真正的龙。但合适的雕像可不好找,周鑫跑了好多地方也没找到。杨久光听人说,隔壁镇上有个偌大的艺术品市场,也许去那儿能够找到,悠悠听说了,兴致勃勃地要跟他一起去逛,两人在迷宫一样的市场里转了大半天,最后还是空手而归。回到庙里时吓了一大跳,外面的墙上被用红色的油漆写了八个大字：欠债还钱，天经地义。

血红色的字下面蹲了一个人，正在刷墙，敦实的身躯，满脑门细汗，是周鑫。

周鑫看到他们回来了，咧开嘴露出一个比哭还难看的笑，他说，冇事，我会搞掂嘅。

于是这一夜杨久光知道了，周鑫根本不是什么广东来的富商，生意不顺才来求请龙神。他只是个小包工头，被上家坑了，欠了工人一大笔钱，又因为偷工减料，连成本都没收回来。周鑫为了付清工人的工资，找不正规的机构借了高利贷，又还不起，东躲西藏，无奈之下，才来这个偏远的山村躲债。

我会搞掂嘅，周鑫拍着胸脯，唔会连累你们。

他说到做到，墙上的标语刷干净后，这个小杨久光几岁的中年人就离开了。没有人知道他去了哪里，他的电话号码也从此再也打不通。没有了那雷一样的鼾声，杨久光时常突然在梦中惊醒，环顾四周，空荡荡的屋内只剩下他一人。

悠悠是最后一个走的。冬天来时，她的头发已经长回了原来的长度，她给杨月留下一笔钱，又来找杨久光道别，少女规规矩矩地鞠了一个躬，说，叔，我要回家啦。

因父母离婚而离家出走的少女，如今也到了不得不回家的时候。她的父母在县上的火车站焦急等候，杨月抱着她哭得伤心，悠悠说，你们记得，要好好照顾自己啊……

明明都是杨月照顾她，她现在还说这样的话。

让我拍个视频，以后好留个念想。悠悠拿着"爱疯"在庙里走了好几圈，她吸着鼻子，脸上却还是在笑，叔，姨，我一定会回来的，等我啊。

离别的时候，悠悠把口袋里的所有糖都掏给了杨月。别都给孩子，她说，你自己也留一点，心里苦的时候吃，甜。

龙王庙空空荡荡，檐上结了寒霜。庙修好了，龙什么时候会来？杨久光坐在屋檐下，不知为何长久地失神，他在过去的四十年间无比坚定，此刻却如走在山间独木桥上，随时可能一脚踩空。神像的部分仍然空着，起码给他留了一件事做，杨久光打起精神，他要寻一尊最好的真龙雕像。

他做足了准备，要用很长的时间来寻这尊雕像。但是比龙更先来的，是乌泱泱的人群。红的、绿的、灰的、紫的……形形色色的陌生人涌进了这里，像十岁那年没过他头顶的潮水一般。有人敬香，有人拍照，有人跪拜，有人对着手机大声说话，杨久光一时茫然，发生什么事了？他拦住一个人问。

你这龙王庙火了，都上同城热门了，你还不知道啊？

那人在屏幕上点了几下，把手机递到杨久光面前，是那个后生仔曾给他看过的视频软件的界面，画面上俨然是他的龙王庙，镜头一点点扫过屋檐、大门、立柱、香炉……再加上滤镜和音乐，神秘中带着沧桑，别有一番朴素的古韵风姿。

却陌生到连他都不认识。

视频发布人是YOYO。

杨久光的脑子突然一阵晕眩,但来人越来越多,从白天到黑夜,晨昏从不止歇。游客争先恐后地往这间狭窄的小庙里挤,纷纷往他手里塞着香火钱,拍下无数照片,留下一地狼藉。村主任上了门,循循善诱让他把管辖权交到村里,说这正好作为标志性旅游景点,收入方面不会亏待了他;在外地打工的姐夫也上了门,颐指气使地称当初杨月为他们做了几个月的饭,这香火钱怎么也得分他家一半;市里也来了好几批工作人员,有的检查施工,有的检查消防,还有人告诉他你办这个庙手续都不齐全,必须半年内申请下来,否则会被强制关闭……从秋到冬,络绎不绝,杨久光看着面前的龙王庙,突然觉得它是如此陌生。

他坐在黑压压的堂屋里等,不知为何有了一种从骨髓深处逐渐弥漫上来的恐慌:龙不会来了。今天不会来,明天不会来,后天也不会来。

那它究竟什么时候来?

冬至那天,村里下了第一场雪。雪光映在院子里,像是水一样的月光。今日难得没有太多香火客,杨久光草草收拾了一下庙堂,早早就洗漱了上床休息。这天晚上,他突然做了一个梦。

他又梦到了龙,但这个梦和以往的梦都不太一样。他感到自己的背上发痒,火焰般的热量在他的体内涌动,然后脊骨隆起，肋生双翼，细小的金色鳞片密密麻麻地长满了他的皮肤。他的身体逐渐膨胀，越来越大，越来越长，撞碎了窗户，顶破了屋顶，威风凛凛，气魄万千。低下头一看，脚趾也形似龙爪，看上去尖锐而有力，只是一边足长，一边足短。

这真是一个好梦，梦里还叠着另一个从未做过的梦。在那个梦中，十岁的他跌进滔天洪水里，在无尽的恐慌中大脑一片空白，最终，他凭借求生的本能抓住了一根漂浮着的粗壮的树枝，艰难地把自己送上了岸，然后体力耗尽，沉沉睡去。

在这场无穷无尽的好梦里，杨久光感觉到自己轻盈地飞了起来。低头能看到月光下自己硕大圆润的肚子，侧眼看是粉色的长长的龙须。他就以这样一个滑稽可笑的姿态向月亮飞去，越飞越远，越飞越高，月亮从未离他如此之近，他感受到了从未有过的轻松、愉快和幸福。

天光大亮时，村主任又上门来游说。他惊奇地发现庙前早已熙熙攘攘围满了人，拨开人群进去一看，发现龙王庙已成为一片废墟，大火里里外外烧了个透，杨久光不知所终。

唯有天际流云，似是一片龙影。

作者简介

凌肆然，90后射手座，肆意写作，随然生活，擅长幻想也尝试造梦的写作爱好者，作品发表于《银河边缘》《疯狂阅读》《青年文摘》等。

创作谈

《龙王庙》这篇文，最初的雏形只有一段话：

"我想写一个人，他小时候溺水，固执地认为自己是龙救起来的，于是他一直都想找到龙；但他生活的村庄位于深山之中，也没有祭拜龙的传统，他就一个人盖了一座龙王庙，守了一辈子，等龙来。"

这个故事一直在我脑海里，后面又陆续添了文中的其他几个角色形象，然后在某一天的梦里，我梦到了它的结局，就是最后杨久光化龙、龙王庙被火烧了个透的这个结局。

一个创作者很难能有这样的体验，至少对我来说，这种感觉实在太稀有、太珍贵了，我得抓住它——因此，在如此强烈的写作冲动下，《龙王庙》诞生了。

我想龙王庙或许是一个短暂存在的永无岛或乌托邦，锁住人最真实的渴望与触摸得到的美好；而每个人的心里大概都有一条龙，有人的龙醒了，有人的龙还在沉睡，但终有一天，它会挣脱束缚，腾云驾雾，一飞冲天。

我们的心灵永远是自由的。

第六篇

狼　毫

短篇小说

狼 毫

作者：苏 辰

十八岁那年，我第一次高考失利，独自回乡下老家散心。

在这之前，家里氛围压抑。我爸见我把自己关在卧室，怀疑我抑郁，于是约了位相熟的心理咨询师，劝我去做评估。我答应了他。然而那天深夜，我带着身份证和仅有的两百块钱跑到火车站，买了最近一列回老家的车票。

我还记得那时的绿皮火车，减震很差，车厢间的连接松垮，缝隙里看得到铁道的枕木和碎石。我站了近十个小时，中间只吃了一碗泡面，又搭乘两个小时的大巴才到达村口。

过午的太阳依然很毒，我眼前的景象有些辨不清颜色，就像一部黑白默片。这村子并不闭塞，却也少见生人。几个孩子远远地看到我，互相拉扯着跑开。

自从三岁那年离开，只有过年我才会随父母回来，暂住几天。然而这几年一次的相见也逐渐变少，从初中那年的除夕之后，我已经五年没有来过。

我记得姥姥家就在村口，院子旁有棵很老的榆树，春天结满榆钱，姥姥会把它们打下来，装在箩筐里给我抓着吃，剩下的与面粉和在一起，蒸成榆钱饼。

我走到榆树下，盛夏的树叶浓绿而茂盛，蝉鸣刺耳。院门并没有关，几只芦花鸡咕噜着跑过院心。我站在门口，看到那个熟悉身影，花白头发，微微佝偻着背，行动健硕。

"姥姥。"我喊道。姥姥回过头，愣了一下，显然第一眼并没认出我。她看了我一会，眼中忽然一亮，脸上的皱纹渐渐展开。

"昊昊？"姥姥嗓门很大，顿时扔掉簸箕跑过来，抓住我的胳膊，不由分说，把我拉进门。

一

我很久没有睡得这样沉，鸡叫之后，我把头蒙进被子，又朦胧睡过去。我再次醒来的时候，天已经大亮，空气中有小米粥和炉火的味道，姥姥在堂屋里，打电话的声音很大。

"在我这，在我这呢。你们别来，孩子挺好，就是伤了心。在我这养养，没事，你们别来。"

我缩在被子里，鼻子有些酸，不敢发出声音。直到她挂掉电话，堂屋里传出走动的窸窣声，我坐起来，抓过床边的衣服套在身上，提裤子的时候习惯性地按了下口袋，里面是空的，没有我上车前在药店买的水银体温计，什么也没有。

我脑袋里嗡了一声,把口袋翻过来确认了一遍,心忽然跳得厉害。

"姥姥?"我喊道,"我裤子兜里……我……"

姥姥走进来,似乎没有听到,把小米粥和一盘拌豆角放到桌上,坐到我旁边。

"我这几天……"

我想说我有些发烧,然而谎言梗在胸口,让喉咙干哑,让我用力咽下口水。

"昊昊大了,大小伙子,够不够吃?"

"够了,在家我都不怎么吃饭,没胃口。"我说。

我心里有事,喝了半碗粥便再吃不下,对着碗筷发呆。几只鸡跑进来,歪着头在我脚下啄来啄去。

"不吃就不吃,今天天气好,你有力气出去转转,看看地里的菜。西红柿,茄子,想吃就摘,没打药,都干净着。"姥姥收了东西出去,动作麻利。我站起来,趁她在偏房,飞快地拉开桌子抽屉,依次搜了一遍。

体温计没在这,也许姥姥觉得那东西易碎,把它收到了自己房间,总不会是掉到缝隙里。

姥姥对我好,让我想到幼年时光。我浑浑噩噩地度过几天,她常拉我和乡邻聊天,大家都很和善,我想我也应当和善。然而这一切都像隔着层玻璃,那些生命力与善意都与我相隔,不能真正被我汲取。

这并非是我所愿,恰恰相反,没有人知道我多渴望某一个人，或者某一样事物刺破我心中囚室。否则我也不会抓住最后一根稻草，像蜗牛缩入螺壳一样逃到这里，家乡的环境让我感觉好些，但我知道我没有真正好转。在那间囚室里，那个念头如此强烈，它像蛇一样缠绕着我，又如同黑暗吞噬我。让我强烈地想要找到那支体温计，装进裤子口袋，就仿佛枪上的保险栓，只有摸到它，我才心安。

姥姥一直在家，我便没有机会寻找。直到那天，我还在蒙着头赖床，姥姥推门进来，在我被子上拍了一下。

"姥姥出去一趟，好几天没去地里，堂屋里有饭，你中午自己热热。"

她隔着被子拍了拍我，如同哄小孩子一般。我心中清醒，等她出了门便套好衣服，去堂屋和对面偏房里翻找。

那支体温计躺在姥姥的柜子里，和针线包放在一起，沾染了淡淡的肥皂味道。我把它装好，喝了几口粥，然后扫了院子，用玉米渣喂鸡。

"磨剪子，磨剪子啦。"

吆喝声和叮叮当当的器械声绕过村口，我并没在意，等我撒完玉米渣回过头，就见有个人突然闯进院门，正与我打个照面。

"谁让你进来的?!"我喊道，那个人生得瘦小，又弯着腰，看起来缩成一团，脑袋却用力仰着，头发油腻，脏兮兮的脸上两只眼珠格外地亮。

"老乡，磨剪子吗？"他声音尖细，就像刻意提着嗓子，一双眼睛转来转去，灵活仿佛某种鼠类。他的装束很怪,明明是盛夏,腰间却绑了块皮毛,不知做什么用。

"不需要,你出去!不然我……"我刚想说要报警,才想到这是山村,真报警不知道要等多久,于是抄起门边的扫帚,作势挥了一下。

正是上午,大家都下了地,四周听不到人声。我忽然有些心虚,然而那个人没再向前,而是嘿嘿笑着退了半步。

我松了口气,正要放下扫帚,那人忽然一跃,扑住一只芦花鸡,迅速跑出门去,动作敏捷得不像人类。

"喂!"我扔掉扫帚追出去,芦花鸡咯咯地惨叫,淡黄色的羽毛落了一路。那个人跑得极快,我也追得快,到最后他干脆把鸡反扭翅膀,咬在嘴里,手脚并用,猫一样跳跃。

村子南面是庄稼地,也是姥姥和村里人去的方向。那怪人却向北去,一直跑进大山。

这一片山走势平缓,后面的主峰呈圆形,像一只倒扣的碗,也像乌龟背,因此得名龟背山。我小时候曾进过一次,那离村庄很远,植物也极茂盛。姥姥背着我,一边采酸枣一边讲山精鬼怪的故事。故事里的山精会吃人,所以后来,我一个人便不敢往深山里去。

那人沿着蜿蜒的小路跑,我便沿路追,当我到达龟背山的时候,大约已经跑了一个小时。芦花鸡早已经叫不出声音,鸡毛也越来越少。我实在跑不动,任那人隐入山中,自己坐到地上喘息,两边树木高大,树荫下的山风格外清凉。我正懊恼,一只白色的鸟落在枝头,引起我的注意。

那是一只纯白的鸟,没有一丝杂色,样子我从未见过,整体纤长而轻盈,额头有一根长长的翎毛。

我想要站起来细看,又怕惊动它,于是动作缓慢。那只鸟有所察觉,却像家里的芦花鸡一样偏着脑袋看我,并不躲闪。

我走到树枝下的时候,那只鸟扑棱翅膀,并不飞远,而是蹦到相邻的枝头。我一时忘记其他的事,心思只顾盯着它,随着它向前。阳光从树冠间落进来,鸟身上白色的羽毛反射光芒,像水晶一样耀眼。我不知道跟着它走出多远,忽然一脚踩空,滚了下去。

我没有看到这里有山坡,或许是猎人设的陷阱。然而这陷阱也太深邃,我觉得我滚落了很久,停下来时身上却没有受伤。这件事有些奇怪,我站起来,周围还是龟背山的样子,只是天已经黑了,在这黑暗里又有些光芒,影影绰绰地显出树木山石。在这山林中,有个男人背对着我,发型短而整齐,身上却是件长衫,长衫上又仿佛罩了一层银灰色的纱,在黑暗里依稀发出微光。

他回过头,脸色很白,鼻梁上架了副金丝眼镜,看起来不过二十出头,眼尾狭长。

"你……你谁啊?!"

我腿一软,想要逃走,然而周围的空气似乎变得黏稠,就像被噩梦压制,不能移动分毫。

"沈逸。"他说，随着他开口，压抑的感觉忽然消散。我动了动身子，想到山精的传说，后颈的寒毛根根立起。

"你可以叫我沈逸。"他注视着我，一只手始终背在身后，微微欠了下身。"初来乍到，家仆不懂规矩，冒犯了先生，在下已替先生惩治过了。"

先……先生？从没有人这样叫过我，我吞咽了一下，四下看去，计划逃跑路线。然而天色黑暗，看不太远。

"天……天怎么突然黑了。"我说。

"天没有黑，只是先生在这看不到外面罢了。"

"这是哪？"

"龟背山。"

"龟背山？可是……"

沈逸没有接我的话，而是笑了一下，那只手从背后绕到身前，啪地一声打开手中的折扇。

一束微光从纯白的扇面上升起，周围摇曳的树影在这微光里似乎获得生命，一时间无数的细小声音从各个方向涌来，如同鱼群在水流中聚集。

"沈公子，是沈公子来啦！沈公子，沈公子。"

"这位先生误入此山，要等十二个时辰山门再开时才可出去。沈某有个仆人不争气，欠了他的东西，所以沈某邀他共赴此宴，封姨可会怪罪？"

沈逸的声音落在空中，那些窃窃私语渐渐停歇，到最后就像火焰熄灭，变得没有一点声音。他扇子上的微光明明灭灭，在他话音落后片刻，忽然一暗，然后如同焰火喷涌，一直冲到夜空之中，将周围映作白昼。

在这白光里，沈逸伸出手，划过扇面。我感到周围气息的涌动，仿佛山中的风一齐聚到他面前，恍然间景象变幻，从树林里高低错落地生出无数的灯笼，而那光随着山风的隐匿而散开，落到灯笼之间，不见踪影。沈逸抬起头，对我笑了一下，然后转过身去。在他的背后，原来茂密的树林似乎向两边分开，中间形成一片空地，灯笼比别处更为稠密。在那灯笼的亮光里，一字摆开几张小桌，上面摆满各种吃食，香气缭绕。桌后是几个女人，打扮如同仕女图里的美人，容貌个个清丽端庄，没有丝毫妖媚神态。

我始终怀疑我在做梦，然而此时，被称为封姨的女人从坐席的中心站起来，先与沈逸打了招呼，转而向我微微点头。

"既是沈公子的朋友，便是我们的贵客，不知这位先生如何称呼？"

"林……林昊。"我说，"我叫林昊。"

二

桌子上的酒很香。我听过山精鬼怪用泥巴变成食物，骗人吃的故事，但也听过有人误入仙境，吃到珍稀宝物的故事。我并不能分辨这食物的真身是什么，于是尽力克制，只抿了一口。

沈逸与她们推杯换盏，毫不推辞。那些女子谈吐雅致，时不时说些轶事逗笑，其间多引用典故，我听不懂。封姨威望很高，在她说笑的时候，其他女子便缄口不言，只是附和嬉笑。

酒过三巡，有几只刺猬顶着果子在席间杂耍，沈逸眼尾终于有些泛红，饮了一杯酒，清了下嗓子。

"封姨刚才说得好，我说，我也有个故事。"他看了看我，我面前的酒杯斟满了酒，纹丝未动，并没有人引诱我喝，他也没有劝我。

"说来惭愧，三百年前，沈某在这次闭关之前，曾找过一座庙宇容身。本来想着蹭些香烛供果，没想到那庙太破，又多年没显露过神迹，已经没有人来拜，大殿年久失修，下雨漏水，平时漏风，偶尔几个顽童进来，还会扯神像上的衣服，撕下来做沙包玩。"

沈逸说着，封姨嗤地一笑，掩住了嘴。

"我住了半月，实在没有盼头，正打算要走，那天突然电闪雷鸣，下了场大雨。有个书生闯进来避雨，放下书箱，还没来得及找东西生火，先对着神像拜了三拜，从怀里掏出两个果子，摆到供桌上。你猜怎么着，然后他把神像旁边的帷幔扯了下来。我道他是要当被子取暖，没想到他把那帷幔拧成细长一条，抛到了大殿的房梁上。"

封姨听得入神，女孩们也凝神屏息，发出轻声惊叹。

"那一年正赶上三年一次的秋闱，但还没到八月，我想他考还没考,怎的就要寻短见,便使神通看了一看。原来这人已经接连落第两次,前后算起来快有十年蹉跎在秋闱上。他怕这次再考不上,索性便提前决断,一了百了,做鬼也落个轻松自在。"

沈逸停了一下,抿了口酒。我听他说到落第和寻短见,心中某个地方忽然一空,抓紧衣角。

"我那家仆当时也在,我收了书生供奉,又受他跪拜,自然不忍旁观,便在那帷幔上做了些手脚。帷幔一断,那书生砰地砸到地上,爬起来喊着庙神显灵,一直冲着神像磕头,求个渡过难关的办法……"

沈逸正说,林中的灯火忽然剧烈地闪动,一些细小的声音从远处汇集,蚊蝇般嗡嗡作响,涌到桌前。

"毒婆婆来了,毒婆婆来了!"那声音道。

封姨皱了下眉,其他女子的脸色也不好看,却不是惧怕,更像单纯烦恼,酒也懒得去喝。沈逸随之放下杯子,看向封姨。

"什么毒婆婆?"他说。

"沈公子见笑了。"封姨勉强笑道,"那老婆子不知是什么妖物,打不死又赶不走,不过她也闯不进这来,只在门口作怪,惹人烦恼罢了。"

"以封姨的神通,如何打不死?却又是怎么个打法?"

"公子不知,那老婆子相貌丑陋,不过三尺高,孩童一般,却极难缠。不管怎样打都像水一样,斩成几段便变成几个老婆子。有大有小,小的米粒一般,照样五官俱全,扭来扭去地缠上来。"

"她缠你们做什么?"

封姨摇了摇头,有个女孩压低声音,试探着碰了下封姨。

"谁知道做什么,总之也赶不走。或许是地灵,地底下的东西成了精,不挖走真身,便是赖在这。"她说。

"那毒婆婆,可是白衣?"沈逸推了下眼镜,封姨一愣,和女孩们一起连连点头。

"公子见过?"

"沈某并未见过,只是听过些传闻,倒与这有些相像。传说贞观年间,有个县令搬家,在新房里也遇到此怪,请来道士也无计可施。后来那婆婆自爆罩门,说自己在他家地下,命定归他所有。后来那县令把房里地面挖开,找到了封好的一大缸水银,他把水银拿去卖了个好价钱,从此家里再没出过怪事。"

"公子说得对,斩断了变成小的,可不就是水银,我们怎么从没想到。"有女孩恍然大悟,拍手叫道。

沈逸笑了一下,忽然转向我。

"先生看起来也是读书人,可知何物可克水银?"

"硫……硫黄。"我说,"硫黄和水银会生成硫化汞,也就是朱砂,只是这反应太慢,未必有用。"

"先生说得对,你们便去取硫黄。"封姨话音未落,外围的灯火忽然一暗。女孩们一齐起身,各自去取东西。只见树影摇曳,黑暗里渐渐显出一个白色人影,面目苍老,矮如幼童，在不远处蛇一般地扭动，又似乎和我们隔着块玻璃，无法靠近，却也不肯离开。我看着它的古怪身姿，想到兜里的体温计，头皮渐渐发麻。

沈逸和封姨坐在那，面色如常。那几个女孩跑回来，不知从哪里拿了几只口袋，对着毒婆婆抛洒过去，一股温泉中的硫黄味道充斥空中。铺天盖地的硫黄粉中，毒婆婆发出尖锐的声响，一些光刺破粉尘，然后砰地一声，炸出片片黑色的残渣。沈逸撑开扇子，在我面前一挡，那残渣被悉数弹开，落了一地，却一点都没有沾到我身上。

"没啦！这回没啦！"女孩欢呼雀跃，封姨只是浅笑，端起酒与沈逸碰了一杯。

"它不作怪，明日便可去山下找找，挖出它的真身，说不定也可拿去卖钱。"沈逸笑道。封姨点了点头，却转向我。

"这次也多谢先生。"她说。

"没什么，只是书上的知识。"我感到受宠若惊，沈逸拍了拍手，仿佛没听到一般，自顾斟满酒。

"先生妙计，当然要收谢礼。我与先生投缘，不知是沈某有幸，还是先生有幸。先生可知刚才那个故事，沈某是怎样回应那书生的请求的？"

"怎……怎样回应？"

沈逸低下头，从袖中拿出只木匣，递到我手中。

"沈某那家仆脾气暴躁，时常惹事，但有一点好处。"他说，"家仆的毛发可做笔，材质上乘，且他有百年修为，人若得此笔,必定文章锦绣,高中榜首。"

三

"昊昊,昊昊。"姥姥的声音,我动了动,只觉脸上潮湿,伸手去擦,摸到满脸的泪。

"你怎么在院里睡,饭吃了没有,做噩梦?"

我的头还有些晕,心里的感觉却说不清楚,就好像淤塞了多年的水渠被疏通,一些东西沉下去又升上来,再慢慢消散,胃里咕噜一声,感到从未有过的饥饿。

"不是噩梦,就是睡着了,我……我饿了。"我说,"姥姥,我特别饿。"

"哎,这就对了。"姥姥拍了我几下,急忙站起来,往炉子那走。"我就说你整天不吃东西,怎么不饿。饿了就好,能吃就好,姥姥这管饱……"

我听着她念叨,吸了吸鼻子,按到裤兜里的体温计。

姥姥背对着我,我匆匆经过她,穿入房间,拉开柜门,将体温计塞回柜里,挨着针线包,就仿佛从未被动过。

我终于松了口气,就在关上柜门的一刻,有个东西从衣服上掉下来,咔哒一声,卡在门口。

那是只木匣,形状狭长,看起来有些岁月,开口处用铁钩钩住。

沈逸。

我脑中嗡了一声，一片空白。

"昊昊？"姥姥突然站到门口，我手一抖，不知如何解释。木匣落在地上，滚了几圈，正滚到姥姥脚下。

"昊昊还惦记它呀？"姥姥捡起木匣，突然笑起来，并没有我想象中的惊讶。

"惦记？"

"你小时候见过，非要拿着玩，姥姥没给，还打了你一顿。当时是怕你弄坏，现在你大了，姥姥送你，不用偷偷摸摸，喜欢就要。"

我接过木匣，拆开铁钩，然后打开。我听得到自己的心跳，那些血冲上额头，让我的指尖颤抖。

匣子里是一支毛笔，橘红色的笔毛，饱满油亮。

"这是狼毫，新的，没用过。我爷爷的大伯进京赶考买的，上等货。那大伯考了好多年，那次终于中了，后来就去南方做了官。"

"沈某那家仆脾气暴躁，时常惹事，但有一点好处。"沈逸的话回响在耳边，清晰无比，"家仆的毛发可做笔，材质上乘，且他有百年修为，人若得此笔，必定文章锦绣，高中榜首。"

我后来查过，狼毫是由黄鼬尾毛制成，以东北黄鼬品质最佳，宜书宜画。

四

　　时间这东西很怪，有时候陷在一处，仿佛会永远停滞不前。然而当那一段过去，它又会像水流一样飞快。前年的时候，我和相处了五年的女友回家，与父母商议婚事。

　　她是我大学同学，我们一起毕业，签了同一家公司，都是技术部门。公司效益很好，跻身五百强，双方父母都很满意，便开始催促买房和婚礼细节。

　　我已经很久没回家，吃过晚饭便去商场采购，打算买些东西再回姥姥家探望。

　　这些事女友擅长，她挑挑拣拣，让我拎了两大包，然后给自己选了几件裙子，钻进试衣间。我等了一会，自己走到门外透气。

　　车停在街对面，我爸妈就在周围闲逛。我望过去，刚刚看到我爸，眼前忽然一阵恍惚，山崩地裂。

　　沈逸，不会错。

　　就算岁月流逝，他的样子不再年轻，我也记得那狭长的眼尾，嘴唇紧紧抿着，戴金丝眼镜。我始终记得他的样子，却不敢跟任何人说起。然而他现在就站在那，站在他的车前，和我爸有说有笑。

　　"沈……沈逸，沈逸！"我跑过去，那个名字终于冲出喉咙。

　　我爸愣了一下，随着他抬起头。沈逸看到我，神色有些尴尬。他向我爸说了句什么，然后对我点了点头，匆匆坐进驾驶室，关门发动车子。

他显然也认出了我，但是他跑什么，他又为什么会认识我爸?!

"哎？你怎么会认识他啊？"我妈看到我过来，眼神疑惑。"他是你爸带过的学生，专业研究很深，知识面广，擅长做催眠。在圈里有些名气。你高三那年状态不好，你爸给你约的心理咨询师就是他，但你没去，记得吗？"

我妈显然不知道发生过什么。十八岁那年的事随着沈逸的脸涌上心头，历历在目，让我鼻腔酸涨。

"爸？你……你是不是带他去过我姥姥家？我……"

我爸没有回答，只是笑了一下，然后低下头，拍了拍我的肩膀。

"回家吧。"他说。

作者简介

苏辰，类型文学作者，擅长悬疑、志怪、科幻。

创作谈

《狼毫》中的精怪元素取材于传统志怪小说：封姨和众女妖出自《酉阳杂俎》，崔玄微夜遇封十八姨和花精的故事；水银妖出自《宣室志·吕生》，原文为身高二尺多的老妪，也就是"矮婆婆"。"毒"谐音"矮"，字形又和毒相似，所以用作名字。

从《搜神记》到《聊斋志异》，传统志怪常以鬼神事，解世间情。在人生低谷，神怪们会从幽暗中显现，带来诡谲的治愈和温暖。

赶考书生是志怪的常见主角，放到现代就是高考学生了。沈逸多年容貌不变，说是催眠师也很可疑。这让人想到聊斋故事——诡异美人搭救落第书生。书生珍藏信物，后来高中，在人群中偶遇，不知他是人是妖。

没错，谁说美人不能是男的了。

可解做真，也可解做幻，这或许就是志怪故事的魅力。

第七篇

西湖往事

短篇小说

西湖往事

作者：刘十九

我的学生王八，爱读书不求甚解，成天张嘴乱问。

譬如，他刚才问我：人是人他妈生的，妖是妖他妈生的，你到底是谁生的？

他一贯提不出高质量的问题，但我不得不承认，他这个问题提得很有水平。

来处与去处，是每个生灵鼎立世间的根本。

但我不在意我的来处，对我的去处也没多大兴趣。早在两百年前，就有一伙东西，妄图将答案统统塞给我。

那天，我在西湖边玩泥巴，捏了一对蝴蝶。手艺不够炉火纯青，张牙舞爪的蝴蝶吓哭了围观的小孩儿。我耐着性子柔声安慰了他很久，他才指着不远处黑压压的湖水，抽抽噎噎地说："有——有妖怪——"

"多大点事儿呀，你自己不也是妖怪，我也是妖怪，你看——"我扔下蝴蝶，拍拍手，双腿合并，粼粼银甲自腰间蔓延——我漂亮的尾巴，轻轻搅动湖水。

小孩儿忒不仗义地扔下我，独个儿缩回乌龟壳里，滚进湖底。为了纪念他的临阵脱逃，我给他取了个颇有纪念意义的名字：王八。每每看到他，我都能想起西湖边曾有过的那场泼天大雨。

先是一个中年妇人凭空而降，落到涌动的湖水上头，还没说话，两眼已经湿嗒嗒如梅雨季节怎么也拧不干的衣衫。她说："儿呀，随娘亲走吧，你生来就不是这里的人。"

"我不认识你。"

"怨我，我不该刚生下你就走了。娘，娘身不由己。"

我对生母的感情，比对她留给我的护身符的情意，要淡薄得多。我若一定要认个母亲，只会认日日从护身符里飘出的那个虚影。我当然理解她曾经的身不由己，但我更希望她理解我现在的无所希冀。亲情这种东西，对我来说，就像鸡骨架，想彻底扔了呢，好像还有点东西，真要想啃下点东西呢，又发现它全是扎嘴的骨头。

她哀怨的眼神像一口没了生气的枯井。约莫半柱香时间，她的耐心被耗尽，巨浪不知不觉间升起，将她举到半空。

多年浪荡的经历告诉我，别惹喜怒无常的女人。何况她刚出了塔，威风凛凛，正缺施展神威的机会。纵然我是她儿子，但被圈起来当宠物养的可能性也不是没有。

于是，我指了指她头上不远处的祥云，又夸张地摆了摆水里长长的尾巴，好心提醒说："来了一群神仙。娘，你是不是偷偷溜出来的？"

新晋神仙白素贞很慌，顾不得修复脆弱的亲情。她捏起一团云,溜之大吉。我松了口气,解决一个是一个,总比他们结成同盟一拥而上好。

这一群神仙,看我的眼神都很奇怪!我在杭州混了许多年,见过无数老子看儿子的样子,此刻,他们看我的样子,正如含辛茹苦养大儿子的老父亲——满面的慈眉善目。我觉得挺刺眼。

"各位神仙,要杀要剐,给个痛快,别这么看着,我又不卖笑。"

"文曲君,你此番来人间历练,看来收获颇多,文宗之位不可长久空缺,请你速速归位。"领头的神仙打了个拱手,作势邀请。我在稀薄的记忆里搜寻了一番,原来他是天枢星,赫赫战神,从来跟我不对付。天帝老头儿竟然派了他来,还真是别出心裁。

我故作炫耀地摇起尾巴。"你们没看见这玩意吗?我是妖哎。"

"文曲君,切莫开玩笑。"天枢手中长剑已经嗡嗡作响。

我窜进湖里,仅露出一颗脑袋,"你转告天帝,我不回去了。"哼!文曲星,天下文宗!统统是骗人的玩意儿!不过是将大家都熟悉的词,按照天帝的意思,编得狗屁不通,以连篇累牍彰显他所谓的无上神威。我才不回去写那些无聊东西。前段时间听龙王阿青说,天帝老儿越发变态,硬从他的公文里抠出两三处不规范的标点来,勒令他拿回去重新撰写，确定精准无误后再上呈。龙王硬挤出一行泪来，他劝我快回司文殿，说有我草拟各种奏报，保管十全十美，免得他这等粗人遭受无妄之灾。

龙王让我想起了从前在司文殿的日子。成天就是看奏报，写批文，整理各类文书。我没时间看一看九重天上织女特意编就的云霞，经常还听得宴饮声飘来。我偶尔出出神，很快又埋头整理资料。天帝要求很高，批文既要有高度，还要有温度，更要有深度。我捉摸不透，屡屡被天帝点去喝陈年老茶。那茶又苦又涩，喝下去后神思昏沉，不是个好东西。为了少喝茶，我只得日夜用功，常常不知今夕是何夕，跟仙僚们也交往甚少，唯一略有交集的便是天枢。那是在中秋宴会上，天枢喝醉误入歧路，七绕八拐地来了司文殿。他金甲满身，发冠高竖，很是耀眼。我这殿里很少来贵客，慌得我手忙脚乱一顿准备，也不过泡了两杯解酒的新茶。天枢兀自坐下，左右手各端一杯，两三口喝下，大呼爽快。他揽着我的肩膀，将我从蒲团上扯下来，瘫坐在地板上，又念了个诀，将满室的尘土除去。我谢过他，又念起咒语，依旧保持往日凌乱不堪的陈设。天枢哈哈大笑，说你这人有意思，事务都忙成这样了，还要动手整理，不晓得用法术吗？

我说，日子漫长，总要找点事情来消磨时间。

天枢又笑，他说，我要是你，我就甩了这满柜子的卷轴，让那谁漫天发火去。

我说我当然很想溜，但没找到机会。

天枢的脸有点红，完全不似往昔冷冰冰的战神样子。他大概用术法偷听到我的心声，嘲笑说我也没一点文曲星的架子，灰不溜秋的，活像个土地老儿。大概因为酒精的关系，据说宴会上的千日醉，能让凡人睡上半年，即便神仙，也要晕乎几天。

天枢变成了话痨，他告诉我，想溜当然有机会。这些年来，三界太平，天庭和睦，没有个把妖怪需要降服，而凡间、妖界修仙的不乏其数，他们孜孜不倦地拔地飞升，导致天宫人口饱和，职位也紧俏。天帝勒令禁止谈情说爱，但俗话说得不到的总是在骚动，那在天上活腻了的，总想去人间体验体验。放弃神仙之位，去凡间过活，天帝睁一只眼闭一只眼，算是默许的。他说他其实有此打算，想和月宫中的素娥仙子去凡间当普通人，他来我这是要找些凡间的书看看，熟悉番。

他的信任把我镇住了。我明明跟他不熟，他却将如此私密的事情和盘托出。即便天帝默许，但也是暗里进行，哪能如此大大咧咧说给我这千百年都见不了几面的人听呢。我抽出两本书给他，他念个诀便将内容全息扫入脑中。为了表示谢意，他留下一盒半盒桂花糕，说是素娥亲手所做，很配得上我这样事事亲力亲为爱折腾之人。

天枢没赶在我之前下凡。

司命星君送来天帝口谕，说黎山老母的弟子白素贞要去凡间历练历练，为铸造传奇色彩，要我下凡成为白素贞的儿子，将其从雷峰塔中救出。司命这安排历来都没啥特色，总是要救母，二郎神劈山救母，他的外甥沉香也劈山救母，大概看我文弱些，只要我晃动一座小塔救母。下凡历练跟放弃神仙之位不同，玩一圈儿还能回天庭官复原职，我觉得很划算，就答应了司命，投到白素贞肚子里去当她儿子。

按照司命的剧本，我高中状元后救出白素贞，与白素贞一起元神归位。但设计与实际操作之间出了点意外，白素贞飞升成仙时，杭州城的老百姓被爱情的酸臭味冲昏了头脑，强烈要求有情人终成眷属。前来接引我们的观音菩萨，原本受了司命委托才走这一遭，她不好临时增加名额，又要顾及凡间香火，只得先接了白素贞和许仙，暗中告诉我说，放心等待天庭通知。

人间一年，天上一天。不过多等几日，我有足够的耐心。白素贞和许仙的爱情太过传奇，在杭州城太有知名度，导致我的生活十分受人关注。我低调惯了，向皇帝辞官，拜别抚育我成人的姑父姑母，易容换面，成日在西湖边闲逛，消遣这难得的悠闲时光。受母体影响，我虽有人形，但原身却长出了一条漂亮的蛇尾，半人半妖，很容易吸引住在西湖里的水族。鱼虾螃蟹等时常在夜里浮出水面，偷偷观察在岸边宿醉的我。王八那孩子见我醉的次数多了，竟爬上岸来摘我的酒葫芦，偷吃我兜里的蚕豆。见我毫无防备，他越发大胆，还拽着只路都走不太稳的小虾一起来吃蚕豆。那虾子胆小，蚕豆咯嘣两声响，惊得他连蹦带跳窜进湖里，惹得湖里那些看热闹的鱼群哈哈大笑。兴许他们闹得动静有点大，最终还是把镇守这方水域的龙王给惹来了。那龙王原身青黑，化作的人形倒很俊俏，白面书生，文质彬彬，只是说话十分不雅，老子来老子去的。

他吼那几个小虾米道："狗日的有啥出息，丢老子的脸。"

我眯着眼睛继续看热闹。那些个小虾小蟹都走了，就王八那乌龟缩在壳子里装死。他把王八拢在掌心，气呼呼地问这小屁孩："那家伙有啥好玩的，你们这些小王八蛋成天昼伏夜出的看他，不要命啦？他是天上的，跟咱们不对路。"

王八瓮声瓮气地说："他跟那些冷冰冰的神像不一样嘛。"

我承认，王八说我不一样的时候，我心里毛茸茸的，像有一只猫在轻轻地抓着。

龙王把王八扔进湖里，一脚踢中我的屁股，问我打算装睡到几时，又质问我打算勾引他的水族同胞到几时。他生气地抱怨说，好不容易才送走一个脑子不好的，怎么又沾惹上她的便宜儿子，他真是时运不济，天生保姆命。

我很喜欢龙王的性子，速速解下腰间酒葫芦递给他。龙王说我这小子比我妈上道，白素贞那神神叨叨的样子，他实在看不明白。他灌下几口酒，得意起来，给我倒出一段往事。他说他早就接到观音菩萨法旨，要保白素贞在凡间渡劫,白素贞渡劫飞升后,观音许他飞升成仙。白素贞这呆头蛇,于情爱十分不通,全靠他穿针引线。许仙呢,又胆小又软弱,撑不起场子,全靠他煽风点火。总而言之,他说这场买卖很不划算,他不得已装扮成女人,千辛万苦保得那俩呆子修成正果,自己的正果又被菩萨打了折扣。菩萨讲,成天上的仙大概成不了了,成地上的仙还是可以的,西湖那摊水没个龙王镇压,他反正来自西湖,就在这水里做个官封的土霸王。菩萨就那么一点,他脱去蛇皮,化形成龙。

他说:"化龙的样子没以前好看,其他的好像没啥变化。"

我没想到他是阿青。我当然见过白素贞身边的那位阿青,口齿伶俐且鬼点子多,就是于装扮上没啥天分,粗枝大叶的。即便如此,我那位凡人姑父还一度想收了她当小妾。他那时候被菩萨化作女人装扮,我实没看出来阿青原是个雄的。

我问他:"没上天去,可有遗憾?"

他说:"龟儿才有啥子憾,老子觉得西湖底下舒服得很。"他又说,既然我暂时上不了天,水族成天就知道瞎闹腾没个章程,我不如去湖底当个教书先生,一则有个落脚处,二来让天上的看着放心些。

我觉得他的建议很是妥当,又觉他直来直去比较好相处,就应承下来。

在西湖的日子是我此生以来的黄金时期，散漫舒坦。阿青把那些懵懂无知的小屁孩统统塞给我，我领着他们读读老庄文章，练练字，偶尔帮阿青写几篇公文。阿青既兼了龙王的差事，杭州城的雨水归他管辖，每季要交点总结呈给上头，以示他忠贞不贰，克勤克俭。不晓得谁那么没脑子，把阿青的公文呈给天帝，天帝终于想起了我这号被遗忘的小角色，唤司命把我召回。我揽着司命在杭州城，吃遍小吃，喝遍美酒，司命回去交差说，文曲星已经堕落成凡人，请天帝另择高明。天帝这次居然不愿意罢手，得知我跟着阿青这厮混，又扣下阿青的公文来，拐着弯敲打我。

我想，对抗的结局大概是灰飞烟灭，来自尘土，又回归尘土，算得上有头有尾。我问阿青，换作他，他怎么办。他说他先前很羡慕上天，但偶尔去交个公文，看南天门那些人脸色沉沉一本正经，实在没意思透了，他宁可在西湖底下浪荡终身。

浪荡是一味剧毒，我已经被阿青传染了，且病毒攻心，无药可救。于是，为了保护可以浪荡的自由，我跟着阿青修炼术法。我擅长舞文弄墨，很不擅长打架。阿青教得很辛苦，我进步得很缓慢，学来学去最熟练的就是躲闪。

我猜到天帝会派人来捉我，但没想到他会派天枢来。

我问他："为什么不来人间跟素娥做夫妻？"

天枢不苟言笑，他大喝一声，道："休要胡说，快随我速速归位!"

"你觉得我会回去吗?天枢,我这凡心还是你搅动的呢。"我并没有称手的武器,踏波而行,负手立在水面上。

天枢沉默片刻,随后,他抬起头来,满脸都是严肃冷酷。他说:"你记错了,我不曾说过。得罪了!"天枢凌空而上,长剑化作无数利刃,停在湖面上。

西湖里不仅有我,还有万千生灵。

我扑打水面,暗结法阵,尽量将周围的水族护在阵中。西湖涌动,我长尾横甩,打算以血肉之躯挡下剑阵。

神剑如雨,即将落下。

除了护身符里的虚影,便是西湖里的生灵,伴我度过这许多混沌时日。为它们而死,这买卖不亏。神仙日子我不稀罕,人间许家祠堂上的破木头牌位我也不喜欢。

生不由我,但命在我手。

我横了心,乘风而上。风声里,我露出原形——通体银白的蟒蛇,横亘在剑阵前。万剑齐鸣,震耳欲聋,我听见自己妄图对峙的叫声,幼稚且凶猛。

谁也不知道那一幕是怎么发生的。震天嘶吼从身后传来,旋即是遮天蔽日的亮黑鳞甲从我头顶掠过,风搅云动,一条黑蛟从西湖滚滚黑水中冲出,霎时下起漫天大雨。往常的雨都是从云头飘入大地,而今天的雨,是西湖的箭矢,砸向重重天宫。剑刃在碰到水珠那一刻消散,眨眼之间,半空仅悬着一把长剑。

"小许,看好了!"阿青扭头看我,飞速蹿升,一口将悬空长剑吞下。

天枢惊讶地看着他，轻念召唤咒语。

"哈哈哈！"阿青长笑，大口一张，吐出一坨废铁，"还给你。滚回去告诉天帝老儿，小许是西湖的。他真想要人，自己过来跟我打。"

愤怒涂花了天枢英俊的脸。但他只是挥了挥袖袍，将废铁卷了过去，带领其他神将，回了九重天。天枢好战，他怎么就轻易败走了？

我变回人形，瘫坐在湖边。阿青搂着我的肩，声音如雷。"小许，老子今天威风吧？"

我费力地拿开他的爪子。"真打起来，你可不是他的对手。"

"狗屁！老子在西湖盘了千把年，大大小小的火拼仗打了许多，跟你那便宜的妈，也是不打不相识。"

"可你跟天枢打了，等于跟天庭宣战，上头搞不好会派更狠的来。"

"可能性不大。他们也就是闲得没事手痒罢了。小打怡情，谁也不想真撕破脸。毕竟我们这才有了你爹妈那等经久不衰的事迹，这里一时间香火鼎盛。他们乐见其成，才不会出手毁了这盛世美名。"阿青建议说，"实在不想玩下去呢，就一头撞死，去阎王那报到，二十年后又是一条好汉。"

我喜欢阿青这样横冲直撞的秉性，我在天上的时候从来没横冲直撞过。我等了许久，天上没再派人来。阿青去打听了，说天枢回去复命，没控制住手中长剑，把司文殿毁了，许多卷轴遗失，复建几乎毫无可能，天帝改变了行事作风，免去连篇累牍，改为口头传讯。至于天枢，既没能把我提溜去天上，又毁掉了司文殿，被贬下人间。跟他同时被贬的还有月宫里的素娥仙子。据说，素娥将桂花糕做咸了，引得天帝喝下三大壶桂花酒，他差点当场留下风流债。

接下来的日子便一直风平浪静。阿青塞给我的那些学生个个都长大了，他们嫌弃我过于斯文，不愿意再学，跟着阿青舞刀弄枪去。只有那个王巴，还当我的跟屁虫，十分不着调地乱提问。

这天，我把王巴化装成个小书童，一道进城。我在断桥边的茶铺停下，那茶博士看着清俊，但不苟言笑，十分严肃。端桂花糕来的老板娘笑意盈盈，她说她家相公只是不爱说话，让我们别介意。茶水清香，糕点可口。我悄悄在碗底塞下一枚金叶子。

我牵着王巴走出茶铺，走向清波门双茶巷。王巴问我："老师，你来讲话本子，店家早就备了茶点，你怎么还去那破铺子自费？阿青老爷让我们省点钱呢。"

"少啰嗦。你告诉老板，今天说书的题目改一改。"

"不讲白蛇传了？"

"嗯，今天讲——讲天枢传奇吧。"

作者简介

刘十九,喜欢白居易的《问刘十九》,羡慕有人为他准备绿蚁新醅酒、红泥小火炉,人生得一佳友,多饮几杯又何妨,以此为笔名,期待有雪有酒有知己。

创作谈

儿时,当"千年等一回"的歌声响起,暑假便喜滋滋地奔来。每每剧情走向终点,便想,文曲星还能回到天上吗?成年后,读《白娘子永镇雷峰塔》《聊斋志异》,方知精怪的世界如此有趣。整日伏案忙碌,敲打键盘,编辑文字,偶尔抬头仰望星空,自问:文曲星可愿日复一日困在此间?

遂写此篇,寄托遥思,盼诸君自在长乐。

是为记。

第八篇

大道至简

短篇小说

大道至简

作者：牧　雪

吾不知谁之子，象帝之先。——《老子》

窥奇（一）

　　心念一瞬，手中的细针已经暴涨成两头勒以金箍的黝黑铁棒，我抡起它，毫不留情地敲在它的头部。它哼也不哼一声，直挺挺地仰面倒下，手中的瓦罐噼啪摔碎，白饭、面筋、木耳、干笋撒了一地。

　　这不对头。

　　虽然棒首金箍上传来的量子信息流肯定了这一击的破坏性，但它却并未如其他业障那样被固定成最简模型。而且我不会看错，被金箍棒头击中的那一刹那，它笑了。

　　它应该是逃逸了，我得搜索一下。必须把它打回最简模型，不然还会来找麻烦的。

　　"你做了什么?!"

　　又来了！他原本充满智慧的眼睛里，现在全是严厉的指责。

我没好气:"得啦,你也应该看得出来,它不是人类,它不像那六个强盗,它是——"

"它是个信息团,而且是已经学会宏化量子态的信息幽魂。"他声音微冷,"你不也曾经是?为什么要强迫它恒定在最简模型里?"

只能苦笑了。我实在懒得再跟他解释一遍,它们跟我是两种类型的,比如刚才那只,它要吞噬更多的物质,尤其是活体人类,才能把自己的信息团丰富到能够恒定实体化的地步。毕竟构成它的原始信息是由凡人的一具枯骨转化而来的;而我,构成我的原始信息,是某个宇宙超级观察者的执念,我可以仅仅两百年便从岩石中脱化出强悍肉身,根本用不着像它那样猎食活人。

我嗤之以鼻:"它还是会吞噬你的,即使你也算是个能力不错的强观察者,可以只用耳目助它成形,但是这种方式下,形成的高级模型只是一种极其短暂的稳态。"

念头一动,铁棒霎时坍缩成最简模型,我顺手把它塞回耳窍里。但这挡不住他继续唠叨:"人生也是极其短暂的。稳态?从来就没有什么稳态,一切都在运动,一切都在变化,缘起时它便假合,就算是假合,也并不是稳态,每一秒,每一纳秒都在变化。"

"闭嘴!"我实在是受不了他,"少跟我灌输这种无聊的诡辩!快走快走,太阳都快下山了。"

日头确实已经在朝西边偏过去。山路蜿蜒曲折,崎岖难走。他早已跳下地来，一手牵着马缰绳，一手拄着那根九环锡杖充作拐棍，算不上健步如飞，可也走得精神抖擞，毫不迟滞。我挑着行李，亦步亦趋地跟着他，不时蹦蹦跳跳地越过一些石块灌木之类。

他，呃，他是那种典型的僧侣，不怎么英俊，没什么特点，但是眉眼之间，却有一种僧侣特有的气质和神态。双眸熠熠生辉，全是慧光和灵气。

我们就两个人，并没有原传说中的"四众"，连他的马都只是不断从途经的各个王国中接受的馈赠，或者是他从民间化缘而得，或者干脆是买来的，并没有哪条龙肯经年累月地驮他。另外，我不姓孙，也不叫悟空行者什么的。

我的名字，叫做窥奇。

当然，我确实是个猿猴，这一点是和原传说相符的。关于这一点，释迦牟尼那家伙或许会扯两句"跨越亿万年的因缘"或者"超稳态量子纠缠"之类的胡话，可就我的看法，并没有那么复杂。事实上，我之所以选择猿猴作为自己的肉身形态，只是因为猿猴在许多方面比人类更灵活，可塑性也更大，比方说吧，在对付那十万天兵的时候，我的十根毫毛碎开后，起码就能支持五百个模型的复制和战斗，并且每个模型都能跟我的本体一样，具有完整的量子态能力；如果是人呢？人的毛发稀少而脆弱，在取用方便程度等各方面而言，都远远不如猿猴的毫毛，而且，一根人类汗毛，或者哪怕是头发，能支持一个复制模型的建立就已经算不错了。战斗？省省吧。

瞧瞧，这跟因缘或者量子纠缠毫无关系，对吧？

路随山转，而且越来越窄，有变成羊肠小道的苗头。这很不利。他的行动能力确实不差，某种程度上甚至可谓身手矫健，但马却会变成累赘。

"没关系。实在不行，就把它放生好了。"我什么都还没说，他却先笑着开口，"等翻过这个山去，有人的地方自然有骡马可用。"

虽然被称作唐三藏法师，实际上他并没掌握任何法术，包括据说是佛家最简单的他心通之术，他也是不会的。然而，他亦确实有些特别的才能。正如我刚才所说，他是个能力不错的强观察者，这种存在，在如今这个重启的宇宙中也属于很罕见的了——更不用提他还是个肉体凡胎的普通地球人。而善于进行（普通意义上的）观察，也是他的才能之一，例子现成：我刚才就只瞟了他抓着缰绳的手一眼，他马上就知道了我在想什么。

只是，这样一个聪明人，有时候也会钻进牛角尖里出不来。把我从两界山下救出来那天，他就阻止我打死那只胆敢把他当成猎物的老虎，接着又不许我对那六个可笑的毛贼下狠手。"虎就是食肉动物啊，不吃东西会饿死，所以它会本能地捕猎活物，这又不是凶心恶念，你完全没必要杀它。至于那六个强盗，他们是凡人，凡人可以受教育，改恶从善，你这就杀掉他们，岂不是剥夺了他们回头从善的机会了？"聒噪的是，他说到这里，还加了句，"你不也是一样？你闯了那么多大祸，佛祖也并没有把你改过自新的机会剥夺掉嘛。"

好罢。讲道理的话，他确实比我强很多。

可是，连那些以吞噬活人为生的信息幽魂们，他都不让我打，喔，应该说，他的原话是"能不打就别打，最多镇住它们，或者吓退它们就算了"。问他为什么，他说："这些生灵想要第二次、第三次机会，这并没什么可耻的。另外，它们和人类、禽兽等物质界的生物全然不同，如果能跟它们进行有效的沟通，把它们的来龙去脉研究清楚，或许，即使到不了极乐西天，我们也是能成为佛祖那样的大觉和超级观察者的。"瞧，话当然没错，可是这还是令我相当困扰。

我说："观自在同意把我从最简模型里释放出来的时候，条件就是我必须护你西行，向佛求经。好，现在你不让我全力用武，这我无法保证万无一失啊。"

然后，他又是一句话，就噎住了我半天："观自在向你要求过万无一失的包票么？"

行吧。我确实没打过这样的包票。

啊，烦死了，这讨厌的和尚。可是我还是要保护好他。不是因为我答应过观自在，也不仅是为了感谢他把我从两界山下的模式固锁里释放出来，而是因为他说过的那句话："佛祖说，这个重启后的新宇宙，变得比无量亿劫之前那个粗糙的宇宙更有意思了，我想成为觉者，然后，和释迦牟尼他们一起去观察更多维宇宙的奥秘。你不也一样吗？"

他也有不懂装懂的时候。我跟他当然不一样。我在无量亿劫之前旧宇宙时代，已经是星际级别的高等能量生命，一个不折不扣的超级观察者。他则不过是旧宇宙中，唐代地球人玄奘和《西游记》所有艺术品中的唐三藏信息混合后，在这个宏观量子态司空见惯的新宇宙中，再次降生的一个凡人。

凡人。有血有肉有骨骼，由母亲十月怀胎一朝分娩而生出来的婴儿，经历生老病死，八苦十灾，然后进入因缘轮回的信息系统，周而复始。

他以为他有了那根九环锡杖就"能自己保护自己"了？屁啊。那不过是老佛头做出来壮壮威仪的玩意儿，吓唬吓唬狼虫虎豹还有点儿用，真要拿来对付信息幽魂，恐怕连根擀面杖都能比它中用些！

刚才要不是我并没去得太远，如意金箍棒还能在耳窍里突突乱跳，报警说他有危险的话，只怕——

不好，警报！

窥奇（二）

还是之前来过的那只。金箍棒的量子感应系统不会出错。上午它成功魅惑了蠢和尚，在他观察下坍缩成山村少妇模样；可是，直到被打中倒地后，也还能保持着一具少妇尸身的形态,这就大有蹊跷。它是怎么做到的?没有任何一种信息幽魂能正面受到金箍棒一击而仍然金蝉脱壳。这棒子可是大禹造出来测定海底的量子态涨落的!我自己要是头部挨一棒,都难保不丢个一魂两魄的。今天遇到的这只……

噢笨蛋和尚!我都没法正常地想事情了。混蛋观自在!

"窥奇,真对不起。"

吓。

他小心翼翼地赔笑脸:"我不是故意的,一时情急,没有注意。那个,没有关系,下不为例,窥奇……"

吓。才高八斗三教兼通的唐三藏法师,你不会以为做一首狗屁不通的四言打油诗,我就会原谅了你吧?你刚才喊一连串"住手!"的时候,真的只是一时情急没有注意吗?!骗鬼啊?!混蛋观自在!旧宇宙神话里的紧箍咒起码还有点文化门槛呢,你这"住手!"就语音启动的脑磁场干预功能算什么鬼玩意儿啊蠢蛋!!

躲开他伸过来试图摸我头顶的手,我捧住依旧涨痛发晕的脑袋,跳到那个倒在一边的老太婆旁边。

毫无疑问,这是一具已经失去了生命的人体,有血肉,有骨骼,一切就跟真正的凡人完全一样。即使努力调用观测概率云的特殊模式,我也看不到任何信息波动或者异常量子级弥散的迹象。这模型没有更简化的可能了,就是个已经被我打死了的烦人老太,呃,凡人。这是怎么回事？这已经违背了我八百年来对七十二变化术的基本认识。我是说，我当然也可以这样丢下一个假身然后自己逃逸，但，凡假身皆是幻象，而且不能无中生有，必须用其他物质做基质才能构建出来。

我这一世的启蒙先生须菩提祖师如是说："但凡假身皆是幻象，幻象不是幻影，要构建一个能骗过轮回系统的幻象，你就需要学会转换物质与能量，并且精通宏化量子态的涨落控制。否则，你学会的就不是能助你逃躲三灾的七十二变，而只是一些可笑的戏法而已了。戏法只能骗人，骗不了宇宙法则。"

祖师是不会错的。但是眼前这个情况，死掉的老妪确确实实不是幻象，难道那个业障竟然学会了侵占活人或者死者的大脑，操纵他们成为活尸不成？！

要真是那样的话，就非得除恶务尽不可了。

"我想，应该不是你猜的那样。"这烦人的和尚，他竟敢又这么抢先、自以为是地质疑起我来！

闭嘴。我什么都没猜，我……

"它并不是侵入了活人的身体，也不是借尸还魂的。"他仔细地检视着老妪的尸身，"它确实是靠自身的信息团坍缩了两次，也就是说，它两次从宏化量子态弥散的信息团，变成了实体的人。"

这怎么可能？！即使是我，之所以能使用七十二变化术，也是因为我不是信息团状态的存在体，而是已经通过对那块"仙石"的观察，借由石头的物质基础，生成了一个强悍的猿猴实体肉身,作为我的最简模型存在。只有拥有了那种强悍的实体最简模型之后,才能从新修炼,化神还虚,进而使用质能转换或者量子场涨落聚散的术,达到随心变化之功;相比之下,它的原始信息和最简模型都不过是一堆枯骨而已,怎么可能掌握和七十二变同级别,不,应该是比七十二变更高级的术,从一团信息幽魂直接坍缩成活生生的人?!

"你凭什么证据说——"

他吸了一口气:"你自己也观察到了,她的两个人身在中了棒击之后,倒下,这两个身体的能量状态完全变得跟真正的凡人一样,会正常地逸散、湮灭了,对吧?"

这?!

我觉得喉咙口被一个硬块哽住了似的,吐字也变得干涩艰难:"你是说——"

他长吁:"在金箍棒没打中她之前,它确实是,嗯,它确实只是个并不能真正变成凡人的信息幽魂,村姑或老妪的形态也都只是短暂的化身模型而已。但……"

但?但你个大头鬼啊!"闭嘴闭嘴闭嘴!"我叫道,"不懂就不要瞎扯淡!走走走,快点,天都已经黑了,找个歇脚的地方去,走!"

要找到一个能过夜的宿处并不困难。事实上,我午前为他去采摘那些山桃的时候就留意过。朝西走,在接近山头处,有一座看来已被废弃了的神庙。且不管庙里供奉的是哪路毛神,总之那是个四面有墙头顶有瓦的建筑物,咱俩在那里将就一晚，应该是没问题的。

有那只诡异的信息幽魂存在，连夜翻过山岭的想法太不现实，还是到那里去吧。

天的确已经开始暗下来。晴日西坠，晚霞烧得像火一样艳烈。没来由地，这熊熊如焰的红云让我想起了那场大战，就是那场，后来让我名扬天下、威震寰宇的，闹天宫。

独自对抗十万天军的时候，我并没丝毫悔意。以前的定海神针，那时已是如意金箍棒了。它显然是个具有一定自主意志的人工智能体，它认同的是我，我才是它的主人。随随便便就想把它从我这儿"借"走？你们会还给我吗？做梦！

那不是我的错。这一点毫无疑问。众所周知，我并没有像旧宇宙神话中那只桀骜不驯的野猴子那样，学了个什么地煞变化的低级法术，就狂妄到想跟历经大劫的玉皇大帝叫板，争那张天庭宝座。作为一个星际级别的超级观察者，我对主宰宇宙众生这种苦差使毫无兴趣，对居高临下接受膜拜和奉承同样敬谢不敏。况且，这个重生的宇宙中也并没有中国道教神仙系统构成的天庭，我所面对的天军，其实是释迦那个老佛头收编的天龙诸众护法而已。

而且，主要是毗沙门天王和他的儿子们。

不得不说，将门之种确实非同一般，就说多闻天王自己，就绝非旧传说中虚构的托塔李靖那草包可比。多闻天王使用可与金箍棒正面硬碰硬的三叉宝戟，金刚怒目杀伐悍勇,是我平生罕逢的劲敌;他两个儿子更是犹有过之:三太子哪吒的焰光宝轮还好对付些,毕竟依赖量子场涨落来发挥威力的武器再耀目,碰到如意金箍棒那就是遇上克星了,变不出什么花样来;可独健却不同,这位二太子同样精通中国道法系统,七十二变之术甚至比我用得还熟练,而且,他还有能吐出无数小型非量子态武器的银鼠从旁辅助。我仅有的两个优势,一是我手里有足以克制大部分量子态变化的金箍棒,二就是我可以把毫毛变成成百上千个身外之身,这才和他们打了个旗鼓相当。

一直撑到老佛头亲自动用了压倒性的力量,把我逼回了最简模型状态为止。

但是,那又何妨?怒猴王窥奇凭一己之能,居然打得掌握着三界最强武力的老佛头不得不背地下手,暗箭伤人,才勉勉强强,非常暂时地镇住了我,毋庸置疑,我虽败犹荣。

至于为什么要答应观自在保护和尚上西天去,嘿嘿,这跟我为什么要夺取定海神针、并且死也不会把它交给老佛头,理由相同。老佛头有他想参透的谜题。而我,我也有个一直搞不明白的问题,嗯,说不定,成为这个宇宙中的觉者之后,就有机会去弄明白了。

山路果然越走越窄。他十分果断地放开缰绳,在那马的头上拍了拍,然后径自向前走去。我蹦跳着抢到他前面。"慢点走。"

他笑笑。"哪天到了极乐西天,咱俩就都能成为觉者。

我想我也会像刚才那样,拍一拍你的——"

"休想!"我最讨厌别人碰我脑袋!这讨厌的和尚!"少啰嗦,注意脚下。"

"还有多远?"

我手搭凉棚一望,不由得松了口气。"前面就是了。当然,我先进去。"

唐三藏法师(一)

……婆·迦……

这应该就是这座古神庙门楣上两个残存字迹的发音。庙中唯一的神龛里,神像蒙着厚厚的灰尘和黄沙,只能勉强看出有点像是飞天。

不一会儿,蛛网密布的神龛前面,窥奇歇下行李担子,手脚麻利地生起一小堆火来。我坐在他找出来的一个草垫子上,捶着酸痛的双腿;他则从耳窝里取出那根细针,也不见怎么动作,便又化作金箍闪耀的铁棒,随手丢了两轮棍花,然后就横在膝头,一副严阵以待的架势。

真的,窥奇是个很好的旅伴。

我是在大唐和鞑靼边界的两界山下遇见他的。这个顽皮,据说居然只因不愿意把金箍棒交还给娑竭罗龙王去镇海,就独自一人力战整个三界的护法天军。勇则勇矣,可也太孩子气了些。但他很有灵气,慧根极佳,依我学佛这些年来的经验看,他最终证果成真也许比我要容易得多。观自在向我推荐他,还真是大有深意啊。

当然,他武力强悍,辨识信息幽魂的能力远远超过了我,有他同行,这西行求经的旅途上我会安全得多。不过,他对自己的勇力太过倚仗,对信息幽魂这种"低等的非实体妖孽"有太多的不屑和鄙视,这些是他的缺点,也是他成佛道路上的障碍。

我想,我能为他做的不多,但或许,作为一个凡人,我可以把一些他不能理解、不屑一顾的想法慢慢地分享给他,让他逐渐也能从一个他所不熟悉的角度去看这浮世苍生。

说不定,这就是一个最大的帮助吧。

坐在噼啪作响的火堆旁,我顺手从褡裢里掏出两枚山桃,把其中之一递过去。他却不接:"自己吃吧。你这肉体凡胎的,走这么久山路,再不吃东西明天就该我驮着你走了。记得吗?我们没有马了。"

我笑笑,不再跟他客气,自顾自啃起桃儿来。山野间的桃子味道能有这般甘甜,实属难得。窥奇不愧是猴王,一路西来,他每次找到的野生果物都是上乘佳品。

窥奇反常地安静了好一会儿,突然开口说:"三藏,你对这定海神针,有多少了解?"

我不觉笑起来。这顽皮,对他来说,能不硬憋在心里,而是对我说出这句话,就已经算是在"不耻下问"了。

所谓的定海神针，实际上是上古时代，大禹治理水患时，用来测定海洋中能量场涨落情况的一个探针。但这根探针显然不同寻常，它不仅自身具有宏化量子态的特性，能随着某个特定超级观察者的心意而暴长或坍缩，而且，除了测定功能之外，它似乎还可以对其它宏化量子态进行干预，使能量场被恒定成持续稳态。所以，在海洋中量子态能量场活跃的上古时期，它确实也起到过很长时间的"定海"作用。

因此，一旦被当成兵器使用，它就成了几乎所有依赖于宏化量子态变化的神通、法宝和精魅们的克星。

"烦死了，别净说些我早就知道的东西！佛经，佛经里有没有记载过更详细的资料？比如，真的是华夏上古那些神道制造了它吗？它是独一无二的吗？"窥奇不耐烦地抓耳挠腮，"我越来越觉得，如果它是独一无二的，那么它身上肯定还藏着更多奥秘，比如，它甚至跟如今这个宇宙的重启之谜，可能都有一定关系。"

我忍不住哈哈大笑起来。窥奇有些诧异地看过来。这也难怪，我从小学佛参禅，像这样肆意的笑法，确实很少出现过，窥奇和我同行不过数年，见惯了我庄严端肃或是柔顺慈和的样子，恐怕他一直以为我是不会出声地大笑的哪。

当然不是。就算是释迦牟尼本人也是会大笑的。觉者也是人啊。

笑完了我才能跟他解释："不是你想的那样。天下四海，近陆海域虽各有其名，其实咸水乃是互相通达的一体之大洋。所以，定海神针只需要一根，就能总镇于洋底。龙王也是这样，并不像旧宇宙《西游记》中那样，需要四大龙君。这个宇宙的三界中只有一个龙王，就是你曾经打扰过的那位，"

"娑竭罗龙王。"窥奇有些嗤笑的声音，竟带着冷冷的嘲弄，"也就是观自在身边那个丫头的父亲，以及，你的父亲。"

开什么玩笑？

但我立刻明白窥奇并没有在开玩笑。他松开一只手，那根两头金箍的铁棒便如夏蝉振翼般，嗡嗡作响，震动起来。

"老龙就是你父亲！我说得没错吧，白骨夫人？！"他一纵而起，铁棒在火堆摇曳的光影间，画出一道耀眼生花的镏金轨迹。

来不及吃惊，我几乎想也不想抓起九环锡杖，一撑，及时从火堆旁边跳开去。同时只听砰的一声大响，窥奇这一棒重重击中了目标。神龛上那座已面目难辨的雕像四分五裂，迸碎成灰，而那一大股"灰尘"并不散落，反倒聚合成一条青灰的龙蛇之状，朝荒庙的屋顶冲去。

"还想跑？！"

窥奇身子一弹，直飞起来，铁棒金光再闪，这一记凌空下击又是结结实实打中了灰龙头部。

一切都发生得太快了。我甚至来不及再次喊他住手。

那条灰龙受了一棒，呼的一下，如蟒蛇般盘曲下来，灰尘构成的长躯蠕蠕而动，头部则凝聚出一个模糊的龙首状，燃起两枚火球似的眼眸。

落下地来的窥奇铁棒一振，却并没有再挥出第三棒。"三藏没伤到吧？"他眼睛盯着灰龙，头也不回地问。

"没事。"一路西来，比这大得多的场面也见过几回了，我可不是那个只会靠念心经来保持镇定的"老和尚"。但是……

"那你认为它还需要几棒？"

好猴儿！我果然没看错，你的慧根果然很好。不过，它需要几棒，这我可说不好。

"那就再打一棒试试。"窥奇笑道，"喂，你放心，我有分寸的，不过，你可要想清楚啊。"

这句话，他是对灰龙说的。

第三棒。灰龙这次完全没躲。它的身周出现量子场的微光，并且开始收束，试图成形。但是，失败了。

接着是第四棒。仍然失败了。

终于，当金箍棒第五次击中它的头部时，这条由灰尘和量子场组成的灰龙猛然收缩，然后，眼前一花，一个身材高挑的西域少女就这样，活生生地站在了我们面前。

这是她的本相，或者说，这是她通过自己的努力，和窥奇的帮助，从不知存在了多久的信息幽魂状态，重新坍缩回了一个她理想中的持久稳态。这并不是它作为信息幽魂存在后，真正意义上的最简模型。它的最简模型是一堆白骨。而她，却是那堆白骨前身的模样。这是借由窥奇的超级观察者能力、金箍棒的持久稳态的功能、她自己的意愿三者合力，完成的一次非同一般的实验：信息幽魂根据自主意愿进行坍缩的实验。

阿弥陀佛。实验，成功了。

她孔雀般的眼睛猛然睁开，十指飞快地结了两个古怪手印。微光闪处，只听"嗡""嗡"两声，两把形状奇特的短剑从庙墙隐秘处弹出，被她接个正着。她眼神凌厉，猱身进击，双剑交叉划出，霍霍劈向窥奇。窥奇嘿地一笑，铁棒只轻巧地一晃，当当两下，竟已把两剑都挡开了。

"三藏，退后些！"

不用他说，我早已向后急退，脱离了危险区域。但我的目光并未离开窥奇和复活的龙女。说实话我并不擅长动武，但我也并不是旧宇宙《西游记》中那个文弱唐僧。我在云游天下寻找佛经真谛的过程中，数次到过嵩山那座禅宗名刹，也曾学过其中武艺，虽然算不上好手，但总也不是个门外汉。

他们并不是真的想拼个你死我活。

虽然龙女目若喷火，剑剑凶悍，但我感觉到，她其实并无杀气，而只是像在进行一次竞技般，全力以赴。窥奇就更不用说了，这猴头，你看他，丢架子，耍棍花，上蹿下跳，完全是玩得兴起的模样。

就这样翻翻滚滚斗了好一阵子，忽然叮当声响，双剑组织起来的防御一下子被瓦解殆尽,龙女的两把短剑不由自主地荡开去,而窥奇打得顺手,兜头一棍,如流星陨火般劈向她的头顶。

"住——"

"住什么住!"猴头猛扭头,朝我龇牙,"我说过,我,有,分,寸!"

果然有分寸。金箍棒确实落到了龙女头顶,不过,根本不是劈下去,而好像是轻轻放上去似的。猴儿果然厉害,手腕这么轻轻一抬,原本向下劈砸的力道竟顿时完全消失了。

静了一瞬,龙女轻叹一声,两把剑同时被她抛下。然后,她眼中泛起泪来,合掌当胸,向窥奇袅袅一拜。

"别,别。"窥奇居然有些不好意思,一把把我给拉到了前边,"你该谢谢三藏,要不是他认出了这破庙门楣上不知哪国哪代的蚯蚓字儿,刚才棒子报警时,我也不会一下子就想通了,所谓白骨夫人,竟然就是老龙的三公主,娑婆·迦梨迦。不过,你这是怎么回事?怎么会变成凡人,还死掉了?"

咦?啊。

我心念方动,复活的龙女已经猛一顿足,我俩几乎异口同声地朝窥奇喝道:"还不就是因为你!"

复活的龙女

三藏法师果然非凡。

那只号称什么超级观察者的猢狲,哼,还要到我板下脸来,他才知道问了个蠢问题。三藏法师居然在我目光一闪间,就猜到了大概的前因后果,而且完全知道我要说什么。

看来这七棍,我是真的没白挨。值得。

"三藏你可别想歪了。"猢狲侧身蹲踞在火堆对面,怀里抱着那根宝贝铁棒,悻悻地嘟囔着,"我跟她——"

重新坐下了的法师笑意温和。"没有感情纠葛?行了,你以为我会想到哪路上去?但,你们有因缘,这个是肯定的。比如说,你去娑竭罗龙王的宫殿取宝,这就是因,而三公主作为监管定海神针的负责人,与你有了交集,这个就是缘。因缘际会,诸业并作,数百年后你和她,还有我,在此相遇,这就是一个'小果',或者说,一个阶段性的果。"

"好为人师!我又不是孙猴子,我可没拜你为师!你不是厉害吗?那你倒说说看,她怎么就'都是因为我'而变成了凡人?又怎么会变成了白骨夫人?你说你说。"

"呃,这你可难倒我啦。"高僧大德的涵养就是不同,被臭猴子一顿抢白,他竟全不动气,仍然清清朗朗地说下去,"我能推测的只是,当时三公主是负责监管定海神针的负责人，你去强求此宝，她职责所在，必然不肯轻与，于是你就凭武力抢夺。结果定海神针认同了你的主人身份，在你手里变成如意金箍棒，三公主自然无法跟你再斗。她失职后，嗯……"

"编不下去了吧？"讨厌的毛猴哧哧地笑。

法师还是毫不介意，哂然笑道："所以说你难倒我了呀。"他略带歉意地朝我望过来。

我当然明白那是相询之意。他真是慈和。其实他完全不用抱有歉意的，这数百年来我从未有什么凄苦之感。尽管历尽沧桑，但是颠颠倒倒之间，我不但经历了极其丰富的各种人生，而且最后仍能重现龙身，再脱凡体，这一切，不但不是什么六如八苦，反倒是我至今所得最宝贵的财富。

回给法师一个恬淡笑容，我顺便朝龇牙马骝丢个大白眼，开始择要讲述自己的经历。

像法师这么博学的高僧，对这个宇宙三界中的龙众，一定是非常熟悉的了。虽然在体形上远不如天龙们雄伟，但我们海龙一脉也是三界数一数二的强大生灵；而且，我们的智慧程度，也完全不输于已经皈依觉者僧团的那些表亲们。我们全靠自己的力量，在大洋底下创建了比陆地上人类诸国更先进的修炼文明。我们对宏化量子态有着深刻的研究和认识，很快就掌握了从龙形变化成人形以及变成其它一些生物形态的手段，所以自古以来，我们与占据陆地的人类历代都有交往。

也正因如此，到洪荒大战终于结束之后，天众、龙众，以及凡人的领袖们，公议决定，将大禹那根曾被用来测量、底定海底能量场的神针铁，留给我父亲娑竭罗龙王，一则镇海，二则，当时刚刚崛起的极乐西天，主要精力都用在了探究三界和三界以外的宇宙上；对这根黑铁柱子，释迦虽然很有些疑惑，但它显然远不如一真法界之类高维宇宙来得有趣，所以他就委托我父，在监管这宝物的同时，对它进行观察和研究，并且定时与僧团联系，分享成果。

于是，父王把这个任务交给了我。我对此很感兴趣，马上建立了一个专职小组，着手研究神针的奥妙所在。可是，一晃近千年过去，穷我海龙文明的炼宝技艺之力，竟是进展甚微。我们除了初步了解了这铁柱子和金箍的金属成分、量子场的基本情况外，几乎一无所获。它的纳米级结构倒是比较特别，一看就知道，那是某种经过了精密设计的结构。整根铁柱加上金箍，很显然足以称之为一个金属智慧体，它具有自动感应量子场涨落的能力，还能吸收、聚积能量，适时释放出去对外部环境的量子场进行干预。而且，我们也大致可以确定，神铁两头的金箍是整个智慧体的关键部件，其上蚀刻的繁复花纹，应该是某种很高级的信息符文。但是，知道了这些，神铁反而变得更加神秘，因为三界之内，无论是我们龙众，还是天众，或者觉者僧团，都没有这种程度的炼宝技艺。更不要说是始终在农耕时代踟蹰不前的人类了。

那不就奇怪了吗——这根具有智慧的神铁，究竟来自何处？谁制造了它？目的是什么？

"嘿嘿，你们懂什么！"臭猴子还是那么无礼，这就直接截了我的话头过去，"我刚不就在跟三藏说，这宝贝，只怕跟如今这个宇宙的重生起点，都多少有些关系。你们龙众是有智慧，可是怎么也比不上我这个以前的星际超级观察者吧？"

我忍不住反唇相讥："它到了你手里也超过五百年了，除了被当成兵器用，你研究出什么新的进展来了么？"

喊，没有吧？我乘胜追击："今天我两次送到你棒头上让你打，你也没明白我想干什么吧？也就是说，你之前完全没想到过我在做的这个实验是怎么回事。要不是法师提点，我看你就是想破脑袋也不会想到用那个办法可以让我复活。"

"你——"

"我说得不对么？"

法师的爽朗笑声打断了我和他的吵嚷。"三公主不要和他计较。窥奇，你坐下行吗，听三公主说下去。"

刚才猢狲说，他没有拜过法师为师，但他对法师的话倒还听得进去。嗯，这跟那个"住手"启动的功能大概很有关系吧？嘻嘻，这臭猴子也有吃瘪的时候，而且让他吃瘪的还是个凡人，这可有趣极了。

臭猴子霸道是霸道，可也真有本事，身上什么装备都没有就敢只身潜入洋底，来抢神铁。我率领龙宫中最强的战斗力量围住他，一开始，我们和他斗得旗鼓相当。可是没承想，他居然不费吹灰之力就把神铁招入手中，眨眼工夫，粗如铁柱的定海神针迅速坍缩，就变成了他称手的武器。此后的事也不必详细说了，总之，野猴子就这么把神铁抢走了。我们无可奈何，只能联系了极乐西天。

此时，凡人出身的释迦、观自在和他们组织的觉者僧团，已经收编了本来属于更高级智慧生命的天众和大部龙众，天地两界尽入极乐西天掌握。唯有咱们大洋深处的海龙文明，尚未彻底皈依。然而释迦身边已多了迦楼罗部，其部众擅长制造巨大的金翅鸟飞行器，能低掠而捕捉海龙文明的各种战斗宝器，而且迦楼罗部众本身善深潜，在大洋中战力强悍，甚至连幻化成龙形的海龙族人也无法与他们抗衡。

在这种情况下，释迦以我父王失保三界之重要宝物为由，要求我二姐成为比丘尼，做观自在的侍女；而同时，也要求我父王率领整个海龙文明皈依西天。当然，我作为看守定海神针的直接负责人，也被要求出家，而且要随从释迦本人。但我宁死也不愿意，最后，我作了一个大胆的选择。

那时，极乐西天正打算对新宇宙的一个重要自然法则，也就是六道轮回系统，进行探索性的实验。他们通过一些手段，能触发轮回效应，并全程进行观察。我就直接跟释迦说，我来当这个实验的志愿者。我跟他们说，我是海龙一部的高阶智能生灵，你们可以看到我在六道系统中如何缘起，假合，坏散，再缘起……我在玄理的研究上本有心得，再在其中循环往复地历遍轮回，或许将来缘法到了，也能变成觉者，那时我必把我所得的智慧，与诸佛菩萨共证。

觉者僧团听了我的说辞，皆大欢喜。于是我就被"打入轮回"，失去龙身，开始在神、魔、人等各个系统中依次流转，生生灭灭。可是我本心所愿是想尽可能摆脱僧团的监视，所以在进入轮回之前，曾在这里这个属于我自己的小庙宇中，预先埋藏好了龙身的信息种子；而进入轮回之后，我又依靠自己对意识信息体的控制秘诀，努力使自己少入畜道，而多次转生为凡人、饿鬼或者女阿修罗，并且每次都拥有美貌肉身和强烈的物欲。觉者僧团不了解我掌握着这样的秘诀，而低阶物欲对于他们来说，是极其可憎的，所以他们在对我追踪观察的过程中有所懈怠，我因此获得了不少行动自由。

我本打算找个机会，彻底摆脱僧团的监视，然后取回龙身力量，去找野猴子算账。没想到，最后一次转生成凡人，竟出了大意外。我被当时统治这片土地的国王看中，娶进王宫；进宫不久，就遭到国王原来的妃子联手谋害，终于被抛尸于悬崖下。妃子们请巫师对我下了恶咒，竟破坏了轮回效应使我无法继续按自然规律转生。我执念难消，费尽心力，终于以自己的骸骨为基础，把自己炼化成了量子态的信息幽魂，然后回到这个神庙，借助原本龙身信息的种子，缓慢地壮大自己。

在此前的多次轮回过程中，我都尽最大可能保持着龙身记忆；同时，多次成为凡人或阿修罗，我得以接触到不同于海龙文明的智慧和技艺。尤其是，一次偶然的机会中，我发现凡人在上古时代，竟确实出现过通过修行，升格到与天人、阿修罗同等级智慧的例子。而定海神针，则是凡人先祖所拥有的一件奇异宝物，它的来历甚至比女娲的传说更为扑朔迷离。

当然，在那段时间里，我也知道了怒猴王窥奇的鼎鼎大名，和他最后被释迦压在两界山下等事。而在我成为白骨夫人之后，我又听说，猴子被唐三藏法师释放出来，两人去往极乐西天，势必将会路过此地。

根据我在轮回中获得的新资料和新知识，我对定海神针的功能有了更为大胆的设想。所以，今天我就又当了回志愿者。谢天谢地，更要谢谢三藏法师，我的想法没有错。我又恢复龙女之身了！

唐三藏法师（二）

刚有些要熄灭迹象的火堆，在投入了几根备用柴枝之后，重新烧旺起来。

龙女已经说完了她的遭遇，抱住自己双膝，望着火苗舞动，神情恍惚。窥奇在另一侧，也安静得出奇，甚至有点魂不守舍的样子。

"那么，三公主。"只好由我来打破沉默了，"如今你原身已复，之后有何打算？"

窥奇陡然大笑起来。

我不禁嗔怪地朝他瞧去。"窥奇！"

"傻瓜！这你还用问她！"猴子夸张地挥着毛茸茸的手掌，"她当然是想跟我们走哪。"

我只好无奈地笑。"总是不大方便吧。即使公主愿意就此剃度出家，呃……"

"哏，你这和尚，我最受不了你的就是，你总是喜欢装傻充愣卖关子！得了，你心里根本没有方不方便的顾虑。你只是觉得，如果她变成一匹马驮着你，给你代步，是失去了自由，所以你心里头过意不去。"

这猴子最可爱但也最麻烦的地方就是，心直口快。不过也好，有他这么一说，我后面的话倒好讲了。

可我来不及开口，龙女已经朝着我深深拜倒。"法师，求您成全。"

唉。变马驮我什么的倒无妨碍，只是如此一来，将来到了极乐西天，三公主恐怕再难脱身。这才是最大的难题。

"没关系的。"她声音平静，但我听得出其中的坚毅和执着，"经历了这么多次生命的轮回，我早已不是当年那个不知天高地厚的小丫头了。相信与法师同行，我还能学到更多，那么，我想，就算将来与释迦面对面，我也会有足够的勇气和智慧，去应付他和他的僧团。"

我还想再劝，窥奇却又嘿嘿笑道："好好好！你这丫头比你爹那老龙有趣多了。咳，三藏别婆婆妈妈啦，如果这趟我们到了西天老佛头还要耍横，大不了我再闹一回，哼，我就不信，他还能再压得住我！"

这猢狲，说大话也要看看情形。那九环锡杖……"还不如擀面杖。就这，还想量子通信搞监视？"他说着，手里的铁棒耍了个棍花，"也不想想，神针铁就是个大号儿的干扰器！还有，当我这超级观察者是吃干饭的吗？哈哈哈老佛头机关算尽，可他毕竟是凡人出身，觉者？觉者也是人啊，能用宝物法器窥看一下高维宇宙，就以为自己真有旧神话里的天眼通了？笑话！哈哈哈哈哈……"

看他肆无忌惮地开怀大笑，我不禁也被这股子豪气感染，也跟着笑起来。

好吧。既然话已至此，那么，干脆说得更明白些。比如，"窥奇，为何一定要取得定海神针铁，你能告诉我们吗？我想，三公主应该也很想知道你的真正理由。"

"噢，这事嘛，说来话长了。"窥奇抓抓头，"呃，该从何说起呢……对啦，前世，三藏，你对前世，不，你对六道轮回怎么看？"

前世？

佛经说，如今我们生活的这个宇宙，是从无量亿劫之前死去的那个"粗糙的旧宇宙"中，重启出来的新宇宙——某种因缘重新激活了旧宇宙时代毁灭之际，自动存储于无尽之渊中的所有点状信息，多维宇宙就此再次构造成功，并且出现了宏化量子态极为普遍的情况。

而我们这些在三界中出现的众生，也是由旧宇宙中曾经存在过的众生的信息，经由某种包括佛陀都未能理解的因缘效应，再次复生的。甚至，整个新宇宙乃至众生界的历史，尤其是有情众生的历史，在很大程度上也沿着旧宇宙中曾经的历史轨迹，做着重演。

窥奇提及我的前世，按照佛经说法，我的前世应该是旧宇宙中跟唐三藏（陈玄奘）相关的一切信息的混合。这些信息包括了当时历史上真正的玄奘，以及著名的虚构作品《西游记》中那位并不怎么讨人喜欢的唐僧的所有信息。

这并没什么稀奇。新宇宙中的这个释迦牟尼，和他所领导的觉者僧团，对旧宇宙可以说很有研究了。老实说，那个旧宇宙实在没什么意思：诸天神祇或真仙菩萨们都只存在于凡人们的幻想里；真实世界中，人类对宇宙万物的观察能力和研究方法都极为笨拙，连量子态的存在，都是在文明已经发展了成千上万年之后，才被推理出来的。而无论是真实的玄奘，还是虚构的唐僧，他们那时所要求取的真经，无非就是掺杂着大量神话传说的玄学和纯概念上的哲学论而已。

至于所谓六道轮回，也是从旧宇宙那个"佛教"神化的理论中衍生出来的。据释迦的说法，它之所以会在这个新宇宙中变成了真实存在的宇宙法则，也是因为那个旧的"佛教"信众极多，他们对六道轮回的信念形成了一个庞大的信息存量，同时这些恒河沙数的信众群体本身，也成为一种强大的观察者集体，以至于在宇宙重启的过程中，这种超强观察者集体的愿力把六道轮回底定为宇宙法则。

"所以说，现在这个佛教所谓的前世，与这新宇宙中的六道轮回系统无关，并不是指轮回中转生前的身份。"窥奇的腔调有些异样，"现在的这个前世概念，指的是构成我们的信息组，在旧宇宙中的来历，比如你是真实玄奘和虚构唐僧的信息混合后，降生于此世的。但你对自己的前世，比如玄奘，并无记忆，而是靠观自在给你讲的推理，以及佛经中对旧宇宙唐三藏的记载得知的，对吧？"

没错。

"可我并非如此。我有清晰的前世记忆。"

什么？！

窥奇（三）

我的本身出处，是旧宇宙中的一个白洞。

我是一个庞大到星系级别的能量场，可以弥散，也可以收束。至于我的智能和自我意识是怎么诞生的，我并不清楚。只能推测，当那个白洞内部的超密态物质向外喷射时，某种能量结构偶然成形，最终孵化出了那个"我"的意识。

嘿嘿，说来，这跟旧宇宙中那个从石头里蹦出来的野猴子传说，确实有几分相像。

当然，我是很久以后才知道这一点的。诞生之后，我兴之所至，在那个旧宇宙中到处游历，见识了各种奇观，也看到过许多物质世界的文明。后来，我到达了拥有地球的那个小小太阳系，地球上生命演进的过程引起了我极大的兴趣。我从后来被地球人类称为寒武纪的时候，就在那太阳系外围停留，并且旁观生物的发展史。

这一待待到了地球人类进入宇航时代，其间数百年间，我曾好几次借助太阳风暴的掩护，降临人间，或寄身于电脑网络，或寄身于机器人、人工智能，接触到人类几千年文明的海量信息。

最后，地球人类遭遇了一次史无前例的星际侵略。那时地球人的文明才刚进入核能时代不久，尽管努力组织起防御，但侵略方仅用了两枚武器，就把地球飞舰部队的主力全部摧毁。后来地球人使用了某种制衡谋略，才暂时遏制住了侵略者的脚步。然而，这场侵略只是灾难的开始。不久后，一个在我已知的宇宙范围中颇有名声的奇异文明途经那个太阳系，只使用了一枚武器，就把整个太阳系变成了一幅二维全像图。虽非一蹴而就，可整个太阳系的塌陷过程，也仅仅是两百零九个地球年而已。

但是在旧宇宙中，量子级别的技术十分难以掌控，我所知的几大星际文明，都远没达到随手就能对宇宙进行调弄的程度。所以，这次看似微不足道的把戏，其实却对整个的宇宙结构产生了不可逆转的破坏。这种破坏从一个点开始，像涟漪一样扩散开去。而且，那个奇异文明在宇宙中到处漫游时，肯定也经常对许多其他恒星系发动过同样的攻击。所以不久之后，整个旧宇宙开始出现异常，并且急转直下，发生了波及整个宇宙的大崩溃。

我在大崩溃前夕就意识到了危机将至，所以早作脱身之计。我开始寻找拥有共生白洞的黑洞，打算由此逃出即将毁灭的旧宇宙，到另一个宇宙中去。

也就在那过程中，我遇到了太阳系完全塌陷之前，地球人类发射的方舟舰队。

地球文明用一百七十多年时间，完成了技术水平的跃迁，已经能在银河系进行深空探索了，而且还有许多人能掌握了量子技术，这简直是个奇迹。他们甚至一度打算人工制造带有共生白洞的黑洞，但终于因为太阳系塌陷加速而失败。他们不肯言弃，所以发射了一整个舰队的"方舟"，一面逃离危境，一面像我一样寻找天然的生路，一面继续研究、完善人造黑洞的技术，打算一有机会，就再次、三次地进行尝试。

尽管方舟舰队发生了两次大规模内斗，最后分裂成两支，各自前行，但我不得不说，旧宇宙中的地球人类，仍不失为一个高尚而光明的智慧种族。我遇见他们之后，决定一路伴随，一则继续旁观这个文明的发展，二则，我在偶然机缘中和他们中的几个少年人建立了奇妙的友谊，所以决定尽量帮助他们，保护他们。

窥奇，这个名字就是他们共同给我起的。他们飞快地成长起来。其中一个中印混血儿成了研究量子科学的博士。博士有三个儿女,最小的男孩痴迷于《西游记》,到了一日不可无此书的地步。他几乎可以说是个神童,很小的时候就在量子科学、机械工程和人工智能方面,表现出相当的天分。他常常说,窥奇你就是孙大圣,你保护我们到西天佛国,也就是我们要去的新宇宙。他还说,我以后一定会研究出一个办法,让我们现在的这个宇宙重生,就像唐三藏把佛经取回东土,让中华也有了庄严净土,那时就有两个宇宙,无数有趣惊人的奥秘,等着我们去发掘去研究,多带劲。

我当时说,一定的,到时候你做个机器人孙悟空,我就住在它身上,我……我就是孙悟空……

……他说,那我一定要先给你做好一根……一根货真价实的……

可是,我……我真没用……

三众(尾声)

晨光熹微。龙女庙前,银鬃白蹄、毛片乌黑发亮的骏马微微昂首。猴王窥奇把行李担子里备用的马鞍等物打点停当。唐三藏翻身骑上马,顺手拔起戳立于地的九环锡杖。"窥奇,既然你能肯定,我,或者释迦牟尼,都不是你前世的那个小朋友再次降生,你为什么还是要保护我去极乐西天?"

"这还不明白?"猴王很不耐烦,"老佛头那儿有理论,有技术,有设备,跟他们一起探索这个新宇宙,事半功倍。我的执念复苏后,能力不到原来的十分之一了,我如今想知道我的那个小友现在的状态和处境,这是最有可能有所发现的捷径。好啦,该启程了,目标,极乐西天,我们走!"

三藏法师轻轻一磕,黑马便矫健地小步开跑。猴王把行李担子稳稳挑着,毫不落后地跟在旁边。

"窥奇。"

"嗯?"

"除了想知道推动这个宇宙重启的第一因之谜外,你应该,还有另一个原因吧?"

"胡扯什么!"

"你想弥补前世的遗憾,有始有终,圆圆满满当一次孙悟空。"

"烦死了!喂,不许叫我悟空啊,我叫窥奇!"

"哈哈哈哈……你知道你为什么叫窥奇吗?"

"什么?"

"我刚想明白。旧宇宙中,真实的玄奘有个非常重要的弟子[1]……"

---

[1] 指唐朝高僧窥基大师(632—682年),乃是玄奘大师的高足弟子,俗姓尉迟,出身于将门世家,后成为佛教唯实宗创始人。

"窥……原来是……"

"悟空,你看这高山险峻……"

"烦死啦!你该不会还想收个猪头徒弟吧?"

"有何不可?这个重启后的宇宙太有趣了!因缘际会,妙不可言!"

"妙你个大光头啊……"

"哈哈哈哈哈……"

作者简介

本人姓宓名晟,于今虚度四十九春矣。宓姓的得姓始祖是伏羲,我之所以想象力比较丰富,应该跟血脉源流也有点关系吧。从小就是个残疾人,幻想和写作对于我而言,能拓宽视野、开阔心胸。深居简出而能以一念遍游天下,甚至三十三天,十方世界,过去未来,我字里行间尽在掌握之中,何其妙哉。

创作谈

以科幻形式重述神话传说,这是我的第一次尝试。《大道至简》是多年以前,我为了参加"小科幻·千里码"科幻爱好者创作征文活动所写的。那期千里码的创作主题词是"天问",参与者们大都写场景宏大壮阔的故事,我寻思我得想个跟他们不太一样的写法……从微观世界入手?我看行。可我对量子科学所知极浅薄,只有"观察"和"坍缩"等几个术语,还能似是而非地扯两句。思之再三,忽然灵机一动,决定把三打白骨精这个故事作为基础,进行科幻式的改造和重塑,并尝试着在这个家喻户晓的小故事里,展现出一个奇妙的全新宇宙,和其中的各种智慧生命们对那个新宇宙的探索与追问。

短篇小说

第九篇

锤金铺

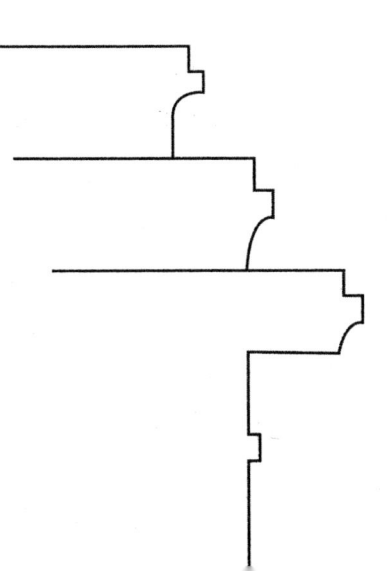

锤金铺

作者：阿　痴

过了浮桥，就是老街。

老街的前头，是两排卖锅碗瓢盆的铺子，中间卖各类吃食，最后头，挨着河岸的一排铺子，做的买卖贵重一点，卖名贵中草药的、景德镇薄瓷的、沉香檀香的，都很简陋，十几个平方就是个门面，也都不装修，墙面熏得发黑发黄，也就放在那里随便它去。这里面，就有那家阿金的锤金铺。

这家铺子从他爷爷那里传下来，到他爸爸，又到了他这里。多少年了，店铺里的布置没有变过：红土泥巴糊的墙、已经踩硬实的泥地（为了防潮防滑铺了草席）、发黑的坩锅、大铁架子、小秤、火枪、炭炉。阿金的床就在这店铺里。靠着墙，用砖垒的砖床，冬天冷了，融金剩下的炭火放进砖洞里，床铺就是温温的，可以挨过南方冰冻刺骨的冬天。

通常六点他就起了，走几步路去中段吃早饭。煎饼、油条、包子馄饨，想起吃哪样就吃哪样，阿金从来也没腻过。吃过早饭，他照常躺回床铺睡回笼觉。做金要灵感，睡不足是无论如何做不出好金的，头发昏时锤的金样，第二天再看，惨不忍睹。阿金做这行十来年，失败的经验太多了，绝不勉强自己。睡到下午两三点，阿金醒来，将大门的木板取下，靠在墙上，坐在门旁的锤金工具台前，开始一天的工作。

有时髦女子送来的几个金戒指金项链，嫌式样老了，要改成新款的手镯。阿金把原料放进坩锅，送煤，拉风箱，再上火枪，几分钟，原料全部融化，成了一摊太阳水。倒进前一天做出来的木头模具里，成了手镯的粗样。戴上放大镜，他一手一只小镊子，要趁着金软，手工编织成鱼骨辫的样式。一个多小时，编好，阿金从墙角取出大锤子，将鱼骨锤扁，做成宽边蕾丝的式样。

哼哟，哼哟，阿金会一边锤一边哼唧。他的工作是很寂寞的，不哼唧，没意思。锤金的时候，他既不听音乐，也不看剧，手机也不放搞笑视频。什么都没有。屋里漆黑一片，连灯都不开，就这样一下又一下地锤金。

店门口有时候会聚来好奇的客户，看他做力气活。但他不说话，也不抬眼看人。遇到要拿金过来改样子的，也得等他锤完一波再说。锤金极热，就算是冬天，锤一会也要脱掉上衣的，要不然臭汗浸透衣服，洗几次就坏了。

阿金露出健美黑黝的上身，肌肉坚硬细长，随着他举大锤的姿势，一鼓一鼓的。阿金因此是极帅气的，老街里做生意的女子们，大都喜欢看他锤金。但阿金专注而严肃，锤金时不苟言笑，神情冷峻，并不是可以搭讪的模样。再说阿金家做金年头太久，老街人都了解他家的人，阿金虽帅气，却不是能勾来嬉笑的人，只能看看罢了。

工作到了黄昏，阿金又去中街吃晚饭。老街的软白馒头配辣豆腐乳是一顿，酸笋爆炒猪脚又是一顿，野鱼炖豆腐也是一顿。阿金吃饱了，回去再睡一觉，到夜里九点十点再开门。那是别的生意。

有时候有生意，有时候没生意。

没生意的时候，阿金就从喉咙里把心脏掏出来，放在老木做成的框子里，开始锤心。这项活计，比阿金家做正经金货的年头长多了。这是一门秘法，真要说起来，往上数个三千年，都是有的。但是，也没有那么秘。阿金还是照样把店门的木板取下来，不过少取几块，只露出两个窄条，能看见他，就行。锤金的锤是空心铁锤，锤心的锤却必须是实心铁锤，每一下都要落在心脏的关键部位上，才是真锤心。

心脏掏出来，把大血管塞在肚脐眼里，保持血液贯通，阿金就开始抡起铁锤工作了。别看心脏软软的，却韧，且滑溜溜的，很不好锤。阿金给自己锤了十几年，还是不够成样子，但是这事情又急不得，只好每天锤，一下又一下。

生意不旺也不淡，总有人来的。

那是个盛夏，天热，但旁边的河不断流动，带来了一些水汽风。

一名年轻的女子来了。她看了一会阿金锤心，就问，你这里怎么算钱啊？

阿金停下，说，锤一个小时二十块。

女子说，好，那给我锤半个小时，我感受一下吧。

阿金请她坐，用炭炉热了草药请她喝下。女子有些犹豫，但是老街这间锤金铺大家都知道，也没什么可害怕的，便饮下。一分钟后，药效就起了。

阿金从她喉咙里掏出心，血管本想塞在她肚脐眼里，但她穿着裙子不方便，就只好塞在她耳朵里。

他左右翻看心脏，不太好，表面坑坑洼洼的，中间的通道绵软无力，右心房还有若干火包，是很糟糕的一颗心。阿金抡起大铁锤，一下又一下。

女子疼得吃不住，眼泪一下就流出来了。

阿金说，没办法，你只好忍一忍。刚开始锤是这样的。

阿金递给她一块烂木头，叫她咬在嘴里。

女子犹疑许久，下不去嘴。

阿金笑了笑，问她，怎么心脏搞成这样啊？一点光泽都冇。

女子说，我貌丑，大学同学嘲笑我，谈恋爱又被甩，没有尊严。

阿金说，大学又不看这些，成绩好就行啦。

女子说，偏偏成绩一般般，一点拿得出手的东西都没有。

阿金又问，很焦虑？

她猛点头，说，特别焦虑，做什么都害怕失败，也不止，怕很多。

阿金笑了，锤心的苦都吃得，还会怕其他的哦？哈哈！还痛吗？

女子眼泪不停地落，说，痛啊！好痛！

阿金说，你这颗心问题好大，我要在铁锤上加刺，你能忍么？

女子大惊，说，那不会刺死我?!

阿金很淡定，说，不会啦，要把这些脓包都锤破锤烂，这半边心锤得完全烂掉才行。

女子说，那我还能活？

阿金说，能啊，锤烂以后，铁刺去掉，铁锤上抹药，这才能入病灶。

女子听到这里，咬了咬牙，说，那我要加刺。

阿金说，加刺要加一百块，连续锤十个晚上，每天都要坚持来，你能做到吗？

女子早已经痛得泪流满面，说，可以！

阿金笑笑，三根铁刺戳进铁锤，根本没有缓和时间，直接锤进那颗心里。

啊！！！

女子尖叫出声，但草药的威力还在，声带松弛，声音是哑的。

你看你看！阿金说，脓水飙出来了啊！

果然，那浓黄的水中混了大量血丝，飙在滚烫的木台上，嗞嗞作响。

女子已经痛到几乎难以呼吸。

但还在呼吸。

她深吸一口气，幽幽说出来，他辜负我，找了富家女，一秒钟都没有犹豫，我恨。

阿金说，这种故事我听太多了。我只管锤心啊，其他安慰的话我不懂讲的。

铁刺一下又一下戳进心房，那右边整个已经空洞溃烂，再后来流出黑色脓水。

阿金凑近看看，说，哎呀还有根没除掉，今晚给你来个痛快。我劝你还是咬上那木头，很痛的。

女子已经痛不可耐，只好咬上。

阿金迅捷快速地往深处连锤十多下，扯出已经黑烂腐坏的神经和血管，这病灶才算扯掉。

再看看那女子，已经虚弱到只剩下一口气，下一秒可能就要死掉。

女子问，师傅，我是不是要死了？

阿金说，不会啦，我都做了多少年生意了啊。药给你抹好了，明天记得同一时间再来。

速度很快，阿金把那颗锤得破破烂烂的心塞回她的胸腔，把她扶到椅子上坐，煮了茶请她喝。

她哪里有喝茶的力气呢？阿金扶着她的脖子往嘴里灌了三四杯。

他说，你看看，里面都烂掉了，多臭啊。你闻我的手！

她虚弱到极致，苦笑说，师傅，连你都嘲笑我。

阿金若无其事，还是说，真的很臭嘛！哈哈！明天如果懒得来，会痛得要死，所以我建议你一定要准时准点来找我报到哦。

女子扶门而出，留个背影，瘫软地说，知道了，一定来。

到了第五天，那心脏在锤打之中已经有了坚韧的模样，铁锤砸下去会有弹跳感。

女子对他说，师傅，好奇怪，我眼泪都变少了。从前真是哭了又哭，根本停不住的。

阿金细细打量那颗心，观察下锤角度，说，里面的烂筋都扯掉了，还有什么哭头呢。你看现在，表面多光滑，只是里面连接的血管还不够厚实，还需要多一点下锤。

到了第十天，那心缺损的部分已经在锤打中重新长好，小巧玲珑，弹性十足。那女子的肤色也红润多了。

最后一锤敲完，她欢欣雀跃地说，师傅，我真的感觉到胸中生出浩然之气，看书都看得进去了！

阿金擦手，洗面，说，那当然啦，新长出来那么一大片，谁都会焕然一新啦。不过要注意哦，以后每隔几年就要过来锤一锤，不要因为害怕痛就不来了哦。

女子说，我连铁刺穿心都忍了，以后还怕什么！

阿金笑笑，说，给你打九折。

女子结结实实地走了。

阿金闭了门板，累得躺下便睡。

这是阿金最普通的客户。

因为她的那些病症，阿金都太了解，太知道如何锤击了。

袁河过了老街，态势就缓了。有一部分支流绕到老街身后，成了一条内河。两旁生满竹林芦苇，延荡好几里地，断断续续汇入另一条小河，方才继续一路向南。老街身后的那片竹林因了这个缘故，茂盛苍绿，砍掉一批又长一批，是附近居民的好生计。嫩竹片成长长的竹片，可以做成许多器具，竹篮竹背篓竹枕竹席，没有做不成的，老街前头的好几家商铺就全靠卖竹器过日子。

这片竹林旁边的黄金位置建有一套漂亮的竹制别墅，里面住着一位阿金的老主顾。属于疑难杂症，阿金治了他三年，始终没有眉目。很烦。阿金因此对自己的水平产生了深深的怀疑，搞不清是草药熬得不好，还是大铁锤需要再炼一把，实验了好几番，来来回回，最终放弃了。只是每个月还来敲，好不好的，基本不管了。

老人爱看书。一进屋，是满屋满地的书。墙壁旁边，床旁边的地面上，堆满了他几十年来积攒的古书好书，什么类型都有，神仙志怪，诸子百家，现代杂志，大学论文，统统都有。老人从前是浮桥那头职工大学的校长，是个书痴，走到哪里看到哪里，一刻也不肯停。

他每次要送书给阿金，都被阿金摇头拒绝，老伯啊，你看我有时间看书吗？我从早忙到晚，除了吃饭的时候可以发呆，其余时间都要全神贯注哦！锤头砸到手，上医院怎么样也要上千块医疗费啦！我又没有医保。

其实他有。早几年就买了商业保险的。这么说是为了形成一种夸张的态势，也方便以后多收点费用。

阿金带了几个新出炉的花卷过来。将老人从床上扶起，用他的炭炉煮水，扔进自己带来的茶叶，几分钟以后茶煮好了，阿金和老人一起吃午饭。

老人咬了几口花卷，很惊讶地说，这个花卷很有嚼劲！

阿金有些得意，说，老街新开的铺子，买的人排队！我等了好久才买到的。

老人又咬了几口，咂么咂么味道，说，这味道还是有点美中不足。说起花卷的历史，我们这里还要追溯到宋朝，那个时候很多北人过来，带来面食的做法，最近几十年，浮桥对面的钢厂又来了很多食堂师傅，有的做面食是很绝的。我记得我小时候，我母亲给我做的花卷，里面要放八角粉和肉末，还有炒过的青葱，作料不多，就是一点点盐，蒸完了再放在火炉旁边烤一两分钟，那个花卷的滋味！哎呀！想起来就是神仙吃的好东西啊！这家的虽然好吃，还是差了很多味道。

这些话阿金听多了，根本懒得理，他嚼他的，喝了绿茶顺下去，开口说，一个花卷两块钱，你还要给我五块跑腿费。

老人话头戛然而止，骂他，钱钱钱，你就知道要钱。

跟你说两句话就是钱。

吃过饭,老人照常躺平。阿金从他喉咙里掏出心脏,放到床边的书桌上,打量一番以后就开始锤。

一边锤一边说,老伯,我看你住过来也是有好些年了,你这个病也治不好了,不如回浮桥那边去吧。你家里人不操心你吗?

老人摇头,说,诶,做隐士就是这样的,自己住。再说逢年过节,我儿子也开车过来接我的。

阿金说,你这个房子据说危险了,是违建,讲不好什么时候政府就拆掉了。

老人哼一声,说,政府天天那么多事情,管得到我这里?再说了,我在那边也认识不少人,怎么可能说拆就拆。退一万步讲,就算是拆了,也要给我赔偿。

阿金锤了一会,实在看不出什么进步,简直灰心。

他说,老伯,做隐士就是盖个违建的房子,天天看书么?

老人舒服地叹口气,说,差不多就是这样。修身养性嘛。人要看书哦后生,不看书,很多事情不知道,很多道理不晓得,活着多没意思呢。

阿金说,你又来了。我看我这个锤子对你的心没什么用,挠痒痒嘛。你是不是还挺舒服?

老人笑眯眯的,舒服呀,怎么不舒服?你给我锤的这几年,有时候隔久了不锤,我还挺想咧。

阿金气馁,把锤子放下,索性说,老伯,你这是浪费我的时间！你这个钱我赚得一点意思也没有，我准备给你搞个新法！

老人起劲了，起身坐起，说，快讲！

阿金说，金用久了会糊，要泡在酸里洗。心也一样，洗心的法我用得少，但是也是熟悉的，干脆趁着这会热得发昏，河水不凉，给你洗一次看看吧。

老人有点不高兴，直说，有这样的好秘法，你怎么不早做呢？

阿金挠头，已经有些不耐烦，说，洗心之痛，常人根本无法忍受，我是看老伯你挨了太久才想到这一招的。你的这颗心，表面上根本看不出什么问题，本来以为锤久了，里面爆出什么脓包或者毒液，再上铁刺就成，谁知道你这颗心什么也爆不出来。

老人问，有多痛？

阿金说，要把整颗心从里到外，九层，翻出来洗干净，看看里面九层到底藏了什么泥沙脓包，随时发现随时戳破。

老人不禁倒吸一口凉气，再问，有草药喝么？

说话间，阿金已经煮好了一杯，递给他，喝吧老伯，你已经到了必须洗心的地步，我再也不想每个月都给你锤心了。

老人喝得很坚决，仰头一干，说，阿金我信你。随便洗，我忍得住。我这个从骨头缝里冒出来的不高兴已经好多好多年了，我一定要弄个究竟。帮帮我。

阿金搀扶他，来到河边。

午后的河面祥和安静，蜻蜓轻压在野草的叶尖上点水玩，小鱼看见蜻蜓的影子就冲上了河面，那路线当然是歪的。扑通一声，鱼儿便又落回去了。

河水清幽，带着浅绿色。岸边浮起的水汽里有清香的竹叶味。

阿金轻轻用河水撩在老人的那颗心上，让心脏先适应河水的温度。这个时候是很舒服的，老人哼唧一声，表示惬意。赶在这个当口，阿金手势翻飞，麻利地伸手一掏，将最内层，第九层的肌肉组织翻了出来，顺势一带，将其他层也都彻底翻了个。

尽管喝了草药，老人已经痛到无法出声，双目圆睁无神，口中只有出气没有进气。那何止是痛，那是全身被扯碎的巨大酸劲冲进了大脑脆弱的神经！

阿金用粗糙的手掌一层一层搓洗。这时，泥沙或者脓包再也无处遁身，一定会被翻出来的。会有收获么？

没有。

干干净净，没有杂物。阿金的手别看粗糙，是极敏锐的，如果有沙子，不管多细小，都一定会被他感知到。

一层又一层，没有。

心脏组织的内部光滑流畅，没有凸起的脓包，没有沙石。

阿金回头看了一眼老人，他已呈现出濒死的苍白。

阿金说，老伯，再坚持一下，接下来我要搓心，把心膜表面的杂质搓掉。痛楚加倍，你一定忍着。

不待回答，阿金就开始大力搓洗。从最内层开始，一层层细致地向外铺开。

最内层最柔软，搓洗最痛。

老人双手抓住身旁的野草，指甲嵌进肉里，双手鲜血直流。

搓不到一会，阿金哼了一声，说，出来了！

老人勉力探头细看。

阿金手掌托着第九层的肌肉组织，指着向他说，搓干净了，第九层出现了这么多"我"字。

果然，大大小小透明的"我"字，排得满满当当，在第九层的肌肉中若隐若现，在太阳光直射下，看得很清楚。

阿金继续搓第八层，全是"我"字。

第七层，"我"字。

第六层……

没有意外，一直到最外层，心脏肌肉中都嵌满了"我"字。

问题终于找到了！

接下来阿金洗得很快，手势再一变换，心脏复归原样。他快速将心脏塞回老人喉咙中。待他缓过一口气，又给他喂了一口嚼碎的舒缓草药，细看反应。

五分钟后，老人大声咳嗽，几口气倒腾过来，可以开口说话了：阿金，我这以后怎么治？

阿金说，老伯，洗心洗一次就够了，看清楚了，以后每天晚上都回想一遍当时看到的情景，七七四十九天以后就会好一点。

老人颤巍巍地点点头，又摇摇头，问，我不要好一点，我要大好，该怎么做？

阿金答，还是每天晚上回想，一年后是一个坎，三年后又是个坎，九年后再是个坎。到了第十四年，就基本能好得差不多了。可是仍旧做不到全然消退。但是起码可以做到每天欢声笑语，知足常乐。

老人喃喃计算，十四年，十四年，我还等得到么？

阿金说，怎么等不到。就算等不到，日日精进，日日都是高兴的。

老人再问，那我以后不需再锤心了？

阿金缓缓将他扶回竹屋，说，不用了。以后连草药都不必再吃，只需要在晚上回想就是最好的方子。

老人连声说，好好。

坐下喝了茶，又缓了一刻钟。老人有些惊喜，摸着心脏部位说，阿金你信不信，我这里不那么沉甸甸的了。轻快许多！好像突然想讲几个笑话给你听。

阿金笑眯眯地等着他说。

老人想了半天，说，年头太久了，我有六十年没有给人讲过笑话了。想不起来了。等我想起来了，我走过去讲给你听啊。

阿金说，好啊，等你老伯。

老人回过神，从竹箱子里摸出两套道衣给他，说是看他总舍不得穿新衣服，专门托人给他做的。

阿金连声道谢，双手接过。

老人仍旧不死心地想送他几本书，叫他看看。选来选去，手里落了一本金刚经。刚想送出，又想起什么了，对阿金说，不对，你那肯定有这本了。锤金的师傅，怎么会不读这个呢。你店铺最里墙，那上面，我记得就刻了几个字的嘛。

阿金笑笑点头，说，老伯啊，这本是有的。我们这行的秘法，有一些从这里来的，怎么能不读？我小时候我爸爸摁着我的头叫背下来哦。

从竹屋那里出来，阿金感到久违的步伐轻松。也不顾时间，赶去中段那边大吃了一顿辣汤火锅。母汤是奇辣的乌骨鸡汤，看上去白白的，辣劲全然不显，涮的是嫩牛肉和腐竹。吃得七成饱，又去拉面馆要了一个海碗的粗拉面，加十块钱牛肉。

他不常去拉面馆。

因为看见相好，他总是多少有些尴尬。

他不愿意没事就往相好那里跑，显得又贪淫又软骨。

他确实是极其难得，才来一趟的。

那女子异域的绿色大眼睛黑暗里看他一眼，雪亮的肌肤蹭到他的后背，也就够了。他是明白的，纵情欢乐的刹那不是究竟，若有似无的牵绊可能才是内质。但这事他经得少，想不明白，也不愿意细想，因此总是有些模模糊糊地不清楚。

与女子欢喜，是否触了禁忌，他没有找到明确的答案。但是心里知道，其实他这行的规矩和诵经行是一样的，也就是说，不行。他暗暗下决心，过了明年，就要彻底弃绝。

因此，从头到尾，他都未与她说过一句话。夏风从木窗歪斜的框架缝隙里呼呼吹来，吹过刚发了大汗的肌肤，原本该是巍峨浪漫的壮丽，但是他心中的戒尺已经开始啪啪作响。

风带起衣服，裹上他的影子，令他在暗里回到了家。

甫一回到家，他连滚带爬地跪在里墙的刻字下，先磕三个头，再无言地用手扒着墙上的几个字，死死不敢松开。

父亲已经去世。没人可以给他明确的答案。

那暗里的欢喜，是不是可以？

他今天找到了老伯的病根，是不是生了猖狂？

他心里升起害怕。眼泪竟然悄然流了出来。

他总觉得，自己刚才，是乐得过了。不该去拉面馆的。

他扒着那字许久，累极了，竟小睡过去。

梦见梦中有梦，层层叠翠，分不清此与彼。

梦中他无法得知，那墙上黯淡多年的金字，实则一直隐隐发着充沛饱满的光。

那同样是这行的秘密：密咒永远发光。

那字以行书挥就,刻在这老墙上,说几百年,几千年,都可以。

那上面刻着:云何降伏其心。

老金发光与新金不同,那光透过多年累积的灰尘,是深的,浓的。

威严,无声。

六个字的后面,是深不可测的究竟之实,内质之虚。

阿金梦得迷惘沉沦,可惜没能见到这隐光如何照亮他的脸庞与肉身。

醒过来,正是半夜。

外面朗月高悬。竹林有风,正生出竹叶摩擦声,哗,哗。

阿金睁眼片刻,想走。

走,走出浮桥,走出老城,走到外面的世界去。

城里其他的金匠偶尔也到他这里看他锤金。闲下来就跟他聊,讲,阿金你怎么不去深圳,那边水贝一条街,不知道多少家金铺要你这样的老师傅,一年赚个百万都有可能的。或者去北京啊,那里珠宝生意才是火爆,从潘家园到崇文门,哪里卖金子不是当批发萝卜一样!阿金你留在老街,这辈子什么福都没享受过,名也没有利更没有,多无聊。

想到此,阿金从砖床的洞口取出一个铁盒,里面是一叠现金。

两千六百块。

如果能到外面赚点大钱，起码穿衣吃饭可以上个档次，还可以买个大房子，最差最差，手机可以换成最新款的苹果。再买个好车，想去哪里玩就去哪里玩。不用天天在这里费劲给人锤心赚辛苦费。关键是锤心的生意不好做，遇到女大学生那样的，还可以按经验来锤，遇到老伯那样的，几年都弄不好，很沮丧。

可是，外面又难道很有意思么？

人的心有九层，里面不知道多少内褶和血管，锤多少年也锤不明白。外面的山水会比这个更有意思么？

去哪里看风景能比老街后面的竹林夜风更美呢。

阿金叹口气。

阿爸如果活着，不会同意的。

入了秘法的门，就要日日做活。就算没有客户上门，就算穷酸难耐，也要守在店里不能走。锤心的手艺不能从他这里断了。有他守着，心里煎熬的人总有个去处，有个办法。

他早就答应过阿爸，要在这里一直守到死。

他把铁盒子塞回砖床，躺回床上。

他当然不是阿爸亲生的。学了秘法的人，一辈子不婚娶，这是约定。只是阿爸在世的时候，他来不及问他那男女欢喜的事情，到底该怎么处理，这是他疏忽的地方。如果早一点知道，也许他不会那么惊慌。

那相好的身影又晃在他眼前，苗条柔软。阿金强迫自己去想她，但是不许自己心神荡漾。只当她是普通人。

好一些了。他感到自己心肠又硬了一点。

阿金在这个问题上始终发虚。他自己的心，锤得还不到位，才会这样患得患失。秘籍他都翻烂了，干活也有十来年了，阿金感到他还得寻个厉害的师傅。好像有什么东西卡住了，他在精进的路上有些徘徊。

但是阿爸说过，用秘法锤心的人，彼此根本互相不认识，大家都是靠秘籍自己悟。悟到的人，成就一颗金刚心，没有悟到的人，也不白过，帮附近的人锤心，也是积德的好事。

阿金想过很多遍，其实什么他都不想要，大房子、好车、深圳、北京，他都无所谓。他想成就那颗金刚心。

这个想法阿爸也知道，临死之前，阿爸内疚地跟他说，阿爸自己没有成就金刚心，不然可以指点你精进。如果你想实现这个目标，只能靠自己了。

阿金夜夜锤打，从不懈怠，但是金刚心并没有出现。他的心和常人的心，还是差不多。顶多弹性好一些，韧一点点。

现在他困住了，不知道前路在哪里。只好认这一辈子没法再精进的命运，但无论如何不甘心。

这是他讨厌那相好的真正原因。

他的欲念时时萦绕在她的影子旁，但他的雄心不允许。

想通了这一点，阿金舒服了些，准备睡会，早起才有力气锤金。

但这时木板门响，笃笃笃，三声。

是她。

这是他们约定好的敲门声。

阿金起身来到门边，却不打开。只是小声问，怎么？

那女子声音更低，说，不能让我进去么？

阿金犹豫。

女子又说，这是我最后一次找你。

阿金有些吃惊，卸下门板。她踏进屋内。

低着头。

她说，家里人一晚上没睡，商量了很久，说还是要把这里的店铺退了，后天就回老家。

阿金问，不是租了三年吗？

她说，睡前才知道消息，老家那边出了大地震，伤亡情况都还不知道。那边有地，有好多亲戚，还有房子，出了这么大的事情，我们必须要回去。再说，这边的生意一般，大家还是不太爱吃我们做的面食。

谁说的！阿金忍不住插嘴，说，很好吃！

女子深蓝色头巾裹脸，露出的大眼睛闪闪发光。真的？

阿金住了口，忍住，不再往下说。

女子又说，我知道问出来会显得很傻，但是自己还是忍不住想问，你有可能跟我一起走吗？

阿金很沉地摇头，没有作声。

女子眼中的光黯淡了，头低下去，看着地面。过了许久，说，那么，阿金，再见了。

说完，她也不动，像是等着阿金的行动，抱抱她，或是亲亲她，哪怕是拍拍肩膀，也好。

阿金背后那堵墙上，刻着的字正盯着阿金。他不可能有任何别的行动。

憋了半天，阿金只说出一句，是我不好，忘了我吧。

女子两颗泪落下，转身就出了门。

第三天下午，她们这帮女子面点师傅离开老街，许多老街的商铺老板去送行，塑料袋里装着各色本地特产，是礼物。

阿金没去。耳朵里听着送行的喧闹声，手上一下一下地丝毫不懈怠，正倔强地锤打自己的心。

我又不喜欢她。阿金心里想。

这些小情绪就是一下子的事情，过了就过了。老想着这些，不是我该干的事情。阿金一边锤，一边对自己说。

那铁锤一下下落在心脏上，却是很痛的。阿金发狠，知道这是考验，原来自己的弱点在这里，更加下死力去锤。当天晚上痛得觉也睡不踏实，翻来覆去地，只觉得憋得慌。

阿金锤别人的心时，很多病症都是熟的，锤起来有经验，那都是因为他向来遵循秘法的教诲，日夜反省自己，每日锤打从不松懈。自己先把自己锤坚实了，遇到别人的心病，自然是锤到病除。这一次阿金锤自己，是想要把这一事情彻底锤明白，以后他再遇到别人有如此的病症，锤打起来也不会犹豫。

他是以己身试药法。这同样是秘法里说的。

所以他极少安慰客户，反正一定会挨过去的。

一个月过去了，女子的消息传回老街。她的家乡损毁严重，那一家子姐妹都投入重建中，在废墟上继续开拉面摊子，日子还过得下去。姐妹几个也都安好，没事。

阿金这一回锤的效果不好，反复锤击，仍然有痛感。

甚至偶尔深夜睡不好，要半夜起来听竹风。

但，这无论如何，只是阿金个人的小事。

大事已来。所有人无不为之恐惧。

地震并不只发生在那女子远在西域遥远的家乡，而是无处不在。

起先是局部地区的小型地震，再然后是大规模的海底地震，引发海啸，将岛屿国家、沿海城镇悉数摧毁。几乎是转眼之间，各地区到处是饥民难民，乘着小舟大船，一拨一拨往内陆跑。而内陆也不安全，气候近乎完全乱了，冻雨雪崩，洪水暴雪一应同时爆发，几个月时间，死伤无数，水电齐断。

各方都在呼吁，立刻改变从前那种各自为政的生活方式，团结和组织起来，集体对抗可能很快就要到来的灭顶之灾。老街也不例外。

商铺老板们重新组织成一个新的生产生活集体。他们找来一台柴油发电机，以供应整个老街每天的生活用电。

又组织起男丁们，出工下力，在竹林附近，以最快的速度新建了许多的简易竹屋，供前来避难的人们住。

随着天气变冷，老街的原住民教外来人砍下竹竿，晒干，当作燃料。阿金的店铺还在维持运转，但融金的事完全放下了，炭不够。锤心的事情仍旧继续。甚至可以说，主要就是锤心。星球风云突变，多少人一夜之间无家可归，对锤心的需求大大增加。阿金很忙很忙。

他的屋子家徒四壁，又是他一个单身汉住，每天忙着接待各类来锤心的人，实际上不太方便接收别的一家子住。老街集体内部开会，挑来挑去，选了一个从海南来的老头跟他一起过冬。老头姓李，耳朵很大，耳垂与腮帮子齐平，大家都叫他李耳老头，叫久了，称呼变成了老李头。他话不多，闲来无事会自己去竹林捡一些枯枝败叶回来，煮茶烙饼，让阿金吃饱有力气干活。如果运气好，捡到一些粗壮干燥的竹竿，会提前把砖床烧得热乎乎的，免去了阿金的许多后顾之忧。

一来二去，老李头对阿金的工作很熟悉了。晚上入睡之前，他们会一边喝茶，一边聊天。

老李头表扬阿金这个工作做得很熟练，锤得又快又有效果，问他怎么做到的。

阿金照实说，那些心病他都多少经历过，有了经验，锤起来才快。阿爸从前在河里捡到他时，掏出他的心脏检查，发现上面遍布恶疮，恶臭不堪，先天又不足，里面的肌肉血管都是软绵绵的。如果不是从小就锤，他根本活不到这么大,早死了。

老李头认真听,说,看来锤心的师傅,势必是天生心弱,才会明白这心一路从弱到强,是怎么锤击出来的。

阿金点头,说,是这个道理。天生心脏强劲有力的人,当不了锤心师傅。

老李头又接着说,那你现在每天晚上还要锤自己的心,是感觉自己还不够精进么?

这是阿金困惑的地方,感觉到眼前的这位老头好像可以聊一聊,他也就直说了,阿爸只告诉我,秘法里讲说要日日锤心,不能断,时机合适,才有机会修得一颗金刚心。但是中间的很多重要步骤,我阿爸还没有修炼到,因此无法感悟,也就没有告诉我。我有了困惑,其实也没有别的方法,只能靠锤。

老李头喝口热茶,笑了,锤心的师傅也有困惑?

阿金说,秘法深无止境,我怎么会没有困惑?

老头再喝口茶,沉吟不语。

阿金直觉感到他想要说点什么,便追问,老李头,我听人家讲,你在海南附近的小岛上自己住了许多年,想必也是有修炼的?能不能帮我指点指点?

老李头说,地球有大灾,个人的修心只好先放一放。你先把每天的锤心工作做好吧。

听他这么说,阿金猜他一定是有点东西的。心里感觉到强烈的欣喜,却不便表达。赶紧按下性子,不再追问下去。锤心这么多年,他明白,许多事情都是要等待时机的。他等得起。哪怕明天洪水滔天，机缘该来，也一定会来的。

地球的灾难持续恶化。暂居浮桥的难民每天都在减少：饥饿、疾病、电闪雷鸣、地震山洪，每时每刻都在带走脆弱的生命。

阿金能做什么呢？

什么也不能做。

他只能每天准时开门，锤心。

老李头同样，每天出门捡柴，劈竹条，烧火，帮忙熬草药，在集体食堂做饭，安葬死去的人。他不动声色，来去静默。

一个月一个月过去，地球的情况越来越糟糕。陆地已经消失了百分之九十，剩下的人聚集在东西两块所剩不多的土地上，等待天地翻腾的惩罚。

这一天，阿金工作到深夜，精疲力竭。

已经没有食物可吃，他和老李头只能坐在砖床上喝一些竹叶水，暖暖肠胃。

也许明天，整个老街就会消失。老街发生过的所有的事情都会沉入大海。

阿金突然想要诉说心事。

他说，老李头，我跟你讲一个事情。一年多以前，在浮桥这边，来了几名西域女子，过来开店。我和其中一个人相好，约定彼此绝对不告诉任何人，只是偷偷地好。因为我不想放弃得一颗金刚心的宏大目标，因此只愿意和她点到为止，不愿深谈。她对我言听计从，没有任何反对意见。后来她的家乡地震，她和姐妹几个很快就回去了。我猜想，她已经死了。她家乡那片地方，早就已经在几个月前沉入海底。我今天想明白了，我对她做了恶。以她的深情，换我的金刚心，是"我罪"的最恶之罪。我这大半年来一直在想这事，到了今天晚上终于想明白了。我想要找个地方忏悔，但是无处可以忏悔，我只好对你说一说。你不要见怪。

你的忏悔很诚挚，老头说。

我虽然一直给别人锤心，锤掉一个"我"字，但是我自己其实也没有放下那个"我"。我对那女子的绝情就是证明。

你说到了关键。要放下那个"我"，确然是有法门的。

请您指点！阿金跪坐起来，直面他，那双黑亮的眼睛发着急切求知的光芒。

老李头双目亮了起来，他坐直身体，威严肃穆地对阿金说，阿金，你的机缘来了。你坐好，我此刻传心法于你。

阿金照做。

老李头说，阿金，如何降伏其心，是一门大功课。世上所有的人都要炼这门课。但是实际上，降伏其心的真正法门，正是要去舍弃降伏其心的念头，也就是说，要把这句话忘掉。因为，一个人将一切功力都放在降伏自己的心上，是困在"我心"里，始终还是在"我"里打转。等到有一天,对"我"心不再介怀,不拘泥于我心的诸多波动,这才是降伏其心的唯一法门。连"我"都不存在了,又何谈"我的心"呢?我的心不存在了,那也就自然不必降伏了。到了那个时候,你不再追求我心境界的成就,金刚心也就自成了。

阿金落下泪来,他说,我明白了。

老李头知他已经完成了最后的精进,微笑着说,阿金,现在掏出你的心来看。

阿金张开嘴,伸手掏出来。那心,一片澄净,清澈见底,金刚之心已然修成。

刹那之间,阿金明白了许多许多的事情,待要张口,却无话可说。

老李头对他说,阿金,我们无法再睡了。等待最后的任务吧。

从这一刻起,所有的陆地被波涛疯狂地撞击,海底潜伏亿年的火山瞬间爆发。仅剩不多的陆地被撕裂成碎片。浮桥这边的老街,变成一座孤岛,飘荡在无边无际的海面上。四周孩童哭喊,人们惊慌呼号。

暴雨如注,电闪雷鸣。

阿金与老李头盘腿坐在砖床上,面目庄严,等待。

海水腾地涌起百米巨浪,山呼海啸之间,一切没入无边无际的海浪里。

阿金与老李头在滔天的水中,睁开眼睛,掏出发着光的金刚心……与此同时,在其他的许多地方,一颗又一颗的金刚心陆续从温热的胸膛里被拿出……愤怒翻腾的海水内部,有一盏又一盏微弱的光开始闪烁——那是越来越多的金刚心发出的微光。

微光尽管羸弱,但数量越来越多,十盏,百盏,千盏,万盏……

天明时分,海上升起红日。地球的各个角落,逐一安静下来。所有的灾难同时停止。

幸存的人们激动地互相拥抱,感谢上苍的好生之德。

在某一处安宁下来的陆地上,一个女孩与她的姐妹得到了人们的救治,活了下来。她躺在平稳的小床上,睁开了那双大眼睛。

作者简介

阿痴，本名徐芬，江西人，毕业于华中师范大学。时有作品发表在《百花园》《微型小说月报》《小小说选刊》等文学期刊上。

创作谈

小时候，父亲带我上街买菜，路过锤金匠人的铺子，我们两人都会被牢牢吸住，站在那里看人家烧火锤金，一看就是一个上午。铺子里脏兮兮，四周墙壁被油烟熏成灰黑色，因为那师傅每天做饭也在那铺子里。风箱也黑乎乎的，看不出本来的颜色，但是一旦那火生起来，就呈艳丽的橙红色，白色坩锅里的金项链金耳环慢慢融化，变成黄澄澄金闪闪的一汪金水。

长大后，我深感人的心之脆弱固执，有时候会想到那师傅赤膊在铺子里锤金的样子，如果他能帮人给锤一锤，该多好。把心掏出来，把里面薄嫩的层层红肉锤紧、锤坚实些，可好？

云何降伏其心呢？这不仅是一个个人修为的问题，可能也是故事乃至文学要面对的问题。作者们捏一个人像，就此讲一个故事，很多时候，也是为了和读者一起，锤那颗心，看看能锤出什么样的血泡。

乃至锤到无我，我们也就从此无所畏惧了。

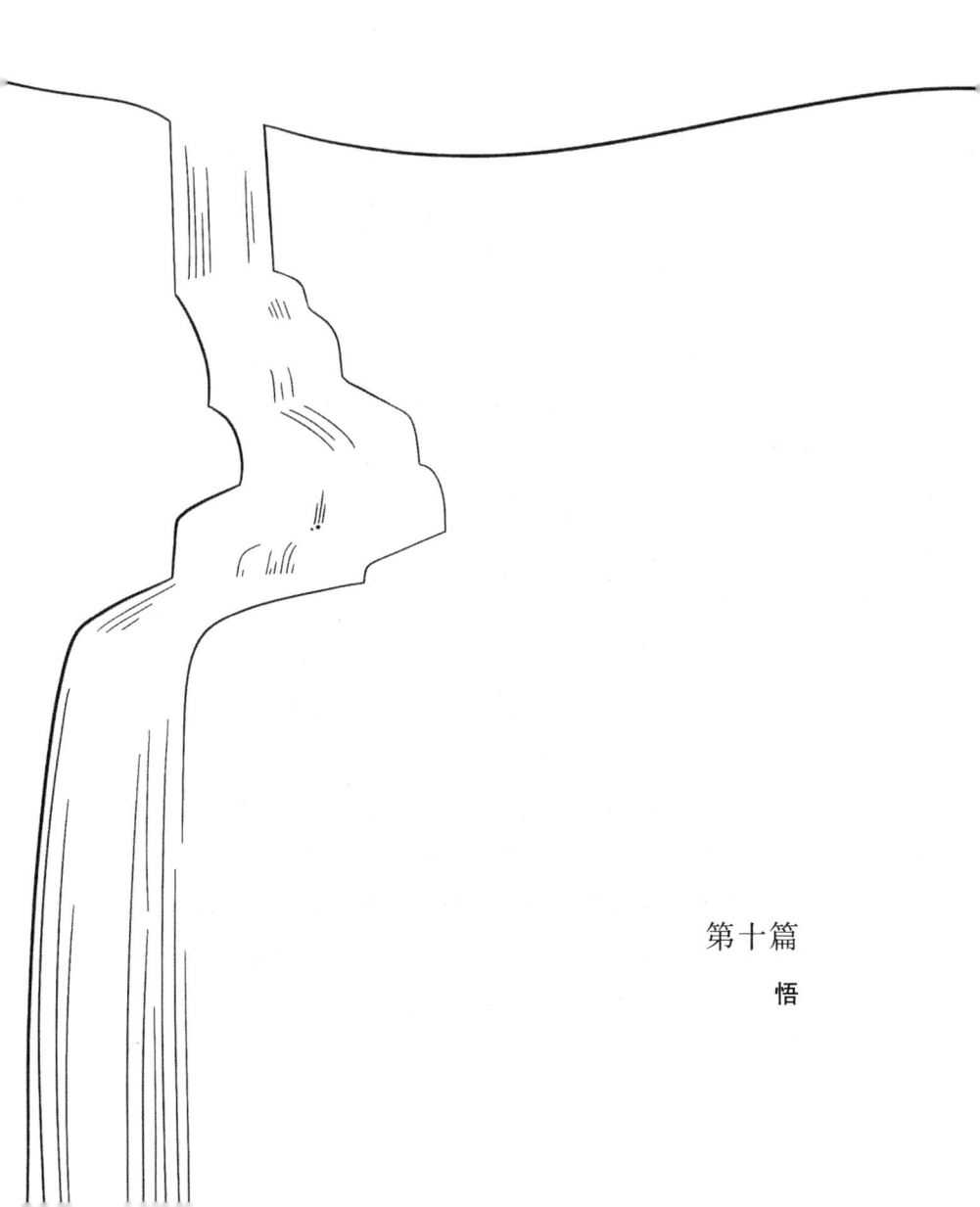

短篇小说

第十篇

悟

悟
作者：胡潇潇

1

人人说起原曲村，第一句便是："我和你说，那村里有个神婆，可灵了！"

要说这神婆，十里八乡总会有那么一两个，为何原曲村的神婆如此出名，尽人皆知？只因为这神婆与其他人不同。

一般人们去找神婆，多半是遇事不决想判判运势，再或是遇见烦难想做个开解，抑或是遇见了说不清的鬼神之事，托神婆去打点一二。而这原曲的神婆，一不打点鬼神，二不改换运势。她只做一件事——抱娃娃。

什么是"抱娃娃"？这就要从原曲村的神婆专司哪行讲起。她，是个专门替人求子的神婆，人称"抱娃婆"。

据曾经去抱过娃娃的人讲，神婆的屋里摆满了布娃娃。有的剪鬏留角，有的戴着花儿。想求子的人须得供她三天的饭食，神婆收下饭食，便三日闭门不出。三日后，她会用红布裹起一男一女两个布娃娃，捏着一把黄米出门，把这几样东西交给来抱娃娃的人。

"这娃娃是神仙跟前拴回来的，回家就原样放进摇篮里，万不可掀开红布让见了光。"神婆一边把娃娃放到求子人的手中，一边在他们的掌心撒黄米："切记切记，黄米不可落地，回家找一张黄表纸包了，放进装大衣裳的柜子里。三天后若是黄米消失了，就是神仙收到你的供奉了。那时候，你便把红布掀开，摇篮依旧在枕边放着。再过三个月，定有好消息。"

说来也怪，去找神婆抱娃娃的人家，多的是求医问药十载无果的。但无论是被大夫下了定论要不上孩子，还是本就信奉神明想求个灵验。但凡来求子的人家抱了娃娃回去，黄米没有不消失的，孩子也没有抱不上的，甚至有许多还能儿女双全。

而有了好消息，孩子落了地，也要往回给神婆"送娃娃"。待孩子落草，喝了满月酒，就到了"送娃娃"的时候。所谓"送一还二"，若是得了一个孩子，便要重新缝两个布娃娃送回去。若是一下子生了双胞胎，便要送四个回去。送回去的时候，布娃娃依旧用红布包着，但这个时候就要露着娃娃的脸，让所有人都看见，喜气洋洋地把娃娃给神婆送回去。这时神婆就会给孩子的父母一根红绳，叮嘱他们带回去拴在孩子的手腕上。

"松松地拴，这红绳可保孩子平安。待孩子三岁时抱过来，我把红绳收回去，这娃娃就算是抱得了。"

如果父母有心多问几句，神婆也会叮嘱几件孩子命里的大事。像什么几岁要远着水井、几岁会生一场大病、几岁孩子命里带灾，要怎么规避之类的。但凡父母有心惦记着，没有不灵验的。

有的人看着抱了一男一女两个布娃娃回家，便能生一对龙凤胎，心里就动了心思，想要神婆抱两个男孩给自己——这种要求，神婆一向是拒绝的。

"生男生女都是神仙的馈赠，你眼热那些抱了娃娃回家便能儿女双全的人，殊不知那是娃娃看着他们心里喜欢，愿意给他们家做孩子。你若只想要个儿子传宗接代便回去吧，别说是神仙，就是娃娃看了你们这样的父母，也不乐意跟你们回家。"

除此之外，神婆抱娃娃之前也会给求子的夫妻看面相——有的人家家里已经有了孩子，只是子嗣艰难想多多开枝散叶的；或是那门风不端正，多有邪魔歪道的人家；抑或是穷得响叮当，连口饭都吃不上的人家；甚至还有瞒着正头娘子，想同外室抱个孩子的……这些人即便是口风瞒得严严实实，也瞒不过神婆的眼睛，都被她一口拒绝。

"神仙只馈赠命里无儿无女的人，既然已有子息，怎好嫌弃是男是女，是高是低？门风不正，上梁不正下梁歪，如何能教养好孩子？家里穷的自己都吃不上饭了，怎还能养得起多一张嘴？横竖也是要丢弃的，不如不抱。神仙的馈赠，无论男女，必定要好生教养，关心呵护着长大才行。像这种神明都要欺瞒的人家，就算是我帮忙去抱，神仙也不愿吃他们的黄米。"神婆这样解释道。

也有因为神婆面相看得准，专程找她看相的。这些人无论拿多少钱堆到神婆面前,都会被神婆连人带钱地关在门外。

"我就是个抱娃娃的老婆子,不会看相。"

时间久了,大家也好奇。没人知道神婆多少岁,她看起来好像永远那么大。也没人知道神婆到底供奉的什么神,从哪里抱来的娃娃。有人说她供了女娲娘娘,有人说她顶了碧霞元君,有人说她信的是观音菩萨……还有的人更离谱,直接说她就是送子娘娘的化身。

关于神婆的奇怪故事有很多,但神婆自己脾气古怪,规矩又大,除了一来一往抱娃娃送娃娃的人,没人敢去打扰她,自然也没人知道她的真实来历。

就这样,神婆在人们的众说纷纭中逐渐被神化。越来越多的人信服她,也有越来越多的夫妻在神婆的帮助下有了自己的孩子,时间就这样过去了很多年。

2

日子平静的涟漪是一对夫妻打破的。

这对夫妻求子多年,两口子不知寻了多少医,问了多少药,就是生不出个孩子。听人说原曲的神婆灵验,便跑来求她。但神婆观了二人面相,面露迟疑之色。

"你们如果愿意听我老婆子一句劝,就打消了这个求子的念头吧。"神婆说,"若是愿意,我给你们另指一条路。你们族里有个孩子适合过继，日后承欢膝下，能保你们富足一生。"

但那对夫妻听了却直接拒绝。"别人家的孩子，养大了再不与我们齐心的。"

神婆叹了口气，劝着二人："只要你们好生教养，孩子会念着养恩的。再者说，那孩子若是能被你二人抱回家，肯定会向着你们，你们不必担心。"

二人依旧不肯，连连摇头："别人家的孩子被我们抱回来，人家爹妈心里指不定就不情愿呢？况且，若是我们夫妻二人命里无子也就罢了。您如今既然没把话说死，那就是我们能求来孩子。既然如此，抱不到娃娃我们就不回去。"

神婆看劝说不动，一咬牙，转身进屋关上了门。

"你们回去吧。"她隔着门，撂下五个字。

夫妻二人见神婆这样，也着了慌。自己只是想要个孩子，怎么就那么难？妻子想着多年来无子息的艰难，想到同乡人对自家丈夫的指指点点，酸楚苦涩涌上心头，化成滚滚热泪落下来。丈夫看着自家媳妇落泪也着了慌，扶着她连连劝慰。但再劝慰又能怎样？终究是把口中话化成一声心中叹息罢了。

这对夫妻在神婆门口盘桓了几日，把原曲的村民都惊动了。村民从未见过神婆如此坚决地拒绝一对没什么问题的夫妻——他们既没有子嗣，又不是坏人，神婆的规矩他们一样没破，怎么就坚决不同意帮他们抱娃娃呢？

人人都有好奇的心，虽然平日里神婆深居简出，村民也不去打扰她，但这对夫妻在神婆门口日日哭泣，实在太招人眼。村民之间你问一句，我传一句。没过多久，整个村的人都跑过来看这两口子。有的人看他们哭得实在可怜，想起自己也曾经从神婆那里抱来过孩子，顿时生出同情之心：不就是想要个与自己血脉相连的孩儿么？这也是人之常情，神婆这次闭门不出，着实有些过了。

于是大家就帮着夫妻二人敲门去求神婆。有人喊着"送子娘娘"，有人喊着"女娲娘娘"，有人喊着"碧霞元君"，还有人喊着"观音娘娘"……一时间乱纷纷叫什么的都有。大家翻来倒去就一句话："求求娘娘发发慈悲，帮他们抱个娃娃回家吧。"

夫妻二人看着村民如此帮着自己，又看见别人家拉着自己的孩子，心里羡慕，哭得更是大声。妻子一下扑到神婆的门上，在门槛上"砰砰"地用力磕头。

"送子娘娘，观音娘娘，您就发发慈悲，帮帮我们吧。"

她的头一下一下磕在门槛上，撞在神婆的门上，门像是被人叩击一样咚咚响，门槛被她的额头磕出斑斑血迹。

终于，那门"吱呀"一声被她撞开了。妻子只听门不再咚咚地响，身子却未曾反应过来，还惯性地继续去磕头。一只瘦骨嶙峋的手迅速垫在她的额前，被她重重地撞在门槛上。她刚被这只手的骨节硌得一愣，就被那手猛地抬起了脸。

"乱叫什么，娘娘元君岂是能乱叫的？"神婆寒着脸，一边把她扶起一边训斥着村民，"我就是个抱娃婆，不是什么送子娘娘，更不敢称自己是诸位尊神，你们一通混叫，惊扰了神仙怎么好？"

"抱娃婆，不管求哪路尊神，帮他们抱个娃娃回家吧！多可怜呐！"

不知谁喊了这么一句，村民们纷纷应和。那对求子的夫妻不断哀求，神婆看着他们，仿佛一尊不近人情的雕像。她看了许久，轻轻叹了口气。

"我问你们几个问题，你们若是想好了，我就帮你们抱娃娃。"

夫妻二人苦守多日，终于守得云开见月明，当即便大哭着叩头："想好了，都想好了，老神仙您说什么我们都答应，只求有个自己的孩儿。"

"话不能说这么满。"神婆满面寒霜，"我问你们，若想要这孩子，须得以命换命，你们换吗？"

话一出口，全场皆静。那夫妻被猛地一问，愣在当场。但神婆并没有给他们反应的机会，只是继续问着："若是以千百条命换他一命，你们换吗？"

终于有人反应过来："这……怎么能这么类比！"

"是啊是啊，这么类比的话，这孩子还能是孩子吗？这得是妖孽！"

夫妻二人如同被当头棒喝，但却云里雾里。丈夫听得怔怔，妻子只知道哭泣："不……我们两口子都是人，孩子不会是妖孽，不会是妖孽！"

"那好，我换一个问法。"神婆大概是觉得自己口气太过严重，也缓和了声音，但面上严肃不改，"我只问你一句。以你一命，换这孩子一命，你换不换？"她指了指那妻子。

"我换！我换！"这下妻子听懂了，一下子扑到神婆面前，用头去触她的脚，"别说用我一命……就算是我生下这孩子就咽气……也值得！"

那丈夫也跟着扑到神婆脚下。"老神仙，您看我夫妻二人在您门口跪了这么多日，若是抱不得孩子，我们说不定也会死在您屋前……您行行好，就救救我们一家的命吧？"

神婆看了他们许久，一直看到她脸上的冰霜似乎化开了一丝裂缝。

"好吧，你们起来。"她缓缓弯下腰去。

"我帮你们。"

3

霞君的记忆里，从来都没有娘。

听他爹说，他娘当年是拼着最后一口气把自己生下来的。娘只来得及看自己一眼，给自己留下个"霞君"的名儿，就咽气了。

霞君不喜欢自己的名字，村里的孩子都嘲笑他，说他的名字像个姑娘，都不和他玩。他也想要个"石头""壮实"一类的名字，听着就是孩子们中的老大。

但他把这想法给他爹一说，就被他爹拎着笤帚劈头盖脸一顿打。

"你个小崽子懂什么！你是老神仙赐下来的，得念着老神仙的恩德！"

老神仙？霞君模模糊糊地记起自己很小的时候，爹总带着自己走很远的路，去找一个老婆婆。但那老婆婆似乎不是很想见爹，也不是很想看他。

他依稀还记得，有人看着他叹气，摇着头说："果真是换来的。"

"爹，是老神仙把娘的命拿走，换了我来的么？"霞君问。这话把他爹吓了一跳。"小崽子净浑说，我看还是打得轻！"但尽管这么说，那笤帚也并没有落得重一点。

晚上，霞君他爹看着霞君，叹了口气。

"孩子，你娘也是没办法。但凡她能有别的选择也不会丢下你。但爹和娘都实在没有办法……"霞君感觉到爹伸手在摸自己的头，手心的温度有些灼着他的脑袋。"总之你要做好人，懂得知恩图报，才对得起你娘的一片苦心，你可懂得？"

霞君看着爹日渐佝偻的腰，觉得鼻子酸溜溜的。他使劲地揉着眼睛用力点头。"爹，您放心，我都听您的！"

从那之后，霞君再也没问过自己名字的事，也没问过

"老神仙"的事。

好景不长，在霞君十岁那年，他的家乡遭了灾。洪水铺天盖地地卷过来。霞君的家被淹了，他被爹举到了一棵树上。霞君哭着想要把爹也拉上来，却被爹按住了手。

"咳咳……咳……"，爹大概是呛到了水，不断地咳嗽，但还是强撑着同他说话，"霞君啊，爹怕是没法陪你了，这树枝细，只够你一个人抱……孩子，爹有几句话要嘱咐你。以前你小，爹不愿和你提……你是爹和娘去邺城原曲村的抱娃婆那拴回来的娃娃。你娘当年为了要你受了很多苦，要不是那抱娃婆是个老神仙愿意帮忙，爹和娘也没法看着你长这么大。这么多年爹一直觉得对不住你娘，如今爹多半是要去照顾她啦……"

"爹！爹你说什么呢爹！"霞君抓着爹的手大叫，喊得喉咙都破了声，"爹，别丢下我！"

"孩子，这么多年你也苦，爹心里也知道。"爹拍了拍他的手，"好孩子，你记着。爹娘是从老神仙那把你抱回来的，这么多年爹没带你去看她，爹心里有愧……你记得日后你长大了，若是路过那原曲村，记得帮爹给老神仙送一碗饭。"

"爹，我记得，我都记得，您别再说了，别丢下我啊！"霞君哭得肝肠寸断，但洪水不断地冲着他爹的身体，慢慢地冲开了父子二人紧抓的双手。霞君看着爹被洪水一点点吞噬，最终只留下一句话给他。

"孩子，别害怕，抱紧树枝千万别松手啊……！"

怎么能不害怕呢？水，铺天盖地的水。它嘶吼着、奔腾着、肆虐着……霞君只觉得自己又冷又饿，身子早已失去了知觉，只是靠双手的惯性把自己锁在树上。他看见有个女人把自己的孩子放在木盆里扶着，女人被水吞了，木盆从他身边漂过去。他没力气伸手，眼睁睁看着木盆载着哭声翻了……渐渐地，霞君也失去了意识。

直到一个声音把他唤醒。

"师父，这有个小孩还有气！"

我在什么地方？霞君只觉得头痛欲裂，人中也疼得要命，模模糊糊地只觉得有人晃他。"喂，快醒醒！"

"太凉了，给他多裹几件衣服。"一个温和的声音在头顶响起，随即有人把他抱了起来，触感软软的，像父亲给温好的被窝。

他们是什么人？霞君努力把眼睛睁开一条缝，但看得不是很真切。

"醒了醒了！"有人欢声叫着。霞君用力睁开双眼，只看见自己正被一个须发花白的老道士抱在怀里，身边围着几个年轻的道士。

"别怕，水退了。"那老道士和颜悦色地同霞君说。

霞君只觉得胃里一阵翻腾，似乎心上压的石头被冲开了一块一样。"哇——"的一声哭了出来。

"爹——！"

众人又是好一通抚慰，那老道士得知霞君已经无父无母，也无处可去，摸着胡须叹了口气。

"孩子，你叫什么名字？"

"我叫霞君，我娘给我取的名字，叫霞君。"霞君哭着说。

"霞君……霞君……碧霞元君……"老道士沉吟着，"孩子，你这名字与我道门有缘。若是你无处可去，可愿拜我为师，随我回山？"

霞君并不懂为何自己的名字与道门有缘，也没想过当道士要如何。他只想着自己在天上的娘又救了自己一次，自己从前竟不知道讨厌的名字能换得一个去处。他不停地流着泪，但又拼命点头："我愿意，我愿意，师父！师父带我回去吧！"

从此，世间少了一个不想叫"霞君"的孩子，多了一个道号"霞君"的小道士。

4

老道士果真没看错人，或许真是名字的缘故，霞君在道门一途上确实有些天赋。入门没过几年，就超过了许多比他年长的师兄。又过了许多年，霞君长成了一个青年小伙儿，正式入了衣钵科。

一日，师父把霞君叫来论道："何为道法自然？"

"人法地，地法天，天法道，道法自然，因而人法道法，法度自然。修道之人，当荡平世间妖邪，维护道法人间。"

老道士拈须微笑,没有作评判。

"霞君,你进山十五年,学了一肚子的本事,也该下山去看看了。"他递给霞君一个包袱,"去吧,循着你的道,拿着你的剑,去看看这世间。"

霞君接过包袱,背上自己的宝剑下了山。他凭着自己的一身本领,一路扶贫助弱,降妖除魔。在此之前,各地的百姓被妖物戮害已久,霞君的到来让他们看到了希望。没了妖魔的肆虐,他们终于能有个新的开始了。

霞君的名号越来越响,大家都说他面容清绝,本领高强,仗剑除魔而衣不染尘。久而久之,大家都尊称霞君为"霞君道长",甚至有的人看见他倒头就拜,喊他"剑仙"。

霞君听了剑仙的称谓有些啼笑皆非,他赶忙把人扶起,笑着安抚。

"乡亲们,我不是剑仙,我就是个道士。"

"没事,没事,霞君道长道行高深,武艺高强,总有一天能得道成仙。"

霞君听着人们的夸赞笑着摇头,但内心却暗暗给自己鼓劲。是啊,哪个问道之人不想得道,哪个修道之人不想成仙?自己跟随师父习学道义,又下山历练寻求大道,不就是为了有朝一日能有个结果么?自己定要继续荡妖除魔,维护道法人间,秉承心中大道才是。

越来越多的人求霞君去帮忙除妖,霞君也有求必应。除了降妖除魔,他也怜贫惜弱,帮助了许许多多的人。人们感激他,想给他钱财报答,霞君都一一拒绝了。

"若真的想感激我,就用这钱去帮助更多的人吧。有更多的人受到恩泽,就是帮了我了。"霞君说。

人们说着感激,让霞君突然想起多年前爹嘱托他的事。他想,也是时候去郉城看看了,去找一找原曲村还有没有,那神婆还在不在。去和那神婆说一说,说自己的爹爹临终前还念着她的恩德。

于是霞君一路走了很久,终于到了郉城。他在郉城打听原曲的抱娃婆,人们听了纷纷热情地给他指路。

"您问那个抱娃婆啊?她还在原曲村住着呐,住处都没换,还是那个老破房子!"

按着一路问的地址,霞君找到了神婆的房子。那房子看着年头很久远了,墙上污迹斑斑,瓦上的青草也随风而动。霞君看着那房子,年幼的记忆慢慢复苏,与门口尺余粗的老柿子树渐渐相合。抱娃婆的门扉一如记忆中一般紧紧地掩着,门前的门槛泛着油亮的黑色,圆润破旧,记载着岁月间的来去过往。

霞君心神激动,他慌忙从包裹里掏出几个馒头揣在怀里,敲响了那扇紧闭的老破门,木门发出不甚清脆的声响。

"谁呀?"一个苍老的声音问道,同记忆深处的某个声音有些重合。

"多年前我爹娘从这里抱了娃娃,如今我来找当年的抱娃婆。"

"孩子,听声音你已经长大成人了吧?老婆子只抱娃娃,你不必见了。"

霞君不死心,他记着爹临终前的嘱托,爹的神色在他脑海中愈发中清晰可见。那是爹最后的念想,他一定要替爹完成。

"老神仙,求您了,我爹娘临死前都念着您的恩德,嘱咐我千万来见你一面,让我来给您送顿感谢饭吃,您就开开门,收下我的馒头吧。"

门里许久没有声音,久到霞君都以为那神婆大概是睡着了,突然,门里传来了一声轻微的叹息。虽然声音微弱,但凭着修道之人的耳力,还是被霞君捕捉到了。

"我想起你是谁了……"神婆的声音似在耳边轻叹,叹得霞君都有些怔忪:自己莫不是做错了什么?

但跟着叹息声响起的,是窸窸窣窣的布料声,是颤颤巍巍的走路声。伴着那脚步一深一浅地响,老旧的门扉"吱呀"一声开了,从屋里透出一股陈年灰尘味,那神婆面容未改,依旧沟壑满额,面满尘霜。

"你长大了啊……"她轻轻念叨着。

而霞君看着神婆的面容,如被雷击,愣在当场。

5

"不好了,不知道从哪来了个道士,要杀抱娃婆!"

这消息石破天惊，吓得所有村民都往神婆的小院跑，院里挤满了人，是从未有过的热闹。大家都神色惊慌：怎么能杀神婆，那可是老神仙，是他们的送子娘娘，是谁这么大胆，要杀他们的抱娃婆？

神婆却面容平静，就好像她没有被人拿剑指着一样。

"你不是人，你是妖！"霞君从牙缝里挤出这几个字。

多荒谬，他爹娘一直心心念念的恩人，传说中的老神仙，被人奉为送子娘娘的神，帮爹娘生下自己的，不是人，不是神，而是妖。

是他求仙问道后，一直被教导要除掉的妖。

"怎么会！她是老神仙，是送子娘娘，才不是妖！"有人高喊，引得一片共鸣。

人群中有几个认出霞君的，面露迟疑之色。

"可是，他是霞君道长啊……"

是那位以斩妖除魔为己任的霞君道长，那可是传说中的剑仙啊。剑仙怎么会说谎呢？

一边是帮了无数人诞下婴孩的送子娘娘，一边是斩妖除魔、惩恶扬善的剑仙。一头生，一头死。生的是人，死的是妖，道道条条都是为了人好。

你要信谁？

村民们又犹豫地陷入了沉默中。霞君想，没关系，妖魔惯常最是阴险狡诈，总在欺瞒他人。只要向他们证明神婆是妖，自己是正义的，大家就不会这么纠结了。

"她不是人，是个床母，她是个妖！"

床母？什么是床母？村民们从没听说过这种妖怪。正当他们面面相觑，互相询问时，霞君已经提剑向神婆刺去。这一下把所有人都惊到了，大家一拥而上，抱住霞君的腿把他拦下来。

"霞君道长，虽说您是剑仙，但也不能执一面之词啊，抱娃婆她是好人，是不是有什么误会啊？"

"就是就是，没有抱娃婆，我们家哪来的娃娃啊？"

没有抱娃婆，自己也不会出生啊。霞君这么想，可是，妖就是妖，会为害世间。人法度自然，这道法人间容不得妖啊。

"抱娃婆，一定是你蒙蔽了村民，骗他们你是神仙！"霞君高高挑起眉毛，再一次剑指神婆，厉声高喝。

神婆却微微地笑了，笑得所有人都一怔，这好像是他们第一次看到神婆在笑？

"霞君啊。"神婆说，"你忘了，老婆子就是抱娃婆，不是什么老神仙，也不是什么送子娘娘。

"大家也别为难他。他说的没错，我确实不是人，是一只叫作床母的妖。

"我们床母啊，专司生育，能帮人拴来子息，也能保小娃娃平安。床母身上带着气，会吓着小娃娃，所以老婆子平时也不愿出门，万一我身上的气把谁家的娃娃吓坏了多不好……"

神婆又絮絮叨叨说了很多，但所有人都没在继续听了，大家都沉浸在震惊中。

原来神婆她真的不是人,真的是妖啊……

霞君也震惊了。他只见过非要说自己是人的妖,这还是头一次看见敢于承认自己是妖的妖。但此刻他已想不了太多,他的心里只有一件事,那就是杀了这只妖!他又提剑欲向神婆刺去,这一次,没人抱住他的腿,但他也下不去手了。

神婆的面前,竖起了一堵一堵的高墙。

不,那不是墙,那是人,是人,是手拉手的人。村民一个接一个拉起手,连成了一面人墙,把神婆团团护在中间。

"霞君道长,虽然抱娃婆是妖,但俺是爹娘从她那儿抱回来的,她给了俺一命,俺就不能让你杀了她!"站在最前面的一个壮小伙子瓮声瓮气地说。

"俺们家的孩子也是从抱娃婆那儿抱来的!"

"俺也是抱娃婆抱的!"

"俺也是!"

"俺们都是!"

随着声音越来越大,挡在神婆面前的人也越来越多。那些都是神婆曾经帮过的人:或是帮他们抱了娃娃,或是让他们得以看见人间。此时这些人纷纷站在了神婆前面,把自己的胸膛对着霞君的剑。

"俺们的命是抱娃婆给的,要杀抱娃婆,就先杀了俺们吧。"他们齐声说道。

愚昧,怎么能如此愚昧,世间竟有这样的人,不向着人，要护着妖？霞君气得发抖，他从没见过这么愚昧的人，妖就摆在眼前，他们居然要信妖的话？

而那妖还在同他说话。

"孩子，你有没有想过，若你这辈子是人，下辈子是妖，你待如何？"

这辈子是人……下辈子怎么可能是妖！自己是修道之人，就算不能得道成仙，也不会沦为妖魔之流，这妖怪好狠毒的话！

"大家都散了吧。"神婆轻轻叹气，"心意我老婆子领了。"

人们不解地回头看着神婆，只见她微笑着摇头，虽然眼含不舍，但说出的都是离别之言。

"这孩子的爹娘来求我的那一天，我就知道会有今天。这孩子出生，他娘必然会因高龄生产而死。日后这孩子命中有灾劫，若要躲过必然要上山求道。只要这孩子有良心，念着生下的恩德，就必然会来找我，也必定会发现我是妖。"

"来吧。"神婆从人墙中慢慢走出来，站在霞君的面前，微笑着闭上双眼。

"斩妖除魔是你的大道，我是妖，你杀便是。"

6

"啊!"

霞君突然从梦中惊醒,冷汗涔涔,湿透了衣衫。他从床上坐起,半趿着鞋踱到窗边,看见屋外月明星稀。

有小道童在阶前值夜,正在偷着打瞌睡,被霞君推窗的声音惊醒,急忙坐正了身子。

"师父,怎么了?"

"无事,你且去休息。"霞君挥了挥手,小道童像是得了圣旨一样一下就溜走了。

自从那日之后,一晃又是几十年啊……

那一日,霞君在原曲村斩掉了床母伪装的神婆。从那之后,他又去了很多地方。他继续一路降妖除魔,但他的心中却渐生疑惑,为什么那床母要笑着让他杀?

霞君想起自己中途跑回山,又与师父论道。师父依旧问他:"何为道法自然?"

这一次,霞君想着床母说的那番前世今生的话,竟然答不上来了。

师父依旧微微一笑,说:"你继续下山看吧。"

为了解答心中的疑惑,霞君走了更远的路,去了更多的地方,见到了更多的人和事。

他路过大水淹没后的村庄,救起了无家可归的孤儿。孤儿跟着他回了山上,做了他的徒弟,孤儿有了家,如同当年的他一样。霞君也有了传承，就像当年他的师父一样。

他路过旱魃住着的地方，方圆千里都因旱魃荒野遍地，寸草不生，百姓们面对着荒地，求不到雨水，种不出粮食，日子苦不堪言。他与旱魃大战一场，终于杀掉了旱魃。他又带着村民走出很远，爬到高高的山上去引泉水，带着大家一起挖出河道，重新浇筑千顷良田。人们对着霞君千恩万谢时，霞君惊觉原来自己一路斩妖除魔，帮了这么多人。

他遇见过蛊雕，那蛊雕展翅能有万里，长着豹子的身子和长长的角。那时人们去山林间伐树，不小心惊醒了在那里沉睡的蛊雕。蛊雕一伸爪子一展翅膀，一下就吃了上百人。人们向霞君求助，那个时候霞君已经有很多徒弟了，他带着徒弟从高处跃下，跳到蛊雕的背上与它厮打，终于除掉了蛊雕。

霞君走过了越来越多的地方，死在他剑下的妖也越来越多。有的妖张着嘴要吃他，有的妖跪在他面前求他，有的妖怕得瑟瑟发抖，有的妖激烈地反抗他……他见过了形形色色的妖，以至于他觉得自己快要把妖怪谱上的妖都见过一遍了，却从未有一只妖像那床母一样，是笑着来让他杀的。

后来，师父仙逝了。霞君因为见多识广，斩的妖除的魔多，收的弟子也多，被推为了下一任道观的继承人，但霞君并没有因此而想明白道是何物。

小徒弟问他："师父，何为道法自然？"

霞君并没有像从前一样说"人法道法"，也没有像后来一样沉默着答不上来。他只是给小徒弟讲了自己降妖除魔遇见的事情，讲起了那个床母。

"因为师父想不明白她说的话，也想不明白她为何而笑，所以师父被囿于法度中出不来，没法回答你何为道法自然了。"

"连师父都想不明白的事情，那一定很深奥！"小徒弟皱着眉，认真地说。

霞君摸了摸他的头，似乎看见了自己当年的影子。

"不，你可以想得明白，道是你自己的道。只要你内心坚定，便能明白何为道法自然。师父只是因那床母一个微笑，动摇了一直以来秉承的道心罢了。"

小徒弟们便纷纷下山去了，去寻找自己的道，也看看世间又变了几个模样。有的回来同霞君说自己好像悟到了什么，也有的回来愁眉不展，与霞君一样遇见了想不明白的事。这时霞君便让他们自己去悟。有的小徒弟想着想着想明白了，也有的同霞君一样，怎么都想不明白。

再后来，霞君也死了。临死前他看着徒儿们围在自己身边，突然觉得有些可笑。年轻时他意气风发，以为自己明白何为道。他那时道心坚定，被人称为剑仙，虽然嘴上拒绝，但是内心确有得意。当时他总觉得自己日后定能得道升仙，没想到自己死时并没有看见神仙驾车的天边祥云，自己的道也没有找到。

何为道法自然？霞君临死前想：或许无边无际就是道法自然吧。

7

霞君一生求仙修道，未曾想过死后居然真的见了神仙。

只不过他见到的神仙不是来接他去天界的，而是盯着判官翻生死簿，认真找他名字的东岳大帝。

"霞君……霞君……啊，找到了，是个道士。"判官恭敬地把生死簿递给东岳大帝，"您看，在这呢。"

东岳大帝接过生死簿，仔仔细细一行一行往下看。

"嗯……倒是个惩奸除恶的道士……嗯……咦？"

东岳大帝有些惊讶，低头看一眼生死簿，又抬头看一眼霞君。就这样一上一下看了好几下。看得霞君心中忐忑，不知东岳大帝为何会这样？

"邺城那边的床母没了？"东岳大帝扭头问判官。判官也是一愣，旋即恭敬地答道："是没了，前些日子那边来报，说是床母被个道士收了去……"他打量着霞君的打扮，脸上多出几分了然。

"难怪这些日子北方的阴魂都多了许多……"东岳大帝揉了揉额角，将生死簿递给判官。"行了，我看这道士不错，就让他去补缺儿吧。"

霞君开始听得云里雾里，但当他听到"补缺儿"时，一个激灵颤声问了出来。

"府君在上，您说的补缺儿，可是让我去做床母？"

"你若不想做床母，做个床公也可以。"东岳大帝看着心情不错，竟还开起了玩笑，"本君观你修道一世，我多多少少也吃过你供奉的香火，故而你想选个性别还是可以的……"

东岳大帝还说了些什么，但霞君已经听不清了。他只想起那日他杀死床母之前，床母同他说的那句话。

"若你这辈子是人，下辈子是妖，你待如何？"

这辈子自己是人，下辈子自己……就要去做床公床母了？

那这一辈子修仙问道，修的什么仙，问的什么道！

都是那个床母！都是那个床母！若她当日不问那句话，会不会就没有今日？

但若她说的不错，自己当时其实也信了……呢？

想到这里，霞君突然慌了，怎么可能！但是心中却有另外一个声音同他说："不对！那日你就是把这句话听进心里了！你去杀妖，去问道，不就是为了来世成仙，不想应那床婆的话，想证明人的下一世是不会变成妖的吗！"

他终于忍不住向东岳大帝发问："府君，我们修道之人，怎能与妖魔为伍，修道之人，来生如何为妖？"

"哦？"东岳大帝挑起了眉头，"你是说，因为你此生修道，我就得给你在阴间谋个差事不成？"

"不是，我的意思是……"

"你可知你这一世的来处？"东岳大帝恢复了严肃神色，打断了霞君。他手看似随意一挥，指着一处让霞君去看，"你看，那是什么。"

霞君顺着他所指望去，只一眼就觉得那处黑雾腾腾。虽不见光线，却觉察雾中有无数鬼影。耳边似乎传来鬼哭嘶鸣之声，尖声厉叫，虽不引人惧怕，但却莫名引来心里混沌一片，只想惶惶哭泣。

东岳大帝只让霞君看了一眼，便衣袖一挥收了神通，又指了另一处让他看。这次霞君看到一条大河宽广，无风无浪。有阴魂怀抱明灯飘于河面，不知正往何方而去。

"这条河便是冥河，这些阴魂手中有明灯，自会指他们的转世去向何方。"

霞君心下一惊："那方才的是……？"

"那便是你的来处，你的来处便是方才孤魂野鬼的荒原，荒原举目无光，没有前世，亦无来生。没有引魂灯指路，只能在荒原浑浑噩噩这么度过。

"床公床母，本为引路人。引的什么路？便是这孤魂野鬼投生的路。他们要从这鬼影幢幢中寻得清白干净的，掌灯带他们投生。他们领着阳间人的心愿，去引渡孤魂野鬼，虽不是人，但能让人生。

"霞君，本君且问你。若要拿床公床母与人比，孰轻，孰重？"

孰轻孰重？可是……

"可是床母……不是妖吗？《百妖谱上》记得一清二楚，'床公床母，司生育，保安寝，惊小儿。小儿见之夜啼，以酒祀床母，以茶祀床公'……"

"是妖，但床母引魂投生，补阴间缺漏，解阳间心愿。她一来一去，便惠泽万千生灵。有些妖魔要人死，床公床母度人生。阴间她亮引魂灯，阳间她做送子婆。予人重生，助照光明。你说，她到底是妖，还是神？"

是啊，如果说妖魔害人，要让人死，神明悯人，想让人生。那引渡魂灵投生的妖，到底是妖还是神？

"你说你的大道为人法自然，规矩天地，维护道法人间。那你戮万千妖魔，其中不乏床母这种渡人生魂，与人为善者。你求的道，到底是想让谁生？是人，还是万物魂灵？

"霞君，用千百条妖命换一条人命，可值得？

"你是修道之人，修道之人多半会说：'值得'。

"那我问你，若是这千百条妖命中，或许便有个床公床母，床公床母能引万千人生。因你一人杀他，阻碍万千人生。这万千人命换一条人命，你觉得可又值得？"

霞君未发一言，已被东岳大帝句句追问，哑口无声。他张了张嘴，但说不出话来。晃了晃头，却又觉得脑中一片混乱，想不明白。

"还是想不透么？去吧，投生做个床公慢慢想，或许你就想明白了。"

8

原曲村的神婆没了近百年，却不知何时又有了个神棍。

这神棍同此前传说中那灵验的神婆一样，只给抱娃娃，有求必应，有应必灵。人们虽觉得神婆怕不是传说中胡诌的，但对这神棍，那是一等一地信服。

村民们也不叫他神棍，大家都在私下传闻，说他是送子爷爷。因此，尽管那神棍只自称"抱娃公"，但无论谁见了他，都要恭恭敬敬地叫一声"老神仙"的。

"谢谢！谢谢老神仙！"

眼看着人千恩万谢地走了，霞君哭笑不得地叹了口气。

修道没修成仙，反倒是做了妖却成了"仙"，自他回原曲村做床公后，从原曲村开始，方圆几百里的人气又旺起来了。人们都说，这是抱娃公的功劳。多亏了有他帮着人抱娃娃，才让这原曲村来往的人又多了起来。

做床公做得久了，上一世的事情就有些模糊了，霞君一日又一日地往来于阳间与阴间之间。在阳间，他手中拈着线，缝着布娃娃，给孩子们手上拴着锁魂的红绳。在阴间，他手里提着灯，照着黄泉路，带懵懵懂懂的孤魂野鬼去投胎转世。慢慢地，便习惯了。

习惯了不用修道的日子，习惯了来去匆匆的日子，习惯了做一只妖的日子。

直到有一天，一对夫妻来找他抱娃娃。他看着那对夫妻的面相，愣在当场。

他想起自己做床公前，东岳大帝同他说的话。

"当年那床母问你爹娘：'若是用千百条命，换你一条命'，问他们换不换。

"当年那床母把你爹娘问得蒙了，日后若你遇见，你就想想这句话吧。"

遇见什么？没有说。只有这没头没尾荒唐至极的一句话。当时霞君想不明白，但如今他想明白了。

这对夫妻的面相，分明同他前世的爹爹一样，能生个必入道门的孩儿。那孩儿必定修为极高，必能斩妖除魔。

也必会不问善恶，只要是妖，一律除之。

霞君震惊之下，也差点问出当年那床母问出的那句话："若是用千百条命，换你家孩儿一条命，你换吗？"

如今霞君方知，这千百条命，并非人命，而是妖命。

如果人说，一命抵一命，大家大抵是觉得合适的。那若是一个孩童掉入河中，你不会水，你救他便要用自己的命来抵，可值得？

若人又说，孩童未来无可限量，救得值得。那将孩童换为耄耋老人，你又会救吗？

用一人之命，换百人之命，人说值得；用百人之命，换一人之命，人说不值得；那用千百条妖命，换一人之命，可又值得？

"师父，我悟了……"霞君喃喃地念着，流下滚滚的泪来。那夫妻看老神仙竟然垂泪悲戚，不禁惊惶失措，以为是触到了什么错处，急得连连叩头。霞君这才惊觉不妥，慌忙拭去眼泪，扶他们起来。

"你们回去吧，饭食留下，三日之后再来。"

这便是答应了。那对夫妻由忧转喜，千恩万谢地走了。三日之后，霞君果然用红布裹了布娃娃，嘱咐他们带回去。看着那对夫妻有些担忧的眼神，霞君只是笑了笑，宽慰道："有应必灵。"

待那夫妻走后，霞君把自己关在屋里，痛痛快快地大哭了一场。两世以来，这是他头一次有如此清明透彻的感觉。

有何值不值得？顺其自然，便是值得！

"师父，徒儿终于明白了……"霞君发出长长的叹息。他多想回到上一世，对着上一世濒死的自己说——

"何为道法自然？自然而然！"

大道无形，至纯至简，无规无矩。不给万物以法度，不主宰，不支配，万物自然，方是道法自然。

所以，上辈子做人，这辈子做妖，我当如何？

本就不该如何！人与妖皆为万物，如何能以主宰法度自恃而骄？

所以，千百条妖命，换一人之命，可值得？

无所谓值不值得！万物皆有生，如何能以一己之私评判他人该不该生，该不该活？

霞君哭着哭着，想到了上一世那床母，他终于明白为何床母笑着面对自己的死亡了。只因她是只床母，生与死，本就不是她要评判的。她要做的，是给合适的夫妻引个合适的孩儿。至于孩子长大，是生是死，是好是坏，都应让那孩子自己决定，而不应她去决定那荒魂是不是能投胎。

想通这些，霞君只觉前世今生都是一场虚空大梦。梦里他惺忪着眼，蒙蒙眬眬地听见有人管他叫老神仙，又有人管他叫抱娃公……

再后来，他听见有人管他叫床公，拿剑指着他，说他是妖。

霞君在梦中露出了一个微笑。

梦散了。

作者简介

　　胡潇潇，胡讲一些真故事的假作者，是个在语文杂志上给小朋友们说故事的"码农"，偶尔也会换个马甲写一些胡言乱语给大人看。

创作谈

　　《悟》的原型来自于我的家乡。

　　我家附近有一座大山，它横亘在山河四省的交汇处。在这座大山里有一尊神明。本地人会亲切地喊她作"老奶奶"。大家尊敬她，就像尊敬自己的祖母一样。

　　关于老奶奶送小孩的故事，是我从当地人的口中得知的。那个时候的我跟着民俗学的老师去做课题，当地人热情地同我说老奶奶求子很灵，还指着某个孩子给我看："那就是老奶奶送的孩子"。

　　阴历三月是老奶奶的生日，每到这时，总能看见一些脖子上挂着锁的小孩，他们恭敬地在老奶奶面前行礼，然后把脖子上的锁解下来。听说，那些孩子就是老奶奶送的孩子，那些锁是老奶奶送给他们平安长大的。这些孩子长到十二岁，就要去老奶奶那里把锁还回去。

　　我不是个忠实的转述者，我是个爱胡思乱想的人。我想，老奶奶哪来那么多小孩送呢？说不定她培养了许多接班人，接班人们去帮她捡来很多没人要的小孩子，再把他们送到每一户人家里去。

　　于是就有了现在的故事。

微小说

第十一篇

你好，妖怪边角料们

你好，妖怪边角料们

作者：张 翀

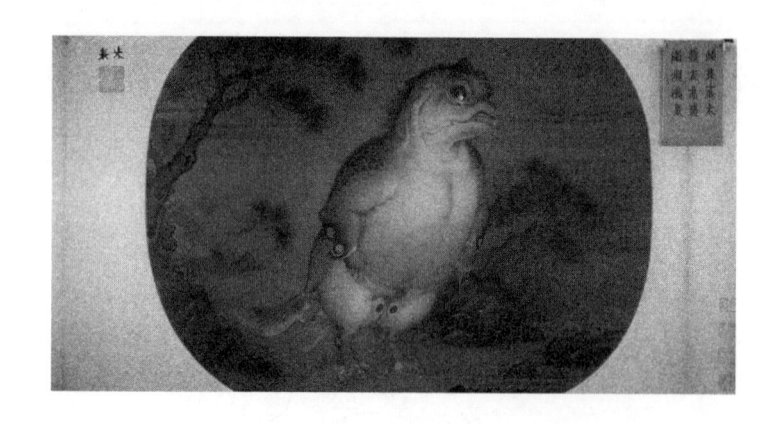

鲛人

益州的冯五，最近碰到了个糟心事。

半个月前，冯五在集上，见一脖子拴着铁链子的妖怪。

这妖怪，人身，鱼头；黑瘦、干巴；低着头，不敢看人。不敢看人，却长着一对大眼，冯五看着想笑。可买东西，不能让人看出你想买；或者说，不能让人看出，你对东西有兴趣。冯五憋住笑，用下巴点着妖怪，歪头问旁边的卖家："老板，这是个啥怪？"

卖家老甘，南方人。南方人，一般个不高，可老甘却五大三粗，说话声也大。老甘一把提溜起这妖怪："嘻，这可不是一般的怪。是我上月在南海打鱼，网着的。听人说，叫鲛人。"

那人又说，"你不知道，那天浪多大，差点没回来。"

冯五知道，老甘这样说，也就是想抬价，便不招买，岔开话说："鲛人？这长相，真丑。"

老甘见冯五问，又用大手托起妖怪下巴："别看长得丑，它可是个宝。"又说，"它眼里能出珍珠。"

冯五一听这话，顿时来了兴趣，可又怕老甘看出来，继续装不在意，说："眼里怎么能出珍珠？"

老甘说："只要它一哭，眼里就能出。"说完，晃着妖怪，"来，来，哭一个，哭一个。"

妖怪抬头看老甘，瘪着嘴说："哭不出，饿。"

老甘"啪"的一巴掌，呼到妖怪脸上："一天到晚，就知道吃，又没让你搬砖，又没让你犁地，饿什么饿？"又说，"我看，你就是欠抽。"说完扬手又"啪啪"打。

妖怪被打得捂着头，吱哇乱叫，可身上拴着铁链子，又跑不掉，只能原地乱扑腾。

冯五止住老甘。"咋这么狠打！再打，打死了。喊饿，就给点吃的啊。"

老甘停住手说："你不知道，这东西，奸诈得很。一看有人问，就说饿，装可怜，其实不一定真饿。"又看着冯五说，"你来之前，才刚吃半个馍。"又抖着手说，"什么叫奸诈？这就叫奸诈。"

妖怪见有人替自己说话，也是怕再挨打，于是攥着拳头，酝酿感情，撇嘴抽泣起来。

老甘见状，用手戳妖怪，对冯五说："看看，我就说它会装吧。"

说完，老甘弯腰，开始扒拉妖怪眼皮，扒拉几下，然后捏着手指头，伸到冯五脸面前。"你看，没骗你吧。"

冯五弯腰凑近看，果然见老甘手里捏着颗珠子。冯五啧啧嘴："这珠，也太小了吧。"

老甘身子往后一缩："哎，你别看珠子小，珠子小，是因哭得不厉害，要是哭得狠，比这大多了。"

冯五继续打嘴仗，说："小就小了，颜色还灰，能作啥用啊。"说完，转身装作要走。

老甘一看冯五要走，有点沉不住气，连忙找补："颜色灰没事，喂点骨头汤，补补钙就行了，保证煞白。"又说，"喂点就行了，也花不了多少钱。"

冯五看老甘急了，觉得有戏，说："多少钱啊？"

老甘这时有点泄气，说："本来，二十两银子，你诚心要，让你一两。"

冯五转身又要走，老甘一把拉住，说："哎，你说多少钱吗？"

最后，五两成交。

临走，老甘摸摸妖怪头，说："好了，你去享福吧，好好表现。"又叮嘱冯五说，"记得多补钙。"

其实，冯五心里跟明镜一样。珍珠虽小，可要是多，也照样能卖。若珠子再大些，或者，真像老甘说的：喂点骨头汤，颜色能变白、变亮，那这钱花的，就赚大了。

回到家后，冯五给这怪取名来宝。想起老甘说是从海里网到的，便又去买了口大缸，灌了一缸水，让妖怪待在缸里，天天好吃好喝供着，坐等收珠子。

因冯五家来了这么一个妖怪，倒成了村里的网红打卡地了。整日人头攒动，都是来看稀奇的人。小孩躲大人身后偷看，小媳妇捂着嘴笑，男人有胆子大的，还上前用手指头点妖怪。

没过几天，妖怪和来看它的人都混熟了。时不时逗逗小孩，还对着姑娘吹口哨，和男人说黄色笑话，整天嘻嘻哈哈的。可嘻嘻哈哈，就不会哭；不哭，眼里就不能出珠子，加上这见天的骨头汤供着，开销又大，这让冯五开始犯愁。一犯愁，才让冯五觉得，卖家说它奸诈是对的，同时，又懊悔自己看事浅，被人坑了。

冯五开始想点子。但骂妖怪吧，妖怪不仅不当回事，还把两手交叉，边手心向外，边嘴里说，反弹。打吧，看着妖怪，越来越粗的腰，冯五又觉得，打赢的概率不大，传出去还丢人。最后没办法，冯五想到了邻居刘坏水。

冯五来到刘坏水家的时候，刘坏水正在家造假酒。知道冯五来意后，刘坏水放下手里兑水用的瓢，说："小事，小事。"又伸出两个指头晃了晃。冯五自知求人办事，只能叹口气，掏出二两银子。刘坏水接过银子，拍拍冯五的肩膀，眯着眼说："智取，智取，你就这样来……"

　　回家之后，冯五按刘坏水的法子，开始给妖怪说些悲观思想，比如什么人生无意义啊、诸漏皆苦啊。或讲些悲剧故事，比如《窦娥冤》《赵氏孤儿》。搞得家中整日弥漫着悲伤气氛。

　　可过了一个星期，妖怪没事，冯五先受不了了。冯五抖着手，对妖怪说："唉，算了，我对你放弃了，我也不逼你了。你他妈，爱哭不哭吧。"又拍着腿说，"我本来是个挺阳光、快乐的人，现在我觉得，我快乐不起来了。"

　　妖怪听了，愣了半天，说："唉，别呀，你这么一说，我倒有点不好意思了。"又拉着冯五手，"别放弃呀，咱再一起努努力。要不，您换本《白蛇传》试试。都是妖怪，容易共情。"

　　鲛人：南海之外，有鲛人，水居如鱼，不废织绩，其眼泣，则能出珠。《搜神记》曾提及此物。

井泉童子

吴友善是村里的大好人。修桥补路,乐善好施,扶老太过桥,帮寡妇挑水,人提起他皆说好人。

但吴友善有一习惯,每过三五日,便偷偷去村头井里吐口水。

一日,吴友善吐完口水转身要走。听见背后有人叫他,扭头一看,一小孩在井沿上站着。

小孩抹把脸,指着吴友善说:"人都说你吴友善是好人,你咋老往我头上吐口水,有你这样的么?"

吴友善脸一红,说:"哎,对不住,对不住,天天当好人,时间一长憋得慌,就想做点坏事发泄发泄。"

小孩一愣,说:"说的也是,前几天刘坏水,还救了一只掉井里的猫呢。"又说,"还是你们人复杂。"

井泉童子:住于井中,家宅六神之一。

《子不语》曾提及此物。

狸妖

保定的张老实去城里赶集，碰到一个人。穿衣，个头，长相，说话口气和自己都一模一样。

张老实就问："你谁呀，怎么和我一样？"

那人说："我是张老实。"

张老实说："你要是张老实，我岂不是成别人了？我也没听我妈说，我有个双胞胎兄弟啊。"又问，"你来城里干吗呀？"

那人一咧嘴，笑着说："我来城里可是干了不少事。我把徐胖屠夫的那条恶狗给勒了，给了赵碎嘴子一耳刮子，把王八婆推到屎坑里，摸了酒馆老板娘小桃红的屁股，光着腚在街上跑了一圈，刚才又把刘知府的轿子给点了。"

张老实愣在那里，说："嗨，你还真是我啊！"又叹口气说,"唉,你这一天,可是比我这辈子都精彩。"

狸妖:擅长变化模仿人形。《搜神记》曾提及此物。

地下天

南阳人徐大力,打井。平日三五丈见水,这次连打三天,几十丈深,还是不见水出。

徐大力趴在井底,敲了敲,又把耳朵贴井底,听了听,然后叫人把自己吊上来。

上来之后,徐大力挥挥手说:"算了,给井填了吧。"

人问为啥。

徐大力说:"敲井底,听着声音空空,趴井底,又听到了风声、鸟叫。这井不能再打了。"

旁人不信,继续再打。果然漏一窟窿,光芒四射,有鸟飞出。

人往窟窿看去,像从天上往下看一样,山川河流,田舍宅基,竟与日常所住一样。

再细看,竟也有一群人,围着口井,往下观望。

地下天:系作者新杜撰。

贯胸国

常山赵孤独打记事后,就对飞这件事痴迷,总觉得人若能飞,是件快活的事。可又隐约记得,自己很小的时候会飞。于是赵孤独问爹:"爹,我小时候是不是会飞?"

爹说:"会呀,我小时候也会飞。"

赵孤独又问:"那怎么现在你我都不会飞了啊?"

爹说:"人一大,心思就多;心思多,人就沉;人一沉,就飞不动了。"

赵孤独又问:"那我还想飞咋办呢?"

爹说:"据我所知,只有贯胸国人从生到死都能飞。"

赵孤独又问:"为啥啊?"

爹说:"那里人没心没肺。"

贯胸人:贯胸国人,胸口有大洞。《山海经·海外南经》曾提及此种人。

烟龙

赵孤独他爹,一辈子爱抽烟,临咽气前还要抽两口。

抽完,把赵孤独叫到床前说:"儿啊,爹的这根烟管,你可要保管好。"又说,"这不是一般的烟管,它不仅能治怯症,还可驱毒虫。"

赵孤独说:"知道了,我定藏好。爹,你还有啥交代吗?"

赵孤独他爹想了想,说:"别学抽烟,真不好戒。"

烟龙:吸烟久了的烟管变成的东西,可以治病、避毒虫。《续子不语》曾提及此物。

赵孤独

赵孤独一个人的时候,常拿笔,对着空中写写画画,有时候,又用刀,对着水割来划去。

人问:"你这是干吗呢?"

赵孤独说:"嗨,一个人,孤独,瞎闹腾。"

人说:"你这孤独的质量挺高啊,也不孤独呀!"

赵孤独:系作者新杜撰人物。

人面疮

牛能言,善拉呱①。天文地理,医卜星象,无所不知。

牛能言与王老头聊养生,与李寡妇聊关怀,与小桃红聊文艺,与赵屠夫聊猪价。别管是谁,牛能言总能将他聊得心潮澎湃,热血沸腾。人皆爱找牛能言拉呱。

一日,牛能言和赵孤独喝酒,牛能言喝高了,呜呜流泪,说自己孤独。

赵孤独说:"这么多人天天找你拉呱,你怎会孤独?"

牛能言说:"他们没有一个是我朋友。"

赵孤独说:"唉,你这是真孤独。"

自此之后,两人几年未见。

一日,赵孤独在河边见一人喃喃自语,走近一看竟是

---

① 山东方言,意为"聊天"。

牛能言。赵孤独说:"能言,好久不见你了,人都说你不爱热闹,喜欢一个人待着了。"

牛能言捋起袖子,露出手臂。手臂上竟长着一副人脸一样的疮。

牛能言指着疮说:"孤独,你看,这疮会说话,又懂我,我与它相见恨晚啊。"又说,"郎中说这是病,我觉得这是我的药啊。"

人面疮:长在人手臂上,疮如人面,五官皆有,如人有生命。《酉阳杂俎》中曾提及此物。

应声虫

毛景毛秀才,这几天不太正常。不正常,不是身子,胳膊腿,哪里不正常,或有啥毛病;而是行为不太正常,总是一个人自言自语,嘟嘟囔囔,可又不像,中了什么失心疯,旁人真和他说话,他又和以往并无二样。

毛景为了不招人问,就解释说,因自己,平日爱模仿魏晋古人,林下风韵,常在竹林喝酒,喝醉了倒头就睡,也算是放荡不羁爱自由。

前几日也是喝多了,倒头又睡,毛景有个习惯,睡觉张嘴,加上当天酒没喝完,估计酒香引来了什么东西。迷迷糊糊,毛景觉得,嘴里好像进了个蚊虫,酒醒之后,也没当回事,拍拍屁股回家了。

可第二天早晨,毛景起床,却听见一个声音,对他说:"哟,起来了啊。"毛景以为隔夜酒还没醒,摇摇头,感叹一声:"嘚,这酒劲还怪长啊。"又洗脸醒酒,如厕,刚进茅厕,裤子还没脱,一个声音对他说:"哎哎,左脚边有屎,别踩着了。"这回可把毛景吓着了,一恍神,本来踩不着,这下噗呲一脚,踏个正着。这时,就听那声音叹气,说:"唉,看看,我就说吧。"

惊慌之余,毛景哭笑不得。

自此以后,只要毛景一说话,或者一做事,就有声音从毛景肚子里传出来。起初毛景也害怕,不敢吱声,但时间长了,发现身子不疼不痒;该吃吃,该喝喝,啥毛病没有。于是毛景便放下心来,开始和这声音说话。一问才知,这虫是那日循着酒香,钻到毛景肚里。看来,也是个爱酒的虫;在竹林里,又算是只有雅趣的虫子,毛景想想,倒也觉得有趣。

互相深入了解之后,毛景等于时时刻刻有了个伴;而且这伴,时时刻刻又在身边。

毛景喝粥时,这虫说:"别喝这么快,小心烫着。"

毛景熬夜玩耍,虫子说:"这都几更了,还不睡,就知道点灯熬油,明早又起不来。"又说,"熬夜秃头,你可知道?年纪轻轻的。"

喝酒时,碰到好酒,这虫说:"这酒不错,香,入口柔,不上头。比前日的酒好多了,前日那酒,定是兑了水。"

毛景拍桌子。"唉,是不能贪便宜,通过一壶酒,认清一个人啊。难怪都叫他'刘坏水'呢,没吃过他的亏,还真不知,为啥他叫那名字呢。"他说的是前日毛景图便宜,从村里刘坏水那里打了一壶酒的事。

虫子说:"是,是不能图便宜。买的哪有卖的精啊。"

道上遇到漂亮女孩,毛景低头不说话。虫子说:"你这不行啊,男人,要脸皮厚,太老实追不到女孩子。"

除吃喝拉撒、生活技巧之外,碰到好日子,虫子也和毛景吟诗作赋,嘲风咏月。

有时,毛景也会主动找虫子说话。一次,毛景被屯里的贾秀才,喊家去喝酒,说自己写了首爱情诗,请毛景前去斧正斧正。酒过三巡,两人也喝开了,趁着兴致,贾秀才拿出自己的诗:

《卡基咪》

姑娘姑娘我爱你,
就像老鼠爱大米。
姑娘姑娘我想你,
你是我的卡基咪。

毛景看完愣了半天,问贾秀才:"老鼠爱大米,是通俗易懂,可这'卡基咪'倒是什么个意思?"

贾秀才说:"这你就不懂了吧,这是现代诗,夹杂着扶桑国的语言,音译过来的。"又说,"这'卡基咪'是蜜的意思,象征爱情甜如蜜。"又晃着头说,"我这是开创了一个全新的诗歌流派。你觉得怎样,毛兄?"

也是酒喝高了，加上年轻气盛，文人相轻，毛景一把把贾秀才的诗拍在桌上，又朝地上啐了一口唾沫，说："什么玩意儿。"贾秀才见毛景这么一说，觉得没面子，顿时面红耳赤，抖着手，指着毛景说："什么叫嫉贤妒能，你这就叫嫉贤妒能。"说罢，俩人不欢而散。

回去路上，毛景不服气，拍着肚子对虫子说："那诗，你也看到了吧，可不是什么玩意儿？还觍着脸说开创新流派！"

虫子叹口气说："唉，这就是你的不对了吧。说是请你来批评，但又有谁，是真想听批评？还不是想听表扬。我当时，想插话劝你，但有外人在，又不好吱声。你啊，还是年轻……"又说，"不过，他家那猪蹄子，炖得倒是入味。"

通过这些事，毛景看出这虫，不是一般的虫。不只是会说话，还比自己看得远，看得深。若自己能看两步开外，这虫就能看十步开外；若自己能把事情想通两成深，这虫就能把事情想到十成深，开始对这虫钦佩起来。

一日，毛景问虫："如何能让自己，在村里混点知名度。"

虫子说："这好办，过两日，村上要举办第一届'生活技能大赛'。"

毛景说："可我这除了会喝酒，也没啥生活技能啊！"

虫子说："莫慌，你去参加，只需按我说的做即可……"

到了比赛那天,毛景来到赛场。赛场人山人海,参赛选手各自展示技能。有教人怎么造假酒的;有教人怎么瘦身,怎么穿衣显高、减龄的;有教人烧鱼怎么去腥,点灯怎么省油的;还有教夫妻生活如何和谐的;教老头如何保养前列腺的……

轮到毛景上台,主持人问毛景有什么技能展示。毛景拍拍肚子,从头至尾,把自己在竹林喝醉,让虫子进了身,到这些日子,枝枝叶叶的事,仔仔细细,讲了一遍。待毛景讲完,赛场先是鸦雀无声,接着掌声雷动,喝彩声不断。

最后,全场一致通过,毛景拔得"第一届生活技能大赛"头筹。

颁奖理由——自己陪伴自己技能。

应声虫:居于人腹。宿主每发声,腹中便有小声效之。《夷坚甲志》曾提及此物。

鸭砖

东郡孙某有一朋友,每次两人吃完饭付账时,或是两人碰到匪人劫道时,这朋友都变成了石头,等事后,又变化回来。很是神奇。

鸭砖:水中物像鸭,可变砖头。《西樵野纪》曾提及此物。

作者简介

张翀,广告创意工作,自由写作。

创作谈

这些小故事,是我日常的一些思考、感悟,与妖怪史料糅杂而成。

故事不长,您读了,若能了解或记住些我们自己民族的妖怪,我就算做了点有意义的事了;若读的时候,觉得还有点意思,再"噗呲"一笑,那我可就太高兴了。

杂的文

告别类型的争论
星火不熄,余烬犹存

告别类型的争论

作者：竞天泽

作为一名从记事起就开始阅读小说的狂热读者和二十多年来一直在尝试创作的业余作家，我总是在很多场合里无奈地发现，一些长久以来被我视作蠢话的说法，竟然在一些读者和作家的眼中是不可挑战的金科玉律。比如，科幻小说比奇幻小说更加先进；又比如，推理小说要比悬疑小说更加高明。

如果细分下去，便是什么硬科幻比软科幻更加优秀，而本格推理、新本格推理和社会派推理的作家们和各自拥趸恐怕又要打得头破血流，至死方休。

关于类型之间孰高孰低的争论已经太过于历史久远，而在类型之上，还有一个名为"现实主义文学"的东西存在，号称可以把一切类型都贬为下品，在有些人看来，这同样是不可撼动的结论，比类型之间的高下之分还要不可撼动。

说真的，这一切总是让我感到困惑无比。

诚然，身为狂热读者和业余作家的混合体，我必须承认，以"类型"这种古老而陈旧的工具作为阅读和写作的第一道评判标准，确实有着不可忽视的作用。比如在阅读时，我总是会过滤掉贴着恐怖标签的小说，因为我知道自己胆小如鼠；另外，除非是整夜失眠，不然我也不会搞一本从标题到装帧都明显是政治小说的书强迫自己读完。而从事写作时，在提笔的那一瞬间——准确来说是双手放在键盘上的那一瞬间——我总是不自觉地在给自己的创作做分类，试图第一时间确定它的类型究竟是什么。毕竟我清楚地知道，任何一种类型，又或者是几种类型的混合体，它们都有着最为适用的规则和技法，以及需求那些规则和技法的挑剔读者们。如果不能满足读者，作家的下场总归不会太美妙。

然而，以上这些并不能证明基于类型的文学评判是正确有效的。正相反，当我自以为对类型越来越熟知的时候，我就越来越频繁地为此感到心烦意乱。

作为读者，我一次又一次地读到了乏味的程式化小说，毕竟有太多我这样的作者在敲击键盘写作的一瞬间就考虑着规则和技法，而除了规则和技法，他们对别的东西又考虑太少，也许是因为没有能力，但更多时候是因为他们根本没有考虑其他东西的意识，我总是为此感到失望。最近五六年来，这种失望的心情总是如影随形，在阅读幻想小说特别是科幻小说时尤为强烈——我总疑心自己并没有读到任何与众不同的人物和故事，只是再一次看到了与某些作品相差无几的赝品，而四处可见的赝品对读者来说从来就不是什么好东西。

身为作者，我一遍又一遍地写着看似严丝合缝的重复之作，毕竟有太多我这样的读者在用贫瘠的眼光鉴赏着极为有限的类型，而除了极为有限的类型，他们对别的东西几乎没有一丝容忍，也许是因为智力不足，但更多时候是因为他们只接受自己能假装接受的东西，我总是为此感到疲惫。最近五六年来，这种疲惫的感觉与日俱增，在面对社交媒体时更是如此——我总觉得我并没有见过任何真正的读者，只是不断地与一些以为自己天然应该读懂并判决小说的批评家在打交道，而自以为是的批评家对作者来说从来就不是什么好东西。

如果总是感觉失望和疲惫，那么阅读和写作到底还有什么意义？

曾几何时，用类型去定义和评判某些小说，确实起到了客观表述其特征的作用。而某种类型的诞生和深度挖掘，以及不同类型之间的杂交与融合跨越，也不断促进了小说本身的创新。然而现在这个时代，当类型越来越成为读者们、作者们以及所谓的批评家们用来审判小说最大甚至唯一的工具时，遑论什么创新了，就连小说的准确表达都在争辩类型孰优孰劣的过程中受到了限制，仿佛只要不符合某种类型，又或者书写了某种遭到其他类型鄙视的类型，那就不配做任何表达，或者表达了也是糟糕的。

我敢说，类型从来就不是，也不应该是陈词滥调的根本原因，作为工具，它在阅读和写作中提供的价值极为有限。它之所以成为阅读和写作的束缚，很可能是因为人们滥用了它，试图用它评判文学的一切。

然而我不得不痛苦地承认，用类型去审判小说的愚昧方式，在越来越过度商业化的环境催化下，其弊端也越来越庞大到不可挑战。在消费端，不仅读者们要不断忍受下一本和上一本无甚区别的快餐小说，就连那些在学生时代结束后就再也没有做过阅读的人们，也要在充满固有套路的影视剧、短剧以及短视频中消磨自己宝贵的休息时间。而在创作端，作者们诚惶诚恐，一方面为严苛的商业合同感到心力憔悴，另一方面，又在一次次程式化写作中渐渐忘掉了自己的表达欲，只能自我安慰说"至少我磨炼了写作技术，也许还赚到了一些微不足道的稿费"。

可惜的是，仅凭我十分有限的智力和认知，也许我能抓住一些触及问题根源的皮毛，但我不能给出任何有效的解决方法。

可喜的是，正因我的智力和认知十分有限，也许我可以心安理得地逃避问题，同时大言不惭地提出一些缓解问题的方法。

作为读者，也许你可以淡化阅读的目标性，直面总是被描摹成罪恶的快乐。

也许是因为应试教育——注意，这仅仅是一种假设——我总是很郁闷地发现，很多人在阅读时总是要追求有所收获，这种收获绝不可以是快乐，而必须是某种新知。但很讽刺的是，获得新知实在是太过于困难了，以至于这种新知其实往往不是真正的知识，而是获得知识的虚荣感。如果不能得到虚荣感，阅读者们就要总结出个什么中心思想，要是连总结都做不到，恐怕就要祭起类型评断的工具，试图证明自己阅读的正确性和正当性。

我敢打赌，那些所谓"科幻优于奇幻"又或者"推理强于悬疑"的蠢话，来源大概与此有关。

但是快乐呢？尊敬的阅读者们啊，你们为什么不能承认自己的快乐，非要带着目标去读小说呢？不要再给自己设置什么考试内容了，从小说中单纯地获得快乐并不罪恶，毕竟这个世界已经足够不快乐了。

身为作者，也许你应该重拾准确的表达，不要为了类型而放弃创作的真诚。

诚然，在如今这个商品社会，大多数所谓创作的理想归宿，始终是在各类资本所把控的货架上作为商品出售。既然是商品，那就不可避免地要有分类，这也就是类型的根源之一，作者们就算再怎么努力，也不可能彻底消灭这样的现实。然而你必须意识到，如果你为了类型而忽略甚至放弃了准确的表达，又或者盲目追逐类型而遗忘了你创作的真诚——就那种"我有个故事一定要讲给你听"和"我来告诉你什么叫与众不同的人物吧"的真诚——相信我，你的创作最终只会沦为小圈子里的黑话狂欢。

如果到了这一步，一切技法和套路都将成为绞死创作的夺命绳索，还谈什么创作的理想归宿呢？

所以，放弃那些针对类型的争论吧，不管你是读者还是创作者，所谓的评论家们更应该如此。也许，让类型成为上架建议就应该是保留这种争论的唯一妥协,如果能做到这一步,我的失望就不会如影随形,我的疲惫也不会与日俱增,相信你也会是这样。

星火不熄，余烬犹存
——本土奇幻二十年

作者：安迪斯晨风

"奇幻"本意是"奇异而虚幻"，这词古已有之，我国古代也不乏带有奇幻元素的虚构类作品，但"奇幻小说"这一概念却是上世纪90年代，搭乘《魔戒》《哈利·波特》等欧美和日本幻想小说和影视、游戏的快车进入中国，并为大众熟知的。

先入为主的影响下，很多读者觉得奇幻小说讲述的故事，只能发生在有巫师、矮人、精灵和龙的世界。国内最早一批本土奇幻作家也确实是从模仿西式奇幻小说起家，如读书之人的《迷失大陆》、凤凰的《第七颗头骨》、蓝晶的《魔法学徒》等。就连后来鼎鼎大名的唐家三少，最早也以西式奇幻《光之子》出道。然而西方奇幻文化源自于欧洲的神话传说，与中国读者有一定的隔阂，魔法师、圣骑士、德鲁伊等角色总不如逍遥剑仙、热血侠士让人容易代入，所以很快就出现了许多"洋为中用"式的改造。

众多年轻气盛的奇幻作者，借鉴西式奇幻小说的世界观架构和故事模式，从中国传统文化以及九十年代最流行的港台武侠、言情小说中汲取养分，创造属于中国人自己的"第二世界"。江南、今何在、潘海天等"七天神"合力打造的"九州世界",沧月、沈璎璎和丽端合作的"云荒世界",燕垒生《天行健》系列中创造的"蛇人世界"等都以瑰丽的想象、精巧的故事和宏大的世界观架构,显示出了中式奇幻想要与西式奇幻分庭抗礼的勃勃野心。

2005年被称作"中国奇幻年",在此前后数年间,出现了《今古传奇·奇幻版》《飞·奇幻世界》《九州幻想》等专业奇幻期刊杂志,幻剑书盟、起点中文网、17K小说网等奇幻文学网站开辟出电子阅读新阵地。主攻中短篇奇幻的骑桶人、改编古典神话传说的树下野狐、让《山海经》中妖怪走进都市的可蕊、用武侠笔法续写神话故事的猫腻等大量奇幻作家不断涌现,共同展露出本土奇幻异于西式奇幻的风骨。百花齐放、争奇斗艳的景象,标志着"中式奇幻"或者说"中国化奇幻"的崛起。

有趣的是,"中式奇幻"的叫法,同样造成了先入为主的效果,后来更加"中式"也更加"奇幻"的网络修真、仙侠以及玄奇怪谈小说井喷之时,就没法再用这个词,只能别开天地、另起炉灶,多冠以"玄幻小说"之名。关于"奇幻小说"的定义之争始终存在,萧鼎的《诛仙》、忘语的《凡人修仙传》到底算不算中式奇幻,研究者莫衷一是。不过,我认为强行分清楚谁是奇幻、谁是玄幻、谁是修真仙侠,是件费力不讨好的事情,只要小说中有无法剔除干净的非自然元素,存在一个"凡物皆有可能的世界",皆可以拉进奇幻文学的山寨,坐上一把交椅。

我是一名2004年入坑的资深奇幻读者,二十年了,亲眼见证了中国本土奇幻自鲜花着锦、烈火烹油的盛世,在2011年后跌入期刊平台倒闭、作者青黄不接困境的全过程。十年饮冰,热血未冷,云奔浪涌的中式奇幻虽然十余年前就已退潮,但它在包括我在内的80后、90后读者心中,留下了难以磨灭的美好记忆。以下是我梳理的中国本土奇幻二十年发展史,如有错漏之处,敬请指出。

一、萌生在论坛时代

中国奇幻文学起自民间草莽而非庙堂,它的创造者是二十多年前的70后、80后一代开风气之先的年轻作者与读者。他们是国内最早学会上网的一批人,混迹于榕树下、金庸客栈、清韵书院、桑桑学院以及水木清华等BBS,沉迷于"版聊",醉心于"拍砖"。从当时最流行的金庸武侠到黄金时代科幻,从小说到影视、游戏,无所不谈。

他们通过神奇的互联网,最早接触到主流渠道尚未正式出版发行的香港武侠小说《大唐双龙传》,欧美奇幻巨作《时光之轮》和《冰与火之歌》,日系奇幻代表作水野良的《罗德岛战记》以及无数人的政治启蒙书《银河英雄传说》,这些作品均化作哺育中国奇幻小说成长的养分。在阅读之余,在与他人的交流互通、观点碰撞中,不少人开始尝试把自己幻想中的故事付诸键盘,无偿贴到论坛中供人赏读,只为了获得一声"顶"。

地火暗涌,终有喷薄之时,初代本土奇幻小说作者、编辑们几乎都从1999年—2001年世纪之交出道，并彼此相识，他们将在不久之后刮起一股龙卷风，给文坛一点小小的奇幻震撼。

今何在的长篇奇幻神话小说《悟空传》便诞生于金庸客栈，江南在各大论坛留下了题材、风格各异的短篇，有武侠、有奇幻、有恶搞，更多是同人创作，他以金庸小说笔下人物为名，以母校北大为魂的长篇校园小说《此间的少年》一出便洛阳纸贵。不过，江南真正成为一名奇幻作家，还要到两三年之后。潘海天（笔名大角）出道更早，1996年还在上大学，就已在《科幻世界》杂志发表短篇小说《克隆之城》，并在1998年凭《偃师传说》问鼎银河奖。

20世纪90年代末，以《魔戒》《哈利·波特》等奇幻电影为代表的美国好莱坞大片进入中国，以宏大的叙事、浩瀚的想象力、真实可感的世界体系，触动了一代人的内心。不过，西式奇幻附着在欧洲中世纪神话传说与神秘文化之上，普通读者即便能够理解故事，与其深厚的文化背景始终有隔阂。

恰在此时，一大批优秀的西式奇幻题材游戏也进入了中国，《暗黑破坏神》《魔兽争霸》《博德之门》《魔法门之英雄无敌》系列都是世纪之交的网吧用户最喜欢尝试的娱乐。这些游戏让光怪陆离的奇幻世界更容易理解，也让玩家们开始思考，如何以此为基准创造独属于自己的奇幻世界。所以最早一批奇幻作者，几乎都有过在《大众软件》等电脑科普类刊物写作专栏的经历。

日本ACG文化对奇幻作者的影响也不容小觑，跟欧美奇幻着力构建一个世界不同，日系文化对奇幻作品最重要的要求是"塑造人设"，故事情节要热血。初出茅庐的马伯庸模仿田中芳树轻小说《药师寺凉子怪奇事件簿》写的同人，几可乱真；还有小说《风姿物语》《紫川》《佣兵传说》等本土原创奇幻作品都可以看出深受日本文化的影响。

在学习中成长，中国化的奇幻小说开始崭露头角，作者们从传统的神话、剑仙、武侠、神魔、志怪文化中取材，凝练出具有中国风味的异世界，魔法也替换为中国道家法术与内功，走出了一条具有中国特色的奇幻新路。

骑桶人从《太平广记》等古代志怪笔记小说中获得灵感，写出了一系列中国古代背景的中短篇奇幻小说，故事风格空灵怪诞，文字晶莹毓秀，被公认为最接近纯文学的本土奇幻小说。后来他还曾任《飞·奇幻世界》编辑，参与主编《中国奇幻文学精选》，挖掘众多新人。萧潜创造了"修真小说"这一概念，在其代表作《飘邈之旅》中划分的修真等级，被许多该类型的作家借鉴。萧鼎以《诛仙》一书，让世人见证了《蜀山剑侠传》等民国仙侠小说的回归，其主角张小凡在碧瑶和陆雪琪两女间的挣扎纠结，二十多年后的今天仍能激起余波。

二、辉煌的杂志时代

本土奇幻小说诞生于网络，经过最初的散漫无序发展之后，一个问题开始凸显：变现困难。本世纪初，奇幻作品想要获得出版机会困难重重，出售影视IP更是无从谈起。一些长篇奇幻选择"曲线救国"，通过中国台湾的鲜文学网出版再回流大陆，为作者赢得了第一桶金。

到2005年前后，不少大陆出版社也相继开始出版本土奇幻小说，朝华出版社的《诛仙》《亵渎》，南海出版公司的《魔武士》《小兵传奇》等均销售火爆，出版界开始认识到本土奇幻小说的市场潜力，此后渐渐蔚然成风。

然而对一种小说文体来说，中短篇才是新人初出茅庐、磨练技艺、积累自信的最佳渠道。最初奇幻作者只能栖身于《大众软件》等电脑类杂志期刊，直到2002年前后，由柳文扬主持的《科幻世界》画刊《惊奇档案》开始刊载奇幻小说，其中潘海天的《九州星野》让九州世界初次走进普通读者的视野。

人们开始积极讨论创办专业奇幻杂志的可行性，在《科幻世界》杂志社社长阿来的支持下，新平台《科幻世界·奇幻版》2003年横空出世，一度成为奇幻小说作者的"大本营"。其中最受关注的当属九州系列，江南的《缥缈录》、今何在的《羽传说》、斩鞍的《旅人》和《秋林箭》等，皆在此连载。2005年1月起，《科幻世界·奇幻版》改名为《飞·奇幻世界》，仍以九州系列为主，杂以其他本土奇幻作者的小说。

柳文扬人称"柳公子"，《科幻世界》资深作者、编辑，他一直都秉承"科幻奇幻不分家"的理念，大力扶助新生的奇幻小说发展，是本土奇幻文学早期发展的核心人物之一，可惜于2007年英年早逝。燕垒生创作的史诗奇幻小说《天行健》在《奇幻世界》连载七年之久，完结之后，燕垒生又创作了《地火明夷》和《道者无心》等小说。可蕊创作的《都市妖奇谈》也有着不同于其他作家的独特气质，描写《山海经》中可爱的妖怪精鬼们在繁华的大都市里与人类朝夕相对，充满烟火气。

2003年9月，位于武汉的今古传奇报刊集团依托《今古传奇·武侠版》的强大作者资源和读者口碑，创办了《今古传奇·奇幻版》，是全国唯一一本拥有正式奇幻类刊号的正规出版物（《飞·奇幻世界》使用的杂志刊号《飞》原本是一家少儿杂志），吸引了沧月、丽端、沈璎璎、树下野狐等优秀的奇幻作家。此杂志为旬刊，每月1日、15日、20日上市三期，单期发行量达到15万份，月发行量高达30万，风头一时无两。

沧月、沈璎璎和丽端一同构思了"云荒世界"的庞大架构，合称"云荒三女神"。"云荒世界"世界设定宏大，三位作家的文笔优美，她们的奇幻作品堪称一时之选。树下野狐从上古神话传说中吸取精华，以少年拓拔野和蚩尤为主角，重新讲述奇幻故事。

三、九州的成败兴衰

最能彰显中国本土奇幻作家野心与创作实力，也最具传奇色彩的，莫过于"九州"。它的最初源头是2001年的清韵论坛，只是网友闲聊想要集合众家之力创造一个类似欧美奇幻"龙与地下城"而又具有东方神韵的架空"第二世界"，吸引了包括当时已经小有名气的江南、水泡、大角（潘海天）、今何在、斩鞍、遥控、多事等七位科幻、奇幻作家参与，他们就是最初的"九州七天神"。他们从一点一滴的细节开始创造世界，写出了几十万言的设定集，奠定九州世界的基础。

遥控、水泡、多事三位天神主做世界设定，尤其是遥控的贡献最为卓著，但他们三人的小说作品多为短篇，是以声名不显。读者熟知的九州系列作品，初期主要有江南的《缥缈录》和《捭阖录》，今何在的《羽传说》《海上牧云记》，潘海天的《铁浮图》《白雀神龟》，斩鞍的《朱颜记》《秋林箭》等。后期加入的"新天神"还有唐缺、萧如瑟和楚惜刀等人，也都贡献了不错的佳作。其中最具影响力的，当属《缥缈录》。江南以史诗式的笔法，写出了一个波澜壮阔的大时代，书中"天驱"组织的口号"铁甲依然在"，至今仍是九州老读者的接头暗号。

以《缥缈录》为代表的九州世界小说在《飞·奇幻世界》杂志连载两三年后，江南、今何在和潘海天于2005年独立创办了《九州幻想》杂志，因为使用了一家科普杂志《恐龙》的刊号，所以要在封面上印一个不太明显的"恐龙"，是为后来无数读者心心念念的"白月光"《恐龙·九州幻想》。

然而好景不长，因为天神们之间难以弥合的矛盾，江南和今何在、潘海天爆发了激烈的争吵和冲突。最终在2007年走向分裂。今何在与另外五天神带领《九州幻想》编辑部继续在上海坚守，江南则在北京兴办《幻想1+1》杂志和《九州志》MOOK，从此双方由挚友走向陌路，骂战持续十数年之久。

九州分裂事件和同年《飞·奇幻世界》编辑部集体出走事件，共为中国本土奇幻文学由盛转衰的转折点，无论是《九州幻想》《九州志》，还是仅仅出版两期便仓促退场的新刊《幻王》，都没能撑起中国广大奇幻读者的期待。特别是进入2010年代后，电子阅读成为大多数读者的首选，更是加速了杂志时代的结束。

四、网络奇幻开辟新路

江南、今何在等奇幻作家转向期刊杂志发表文章的同时，也有众多奇幻作家选择坚守网络阵地。本世纪第一个十年，期刊连载和网络奇幻两条赛道尚算并驾齐驱，甚至期刊连载还略占优势，不少期刊作者都是由网络作家转型而来。到2010年后，横空出世的智能手机成为人的"外置器官"，进入移动互联网时代后，网络文学以其阅读的快捷、便利和对故事性的极致挖掘，逐渐成了最受读者喜爱的文学样式。网络奇幻小说也早已分化为修真、仙侠、玄幻、无限流等各具特色、风格多样的样式。

2005年后，随着光纤宽带普及千家万户，网络文学读者和作者都出现了爆发式增长。特别是起点中文网建立起电子订阅付费制度后，终于打通了网络小说变现的渠道。烟雨江南、血红、知秋等人成了最早靠电子订阅赚取稿费的职业网络作家，也引领着本土奇幻文学走上了另一条道路。烟雨江南的《亵渎》、知秋的《历史的尘埃》、血红的《升龙道》系列大大开拓了读者的想象，成为奇幻小说史上的里程碑。

网络小说和期刊小说相比，并不仅仅是阅读载体不同，更是"媒介决定论"的最佳注脚。

网络连载小说有着鲜明的大众属性，特别是在世纪初的荒蛮时代，写作、发表、阅读均没有任何门槛，而且不再需要纸质载体，想写多长写多长，只需一台联网的电脑就可以成为作家。更重要的是，作者和读者之间直接接触，不再有一道名为"编辑"的阻隔，作者可以即刻获得来自读者的反馈，也可以随时根据反馈调整写法。另一方面随着商业化的成熟，网络小说的"文人属性"逐渐消失，作者开始追求写出分量更足的"阅读爽感"，以讨好更多的付费读者。

想吸引读者付费，就不能再像传统奇幻小说那样耐心铺陈，从头细细编织一个世界，而必须从一开始就围绕主角身上发生的事件展开，用快节奏的爽利剧情与直白的文笔，让读者在极短时间内接受故事。另一方面，因为网络阅读的便捷，越来越多的读者无法忍受漫长的等待时间，要求每天都有故事可看，于是作者就必须加快更新速度。在每天3000字甚至6000字的更新压力下，精雕细琢文字变得不大可能。因此，很多网络奇幻小说呈现出与同期期刊连载小说截然不同的风格特点。

当期刊奇幻作者还在以打磨艺术品的态度写作时，网络小说已经阔步进入了快消品时代。

进入3G网络时代之后，阅读APP成为智能手机的标配，随时随地都可以阅读的网络小说，取代期刊和报纸，成为人们乘车、排队和如厕等碎片时间的最佳选择。读者遍布几乎每一个年龄层，成为任何人都无法忽视的新兴文学形式。而期刊奇幻小说成为被网络小说挤占"生态位"的牺牲品，包括"奇幻"一词都变得黯然失色，期刊杂志销量一路转跌，生存艰难。2012年，《九州幻想》和《今古传奇·奇幻版》宣布停刊，2013年，《飞·奇幻世界》也步其后尘。从此之后，市面上再也没有专业奇幻杂志。而在起点中文网等文学网站的分类系统中，"奇幻"类别下的小说已经主要是西式奇幻，"中式奇幻"渐已被大多数读者淡忘。

本土奇幻文学繁华早已远去，但留下的绝不仅仅只有几部小说作品，更培育了无数像我一样从期刊杂志时代一路走来，对奇幻世界充满热爱的读者。2018年，"新九州"项目重新启动，因可觅、沉水、林戈声等新一代作家重新扛起九州大旗。2024年，重庆出版社启动"独角兽书系"中短篇征稿项目，让人感受到浓浓的暖意。野火烧不尽，余烬尚余温，期待在春风吹起之时，本土奇幻文学的星火再度燎原！